短篇小说集

刘星显◎著

不过是玩笑

九州出版社
JIUZHOUPRESS

图书在版编目（CIP）数据

不过是玩笑／刘星显著. --北京：九州出版社，
2017. 3

ISBN 978－7－5108－5157－5

Ⅰ. ①不… Ⅱ. ①刘… Ⅲ. ①短篇小说—小说集—中
国—当代 Ⅳ. ①I247. 7

中国版本图书馆 CIP 数据核字（2017）第 062624 号

不过是玩笑

作　　者	刘星显　著
出版发行	九州出版社
地　　址	北京市西城区阜外大街甲 35 号（100037）
发行电话	（010）68992190/3/5/6
网　　址	www. jiuzhoupress. com
电子信箱	jiuzhou@ jiuzhoupress. com
印　　刷	北京天正元印务有限公司
开　　本	710 毫米×1000 毫米　16 开
印　　张	15.5
字　　数	245 千字
版　　次	2019 年 1 月第 1 版第 2 次印刷
书　　号	ISBN 978－7－5108－5157－5
定　　价	46. 00 元

人的历史就是人被压抑的历史。……本能之所以有破坏力量，是因为它们无时不追求一种为文化所不能给予的满足。……人的首要目标是各种需要的完全满足，而文明则是以彻底抛弃这个目标为出发点的。

——马尔库塞《爱欲与文明》

●●●●●● 目录

疏离篇

变异篇

云

顺

斩 衰

吴先生讲到麻布升数，麻缕80股为一升，一条狗悄悄溜进教室，趴在门口的蓝色垃圾桶旁，面对讲台，吐出鲜红的舌头，像个懂规矩的迟到学生。

教室里没有私语，沉闷依旧。一颗颗头在一处处座席上方长出，造出细碎的噪音，鞋的摩擦，纸的抖动，笔的掉落，乃至新陈代谢——呼吸，流动，消化，分泌，螨虫啃噬皮屑。吴先生清了清嗓子，把痰震下去，继续讲解。

《仪礼·丧服》中说："衰三升，三升有半。"周代布幅以二尺二为标准，一尺相当于23厘米。换算一番，就是50厘米宽的布幅排列240或280股麻缕。古时臣为君、子为父、妻为夫服丧期间都要穿这种布料制成的叫"斩衰"的衣裳。衰衣、衰布、裳、适、负、衣带下、衽、袂、祛构成了斩衰，配套的还有冠、绖、带、菅屦、苴杖。

这些物件要逐一讲解，通过PPT展示，呈现在投影幕布上。悬在阶梯教室棚顶的八台吊扇像纺机，将二百八十人吐出的空气织成一张细密的网，罩在头顶。窗外的光线愈发昏暗，预报中的雷阵雨触手可及，厚重的黑云压在第三教学楼上空，雨落前是短暂的风停。

吴先生用纸巾揩揩鼻子，拧开瓶盖，喝了口水，声带持续的震动让喉部隐隐作痛。尽管有麦克相助，说话的强度还是远超以往。声波发出后，迅速消失，不着痕迹，给人虚无感，唯有不断言说，才能在这空间维持住己身的存在似的。吴先生察觉陷入声音的怪圈，忽然停下，环视四周，便感到自己正在淡化、消失，变成一摊液体，或是一团气体。远处隆隆的闷雷，吴先生听到了，但不确定，头却更痛了。他瞧了眼狗，它好像在看自己，黑豆子般的圆眼，读不懂是愉悦的、严肃的、专心的，还是散漫的，只是有节奏地喘气。

狗的面孔让吴先生想起一个人，这很滑稽。

它的眼睛，或是什么部位，将傅先生模糊的身影从他脑海中勾出来。要狗戴上眼镜，或是要傅先生摘了眼镜，恐怕会更像，傅先生在冬日曾爱穿一件棕黄色的棉服，简直是跟他的身体粘在了一起，也牢牢粘在吴先生的记忆中。棉服的颜色跟狗毛有几分相似，袖口总是油亮的，那层油亮自然得如同印染上去的，带着菜汤与油墨味。眼下，伸在身前的两只狗爪也是黑色的，大概是踏进了泥泡里。吴先生来上课的途中经过一处尚未竣工的教学楼工地，十几块临时放置的垫脚砖从泥潭中探出头，鬼鬼祟祟，每块砖偏偏相隔一步之外，需要力道与惯性将躯体运送，跳跃间不免让皮鞋和裤脚沾染了泥水。这样看，狗走的也许是同一条路。那条小道是从食堂到第三教学楼的捷径，吴先生在课前摸索一番，终于随人流找到了，他也便不得不跟在人后，在泥中的砖头间佯装自在地跳跃，用前脚掌着陆，两块难度较高的砖头差点儿让他崴了脚。

说不清为什么，吴先生怕班上的学生目击他笨拙的身姿，这仿佛会削减他在学术上的权威。或者，反过来想也好，身姿的笨拙恰恰是对权威的学术地位的一种佐证。如果这样想，吴先生也挺尴尬，因为他的动作似乎还够不上太笨。于是，傅先生那身脏兮兮的，象征他不关心此岸物质世界的棉服这时在吴先生的眼前一闪而过。傅先生他，会以怎样一种身姿趟过积水呢？吴先生想起跟傅先生在雨中同行，边走边谈，傅先生的脚几乎没落下他必经途中的每一处水坑。

狗扭头看了看窗外，外面吹来一股劲风，浮动那一身黄棕色的皮毛，风停的刹那，雨滴就砸了下来，可能50厘米会容纳280缕雨线。

"现在点一下名。"

吴先生翻开点名册，引起些许骚动，他趁机扫视台下。释然、惊异、不屑、嘲讽，无动于衷若也算种情绪的话，写在大多数人的脸上。

这的确很愚蠢，还挺无聊。吴先生想起在他的学生时代，有位头发灰白的老先生每节课都要从头点到尾，郑重戴上花镜，诗朗诵般的姿势端起点名册，慢悠悠地将每一个字从嘴里吐出。听到应答了，用食指把花镜拘在鼻翼，翻着眼皮把人上下打量一番。

吴先生如今竟也要做这愚蠢与无聊的事，他自己都暗自吃惊。不过，吴先生打算点一下名的目的却有所不同，为了装得更像个老师，不被人看穿，他必须学点"恶习"，做些规定动作，比如热情与鼓励，恐吓与威胁。吴先生对这个世界没那么热衷，他假装对所授之事痴迷，对所授之人关切，完全是想测试一下自己能否胜任一个全然陌生的舞台角色。迟早有一天，吴先生会被揭穿，他甚至有点期待这段情节。不知是吴先生真的演技高超，还是观众过于迟钝，揭穿这戏码迟迟没有上演，倒令他微微失望。

雨又大了些，潮湿的气味冲到鼻下，很好闻。吴先生看到坐在第三排的她抬起了头，与他对视。

她的眼睛很大，刚才始终在呆滞的状态中，不动了许久，睁眼睡了似的。这时盯着吴先生，仍像停在梦里。

她课前喝了牛奶，坐得笔直，边喝边看书。教材以一种自然的姿势摊在桌上，左右大概是等页的。她课前吃东西时，无论面包、包子、卷饼，还是喝牛奶、豆浆、奶茶，慢吞吞的，盯着书看，从不翻页。那些写在教材中的干瘪、枯燥的文字，想必不会激起食欲。

吴先生私下进行过试验，他把教材摊开，调整砝码似的，捏起一页页薄薄的纸，寻着微妙的平衡。吴先生想知道她看的是哪页，也许是亲亲得相首匿、刑罚世轻世重，或凌迟，化外人有犯，抑或其他什么古怪的名词。最后，吴先生发现他的书可以稳当当地停在任何一页，于是忽然心生沮丧，似乎与这个学生断了唯一一丝微妙的联系。

现在，她瞧着吴先生，两道空洞的目光投来，细若游丝。

"苗静。"

吴先生随手指了个名字。

这两个字，他还认识，点名册里有很多字他并不认得，有的很模糊，比如"倩"和"婧"，他就分不大清读音；有的多音字，像"行"和"处"，他不晓得该读哪个音；有的是四个字，他拿不准读的节奏；也有重名的，同音同字或同音异字，他便很迷茫。

"苗静来了吗?"

吴先生反复观瞧，等了等，没听到应答声，也没见有人举手示意。

"中了噢。"

吴先生轻快地说，在"苗静"名下的格子内打了一个叉，用的是铅笔。这是吴先生第一次点名，他想给被记下名字的学生一次机会，尽管他没有橡皮。

"施程。"

吴先生念着，往台下看。她把头歪过去，看窗外的雨，现出侧颜，有种静谧的美感。几乎所有人都在看雨，雨滴凶狠地拍在楼体、玻璃窗、路灯、树枝、树叶和地面上，发出激动的叫喊。吴先生不禁也随着众人的目光朝外望，心想那滩不大不小的水泡，怕已变成一片湖泽了，砖头应该潜入水底去了。傅先生他，会满不在乎地涉水而行吗? 以他的性情，怕是会的。

"又中了一个。"

吴先生画个叉，把名册往后翻了翻。

她该叫什么名字呢? 吴先生看着她。从她口中发出的声音会是什么样子呢?

"林晴。"

她没有看过来，像座汉白玉雕塑。吴先生倒希望雨一直洒下去，不过暴雨只持续了三五分钟，而后变得绵绵的，有气无力。

"林晴也没来吗?"

吴先生问了声，摇了摇头，打了第三个叉。

"闫言。闫言……这名字没错吧，到了吗?"

吴先生没了抓到第一名逃课者的兴奋，反而有点尴尬，还担忧起来。他一连点了十五个名字，无一应答。教室分明坐得满满的，哪怕有人冒名代答，吴先生也不会发现。他一开始还感叹自己百发百中的运气，现在倒暗自怪起这些学生过于诚实了。

"他们人缘不怎么好啊，都没人替喊一声。"

吴先生开了句玩笑，并未获得预料中的笑声。又点了五个，同样无人应答。吴先生有种预感，甚至忽然有点害怕他说出的下一个名字也不会有人认领。会不会就这么一直点下去，点完了二百七十九个名字仍无应答?

那么，坐在台下的这些人究竟是谁？

难道是恶作剧吗？今天并不是四月一日。吴先生微微闭上眼，胡乱指了个名字，以前他只在游戏里这样做过。

"付显升……付显升！"

"汪！"

狗叫了一声，教室里的所有人，包括吴先生，都笑起来，算是缓解了方才的紧张与尴尬。她也笑了，吴先生觉得她笑起来时更好看，有了团活气，否则吴先生会认为她的指尖也会是冰凉的。雨后的第一缕阳光照在了狗脸上，它眯起眼睛，收起舌头，若无其事地起身，抖了抖，在吴先生的目送下，摇着尾巴走出了教室。

齐　衰

踏着一路水花返回住处，吴先生把脱下的裤子扔在椅背上，裤脚的泥很扎眼。等泥干了搓一搓，之后就放在盆里，用洗衣粉泡一泡。外面的雨又开始淅沥沥下起来，这半个多月里，天就没彻底晴过，屋里总有股淡淡的霉味，墙角生的毛像某种瘟疫，慢慢吞噬雪白的墙壁。

眼前这片墙，细究起来也不是纯白的，上面各种细微的痕迹记载了这间房的历史。其中一处惹人注意，大概是用没水的圆珠笔刻出来的一排正字。吴先生数了数，一共十五个正字外加三笔，也许记录了某位房客在此处经历了七十八个日夜。吴先生也爱用正字计数，把四个正字画在一个本子的首页上。本子是吴先生二十天前刚到 C 城时买来的，途径大学城时，他忽然萌生出要记录即将发生之事的冲动，便钻进路边的一家文具店，挑了个封皮印着野蔷薇的本子。之所以看中了野蔷薇，可能是在浮光掠影中周遭投射在视网膜上的色调过于灰暗，吴先生需要一点鲜活的刺激。

隐约传来几声犬吠，吴先生朝窗外望，一片泥泞。雨水的冲刷与洗涤不会让这世界变得清澈、洁净，反而更加狼藉、腐败。日头西转，天色逐渐暗淡，细雨声愈加明晰、吵闹。

吴先生把自己脱光，摆脱了潮乎乎的衣服的束缚，轻快不少。他打开本子，提起笔，记录今天之事，思忖良久，落笔六字而已——雨，四节课，点名。收笔入鞘后，吴先生发现胯下那物坚挺起来，脑海中却浮现出她的面孔。虽然可耻，但吴先生还是禁不住猜测她身上的味道，青春女性特有的气味，淡淡的，也许弥散在她袜底的潮气与热气也是香甜的，谁知道藏在她鞋里袜子是白色的，黑色的，灰色的，粉色的，黄色的，还是花色的。

想到这儿，吴先生拿笔添了一行字：鞋子湿透了。这也许是今天唯一值得纪念的事。吴先生在回来常抄的一条近路上不幸一脚陷进泥里，稀松的泥水瞬间没过鞋帮，横生的杂草粘在泥巴鞋底上，沉沉的，这使他沮丧异常。吴先生瞥了眼躺在门口的那双狼狈不堪的鞋子，再次陷入一种迷茫的情绪中，周围的一切都让他感到陌生，便不得不又把那个始终困扰他的问题掏出来：我到底在干什么呢？吴先生觉得一阵乏力，龟头垂了下来，头又开始痛起来。

野蔷薇本子的第二页，吴先生只简单地记录着：雨，午后到 C 城，租住校北门外的一居室。

使吴先生来到 C 城，身处斗室，如今光着身子，精神萎靡的根源，说起来可归因于二十一天前突然响起的一个电话。吴先生一向不接听陌生号码，但那次显示的固话区号让他想起了久未联络的傅先生，便接了，里面传来一个低沉的男声。

"请问是吴先生吗？"

"是的。您是哪位？"

"J 校教务处，是傅先生让教务处跟你联系的。"

"什么事？"

吴先生有些奇怪，放下了手里的一块碎玻璃，玻璃碰撞坚硬的地面发出"咔嚓"一声响。

"傅先生临走前跟教务处交代说由你代他的课。本学期还有十次课。刚才教务处把课程表、教案和教学日历发到你邮箱了，还有傅先生的教学 PPT。课本和点名册会放在讲台上。下次课在明天下午。你可以在校外租房住下，把租房合同传真过来学校会给你补贴。你把银行卡号用回复邮件的方式发过来，课时费按傅先生的副高级职称标准按月发放……"

"啊······你是说······"

滋滋的电流噪音让接下来的每个字变得含混，吴先生的耳朵紧贴着听筒，勉强捕捉到信息，却来不及反应。那个自称教务处的人所说的每一句话，吴先生都需要进一步的解释。第一句吴先生就没明白，引出一连串的疑问：傅先生去哪儿了？为什么要我代他的课？代的是什么课？

"喂？我想问一下，傅先生他去哪儿了？"

吴先生好容易捋顺了思路，提出了第一个问题。

等了半天，听筒那头并无回音。吴先生看了看手机信号格，是满的，通话时间的计数还走着。吴先生在房间里走来走去，寻找着可以让那头的人又开始说话的位置，走了半天不见效果，只好挂了电话拨回去，但一直处于占线状态。

从那儿之后的二十一天里，这个号码一直在占线，在半夜也尝试拨过，依旧是占线。那个教务处，吴先生去C城后始终没有找到，他打听过，但一无所获。马上给傅先生打电话，他存在通信录中的号码竟然成了空号。吴先生的电子邮箱倒是马上收到了教务处发来的一封信，他没细想自己的邮箱是如何被那边获知的，便把所有文件下载，浏览了一遍，越看越使他迷惑，最后瘫倒在书桌前的沙发椅里。

如同许多在生命中某一阶段出现的朋友，傅先生适时出现，在攻读硕士期间与吴先生一度关系密切，不过随着毕业各奔东西，交集消失，联系便也逐渐淡薄了。以前还会在过年时互发千篇一律的短信，这几年不流行了，也就几乎等于完全失去了联系。

吴先生翻出已成为空号的号码，最新一条的短信时间显示是在两年前的春节。吴先生总以为号码存在那里，只要自己拨过去随时都会再次听到傅先生的声音，尽管他不会主动去拨。知道那变成了空号后，吴先生还是涌出一股落寞的情绪来。就像吴先生的手机里还一直存着父亲和母亲生前用的号码，他总是骗自己，与父母的两隔不过是自己不想拨通电话罢了，只要他想拨过去，二老的声音依然会在听筒那头传来。可笑的是，吴先生竟然相信了这个理由。当傅先生的号码变成了空号，让吴先生不得不直面那些他自己编造出来的可笑理由，这更令他痛苦。不过，吴先生来不及回味与傅先生曾经的友情，那时要面对的只是如何处理那一通莫名的电话。

吴先生感到有点冷，披上了毛巾被，打开手提电脑，翻到下节课要讲的PPT那一页。吴先生盯着那些文字与图片，想象着傅先生讲解它们应该使用的语调和口气。硕士毕业后，傅先生连跑了几座城市，最终落脚 C 城，投入 J 校的法史学名家门下攻读博士，拿下学位后便留在那里工作，也算水到渠成。虽然同是学法出身，但吴先生硕士毕业后就基本远离了法学圈，一开始也不是有意为之，每辞掉一份工作，就离这个圈子更远了一步。最近的一次辞职，确切地说应该是散伙，把酒吧里最后一批剩下的杂物都变卖后，吴先生就又获得了自由。

按理说，吴先生完全可以不去理会那通电话，把陌生的 C 城连同那位不再熟悉的傅先生彻底忘掉。尽管这样想着，吴先生还是受什么东西牵引似的，登上网站，查了查当晚去 C 城的火车票，显示有六张，一会儿刷新一遍，票数就减少一张。

剩到一张时，停了下来。

正是那最后一张火车票把吴先生送来了。在踏上火车的一刻，吴先生才想起一个似乎最重要的问题，他早就把十六年前学的法史忘得一干二净了，记得的只是那位教他法史的女老师脾气很坏，每次都要用一节课的时间数落没来的人。这行为一度让吴先生感到困惑，于是后来他就成了被她数落但他听不到她数落的那一批人。

要是不来，究竟会怎样呢？

吴先生滑动着鼠标，边看边想。其实站在课堂上的第一天，吴先生就在做这个假设了。可是，傅先生和教务处好像知道他一定会来似的，也似乎晓得他肯定能讲授这门课一般，仿佛根本没有考虑他不来的这种可能性。即便已经开讲时，吴先生都不敢确定这是不是傅先生跟自己开的一个目的不明的玩笑。吴先生拿腔拿调，故作深沉的举止，自己演起来都感到难堪。当然，吴先生准备好了迎接随时可能冲出来对他进行嘲笑，并拥抱他的傅先生，也想好无论傅先生如何解释都要狠狠地捶他一顿——不过幻想中的这一幕始终没有到来罢了。

一切来得过于自然。

大约只过了二十分钟，吴先生俨然就是一名教师，进入了角色，昂首立于讲台之上，逼真得让吴先生怀疑自己其实一直都在 C 城的 J 校任教，而傅先生才是那个在百里之外一事无成之人。从学术研究的能力看，当年吴先生与傅先生应该说不相上下，只不过吴先生多了些机巧，而傅先生多厾些苦功罢了。面对傅先生的教案，吴先兰居然驾轻就熟，那些古怪的知识本来就潜藏在他头脑深处似的。

没准儿还能有一次艳遇。她就很好。她并非十足的美人，可能更多地要取决于一个男人如何去理解，他预料到她衰老时可憎的模样，但青春毕竟还在她体内留驻。如果什么也没有发生，那就太乏味了。正这样想着，手机短信提示音响起来，一笔课时费打进了吴先生的卡中，他在考虑今晚该吃点什么时，昏暗的窗外又传来了几声犬吠。

大　功

吴先生与她在两天后相遇。

地点不是在教室，而是在学校边上的一潭湖水旁。吴先生误打误撞，才发现这混沌的城市中竟藏着一处秘境。

天阴沉依旧，预报说雨将在半夜才落，吴先生提着文件包出门时没像往常拿伞。没了这点负担，吴先生步履飞快。距上课尚早，才有另辟蹊径的兴致，转了个弯，朝教学楼相反的方向走了走。

与西面校园里的人造湖不同，眼下的这湖分明就是野生一般的模样。它伏在一片荒草地中，没有清晰的轮廓，只漫溢开来，延伸到草丛更密实的地方。辨不得远处的模糊地带是草中积了水，还是水中生了草。雨水充沛的季节，不起眼的小湖或者平凡的水泡瞬间膨胀数倍并不稀奇，待半夜大雨降临，现在踩在脚下的这方湿软的泥土恐怕就会被淹没了。

吴先生本不打算在湖边久留，但忽然望见湖对面有个身影，似曾相识。好像是她，在一棵树下坐着，不知来了多久，跟上课时的身姿一模一样，时而微微抬头，左顾右盼，更多时候望着湖面发呆。唯一不同的是，她面前没有摊开的书。吴先生想喊她，张了张嘴，又不知喊什么好，踌躇间竟有种久违了的恋爱的错觉。吴先生想起妻子，恋爱时他们常在河边漫步，那一条河将城市切成两半，河水就像涌动在城市血管里的血。

"你夹了。"

吴先生吃了一惊，刚扭过头，一个人从身后闪过，毫不客气坐在他身旁，吴先生把文件包往外挪了挪。

"我们见过吗？"

吴先生没马上逃走，只是好奇。那个身材高大的中年男人身上散发出浓浓的烟味。

"这是我的位置。"男人说。

"你的位置？"吴先生打量一番，男人长着一张紫红色的脸。

"对，我的位置，我已经快成块石头了。"男人说着，指了指脚下，"你看，这里没有草，我每天都在这里。待的时间越来越长，最后就长在这里了。"

吴先生认真听着男人的诉说，没什么异样之感，他有些习惯了 C 城的怪诞。

"你也要变块石头吗？"男人看了吴先生一眼。

"我只是路过，一会儿还要去上课。"吴先生抬起手腕看了看表。

"是 J 校的老师吧。满足做块石头的一个条件了。"

"什么？"

"那些学生并不需要你。"

男人说着，从上衣口袋掏出烟盒，抽了两根递过来。好像接了烟，就相当于认同了男人的说法。吴先生拿了其中一根，像在做一道选择题。

"我们可以打个赌，一会儿你不去上课也没关系。"

吴先生不想跟这男人打赌，也没有解释或辩解的欲望。

"看你不像本地人。"

男人吐了口烟。

"我从南边来，给老友代课。"

"你的老友怎么称呼？"

"傅先生。"

"这样啊。"男子笑了笑，弹了弹烟灰，"他先你一步，已经变完了。"抬手指了指湖面，接着说："现在应该是没到水里了。大概这个方位。上个月的水泡还是巴掌大的一块。"

"他怎么会变成石头?"

吴先生顺着男子指的方向望，水中什么也没有。男子踩灭了烟，动作与声音变得缓慢:"来这儿的人总会变成一种别的东西。傅先生也可能变成别的什么了。"他花了半分钟才再次抬起手，冲对面点了点，"那姑娘大概会变成一棵树，或者一根草。不过她选的位置不太好，应该再往北几米。"

吴先生望了望对岸，却没看见她。一片郁郁葱葱的小树林中是否刚才多了一棵，或者草地上是否多了一根，不得而知，也许是她趁吴先生没注意已经走了。吴先生努力回忆刚才远望她时周遭的景致，似乎在她曾坐过的地方多了棵树——不知是吴先生的错觉，还是某种心理暗示。那树娇弱无比，轻盈地摇摆着下垂的树枝。

"拿傅先生说吧。"中年男人盯着水面，"双亲去世了，跟妻子离了婚，没有孩子。学术上看不到进取的希望，也是勾心斗角的牺牲品。对了，要说割舍不下的就是他在这十几年陆续收集的资料，里面还有一些善本呢。"

吴先生望着那棵树，也许是她，吐了口烟。傅先生读书那会儿有口大木箱，吴先生见识过，里面排满了调研时从各地搜罗来的清代和民国时期的文书与地契。傅先生那时做这方面研究，出了一批成果，身上散着浓浓的腐朽纸张的味道。

"说来也巧。傅先生的妻子，应该说前妻，后来跟的男人是做文化生意的，开了个专门收藏古旧文献的馆，傅先生跟那男人聊得来，那些收藏便有了稳妥的归宿。于是，傅先生就来这儿坐了，越坐时间越久，从一个小时到二十四个小时，应该就留在这儿了。傅先生说他要么就变成一块石头，要么就变成一条狗。以他那爱静不爱动的性情，变成石头的可能性比较大吧。"男人转面看了眼吴先生，"傅先生倒是说过一次，他这学期在学校的课还没有上完。"

"你说说为什么要来 C 城?"中年男人也望着对岸，不知道是不是在看同一棵树，他紫红的皮肤不知道变成石头后会不会让他依旧是紫红的。

"我刚才说了，给老友，傅先生代课……"吴先生抓了抓耳朵，他忽然想到如果自己变成了石头，身上发了痒该怎么办。不过吴先生立刻觉得，可能石头根本不会痒，连痛觉也没有。

"我是问，为什么要来代傅先生的课?"男人的提问毫不留情，舒舒服服喷了口烟。要是变成了石头该怎么过烟瘾呢？吴先生马上给了自己一个合理的解释，石头是不会犯烟瘾的。

"我跟傅先生是老朋友……"吴先生念叨着，又觉得在这时说谎似乎没有任何必要，于是干脆说，"我那边不需要我了。"

中年男人像在等吴先生继续说话，吴先生便说下去，自言自语一般："我开的店倒闭了，其实不算什么。赔了些钱，跟一起合伙的朋友闹掰了，我俩打了一场，砸碎了店里的每一块玻璃。挺可惜的，但没办法。"吴先生索性一屁股坐在地上，"妻子呢，没说离婚，不过我知道她要等我先说。她单位有个同事，离了婚的，对她有意思好多年了，我妻子也对他有意思，他们借出差之由约会，这些我早知道。我的存在是个障碍，你知道。我也不是没有情人，不过是各取所需。需求没有了，或者满足不了了，就到了散场的时候，这再自然不过了。"吴先生说着，心反倒平静下来，"我没什么需要特别安置的，也没想过可以变成石头，或者其他什么东西。然后，我接到了一个电话，这里需要我。其实，我当初的理想是跟傅先生一样的，在 J 校，或是在其他地方，安安静静地教书……"

头顶上的乌云笼罩了 C 城，云层低沉却毫无压迫感，相反，它将天宇与现世隔开，将眼下的这潭湖水包裹，倒给人一种安心、踏实的感觉。吴先生说了好多，像跟云在说，跟湖在说，跟树在说，也像跟自己在说，说着说着，话在某处停下，像只蜻蜓，目光在湖中游走，也在一处水波中止住。用余光看，那中年男人似乎消失了，也可能旁边那块稳稳立住的石头就是他。傅先生若是块石头的话，会不会是块棕黄色的石头呢？吴先生无论如何也想不出变成石头的傅先生会是什么样子，不饮酒，不抽烟，不写字，不读书。没了酒味、烟味、墨味、霉味的傅先生，究竟会是什么样子，吴先生想象不出。但或许，傅先生变成了一条狗，就是那条有棕黄毛皮的狗。

"啊……"

吴先生内心呼喊了一声，她竟出现在自己面前。头发比束起时要长，披在肩头，耳朵从后面看，更柔软。吴先生此刻将只身来到 C 城的所有意义都放在了她身上，放在了与她的相遇，吴先生想听她说句话，或许待她开口，他会要求更多，不过现在只是想听她说句话。她无声无息，头发掩住了脸，缓缓踱步，松软的泥巴染黑了雪白的鞋。

她跶累了，坐在吴先生腿上。她没有重量，却有温度，就像长在石头上的一株草。

小　功

跑噢！跑呀！跑啊！

吴先生在雨中飞奔。雨点刚稀疏下落时，他巧妙避过，在雨线的缝隙间自在穿行。雨大了，雨密了，50 厘米 280 缕的雨线，瞬间把吴先生洗成一条狼狈的落水狗。于是，吴先生能用四条腿奔跑了，若不是套在手腕的文件包碍事，简直可以腾空飞起，在一道道水坑间跳跃、飞翔，雨中校园的景致一一从眼前闪过，落荒而逃。上课的预铃回荡在空中，炸雷似的，尖锐又急促，滚滚的，又绵长，像鞭子，抽打吴先生，叫他身上的水花四溅，让他的领带飘到空中，也将附着在身上的种种抛在身后。

教学楼的模样如同怪诞的机械生物，身披玻璃外甲，主楼直耸入云，高高竖在楼顶的避雷针像两根长长的须子，引诱酝酿在云层深处的雷电。吴先生通身湿漉，站在楼前，他摘下眼镜，抹了把脸，胡乱在衣角擦了擦，别在上衣口袋，眯起眼睛，打量宽大的教学楼门。印象里，这该是上课的地方，但看起来却有说不出的异样。吴先生走了几级台阶，仰头望了望，楼门前一左一右的座狮，嘴突出去，吐着舌头，倒像两条狗。吴先生掏出眼镜戴好，模糊的镜片没让视力改观，倒更迷茫，他往上走，台阶分裂繁殖起了似的，蔓延开来，越爬腿越沉。第四教学楼的牌子就挂在门口，像在嘲笑吴先生，他抹了抹脸，把抹在手上的水甩掉，头上蒸腾起一股热气，烤得脸发烫。

跑噢！跑呀！跑啊！

吴先生在雨中飞奔。两条腿有了思想，不由大脑控制，只顾来回摆动，将落在板油路上的众雨再次击起，挥洒成一处处漩涡。正式的上课铃声像场暴雨，音符砸落，拍打在吴先生的脸上，引起阵阵痉挛，居然是灼热的。音乐悠长，不能终止，也像会随时终结，吴先生的耳鸣延续着铃声的余味，他听到心脏的鼓动，捶打着耳膜，他大口吸气，把舌头伸在外头，尝到了无味的雨滴。吴先生在一栋教学楼前止步，弯下腰，扶着膝盖，勉强撑住下坠的身体。剧烈的一呼一吸，让吴先生的口腔连着肺部疼痛难忍，像活生生被剖开了似的，而潮湿的空气像浸了盐。吴先生扶着栏杆往上爬，他不敢往前望，只盯着脚下的一级级台阶，那些台阶，有时方，有时圆，滑溜溜的，黏糊糊的，像舌头。吴先生猛然抬头，望见教学楼的大嘴，排水管呼啦啦流淌，像唾液，分明就是一颗硕大的狗头。吴先生用手指碾了碾镜片，从指纹中辨出狗头旁的一块牌子——第二教学楼。吴先生把刘海攥在拳头里，挤出一股水来。

跑噢！跑呀！跑啊！

吴先生像个醉汉，朝前跌去，到了下一秒就会摔倒，是风的推搡，让他奇异地舞蹈。雨雾中的大楼冷冰冰的，都是同一副漠然的面孔，灰黑色的，像水墨画的背景，辨不出差别。吴先生奋力在楼体间穿行，如同一滴饱满的不安分的墨点，由顶端落体，在画布上留下一道蜿蜒的痕迹。这痕迹中，吴先生像是跑完了整个人生，墨汁尽了，他就停在那里，等待变成干涸的一块污点。吴先生在第五教学楼前止步，再也跑不动了，他不想再寻找凭空消失了的第三教学楼，于是晃悠悠蹚进门去，鞋子吱吱地发出叫声，把水吐出。第一间教室的门开着，暖暖的灯亮着，二百七十九副身体制造的团团热气召唤着吴先生。吴先生走进教室，看了看台下的学生，他不晓得他们的面孔，肉乎乎的只是一个个球，但除了一个人。她依旧坐在第三排，用空洞的眼神望着他。吴先生想用湿漉漉的身体抱住她，但忍住了，他从文件包里掏出点名册。吴先生的食指不知什么时候被什么东西划伤了，鲜红的血淌下，滴在已湿成渣渣的点名册上。

"现在点一下名。"

吴先生抖着嘴唇，他要点那个血滴在上面的名字，他有种预感，那个就是她的名字。不过在吴先生看到那个名字之前，已用完了最后一丝气力。

缌　麻

吴先生醒了，他倒在讲台前的地板上，但没完全醒来。他的眼球顶着眼皮，想从里面冲出来。吴先生薄薄的眼皮映出一片暖红色，他好久没见到这样鲜亮的颜色了，暖红中带着眼皮血管的淡红色。吴先生感到有些痛，尽管周身被烤得暖洋洋的，地板很硬，硌着骨头，不过最疼的还是左半身。若非有痛感，吴先生便会认为自己已经死了，或者，是在去往死亡的途中，斩衰、齐衰、大功、小功、缌麻的摩挲声响在耳畔。

吴先生缓缓睁开了眼，看到她蹲在身旁用圆规戳他的胳膊，一下、两下、戳出几个洞，戳出几滴血珠。

“你在干什么？”

吴先生从嗓子眼儿挤出几个字。尽管疼痛，但他动弹不得。

“只是看你死了没。”她的声音跟空洞的眼神相配，“死了的话，又要换老师了。”

吴先生的眼皮不听使唤地合上了。

不一会儿他又不得不醒来，黄棕色皮毛的狗卖力地舔他的脸，潮乎乎、热乎乎的唾液使他睁不开眼。

“是傅先生吗？”

吴先生想这么问那条狗，咔咕噜咕噜的声音只在喉咙中涌动了一阵，身上火辣辣的疼。

不知道过了多久，也许是二十秒、二十分钟、二十个小时，或者二十天。吴先生或许真的醒来了，发现自己躺在一片碎玻璃当中，也成为一块破碎的玻璃，淌下来的血也将他的灵魂牢牢黏在这昏暗的世界里。棚上的野蔷薇是吴先生画上去的，他画的时候对这家即将营业的小店充满了信心，现在看来笔法有些幼稚，颜色脱落了大半，可能50厘米会容纳2800道笔触。

猫与少女

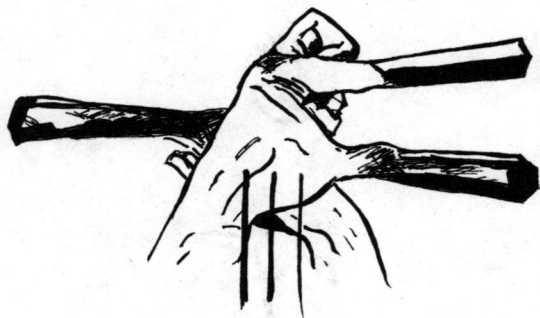

第 10 条　猫休息时有权免受干扰。

廖生在铲尽附着蟒皮上的最后一丝腱膜。

这张中鳞格琴皮呈金黄色，若非老友顾鸶点明，看不出大约已是十四年的老皮。

其油质丰富，张力十足，紧致排列的鳞格在落日余晖的映衬下别有韵味。抻拉间，仿佛可随时脱手蠕动，叫人不禁臆想蟒蛇生前的行姿。

若说廖生等了这张蟒皮十四年倒有些矫情。六角琴筒早在五年前就已完成，弦轴、琴首和琴杆也在三年间陆续制成，只等一张契合的琴皮便可装配。如此看，蟒皮出世最早，却姗姗来迟，也算是蒙皮乐器命运的常态。立在店门对面的一把三味线成型已逾两年，还在等那张属于它的蒙皮。有幸经自己双手了却多年的一桩心愿，廖生兴奋莫名，又隐隐生出失落。

虽早已过了冲动的年纪，性子磨炼多年，但完成一件顶级乐器的急切心情始终存于廖生心中。完成时那一瞬间的极乐则稍纵即逝，想来这些年廖生的生活就在未完成时的焦虑与完成时的失落间交替度过。

极乐之后，便堕入更极端的空虚中。像自渎。

若永久停在极乐之境，需有与乐器合二为一的觉悟，眼下的这把即将完工的二胡可能又难担此任。

午间随蟒皮寄到的还有一箱虾怪。

每只足有手掌大，乍看下外形骇人。泡沫箱将鲜味冰封，闻起来是一股久违了的海腥味道。顾鸳在短信中反复叮嘱当日即食，大概料到依廖生的性子见到蟒皮后会马上开工，废寝忘食。

临近饭口，廖生才从工作台前起身，踱进隔壁厨房，将虾怪洗净，放在锅里蒸了。他怕忘记炉火，便摸出手机。

"帮我定时到……"

廖生清了清嗓音，冲手机喊道。

少女可能受了惊扰，在沙发床上翻了个身，一只脚从被子里掉了出来。

第 7 条　猫与店内顾客接触时亦为猫。

铲膜所需的专注与耐心已被一天的工作耗得所剩无几。

乐器制作的难处也许是，在眼睛看不到的地方要下更多功夫。

一道道烦琐复杂的工序不仅是对毅力、经验、技术与职业操守的考验，也需要体力的支撑——就后者而言，廖生愈有力不从心之感，内心不免生出一丝沮丧。

本质上，乐器的使命在于被演奏，若沦为摆件，或流落到没有与之相匹配的驾驭者手中，无异于暴殄天物。

这样说来，戚先生在此订制的古琴大概即属此列。

前日在烘烤古琴音板时，廖生心绪紊乱，平生第一次对自己工作的价值产生了怀疑。专业演奏者中也不见得所有人都肯花数倍价格去订制非量产的手工乐器，而这位戚先生不过是位打火机藏家，虽在 C 城的艺术圈里不明不白厮混着，对乐器却是一窍不通。

戚先生本应与廖生无深瓜葛，跟音乐也没什么缘分，他表示代朋友来定做古琴的谎言漏洞百出。将古琴与众打火机置于一室的情景想来滑稽，只怕用不了多久，戚先生便会将上好的古琴改造成打火机的展示架，就如同他在各个场合热衷宣扬的拼贴与混搭理论。

这么说，戚先生的胡子与达利还真是颇为相像。

廖生本有意婉拒这笔生意，但戚先生早预料到了似的，一口便给出了难以回绝的价格，一连串恭维情节一路演下来像是经过了排练。都说戚先生性情乖张又世故圆滑，还挥霍无度，自此看名不虚传。想来时间若是退回几年，遇此情形，廖生必不会点头。为生计着想的结果是那股子心气仿佛从他体内渐渐流逝了。也不知这究竟是不是好事。

价格既像是对廖生手艺的肯定，同时又像是在"侮辱"他。因为戚先生付的定金似乎与那把尚未诞生的古琴毫无关系，倒不如说是买了张体面出入店门的通行证罢了。

有了这张通行证，戚先生便可以堂而皇之地频繁登门，明里观摩制琴，其实是来看寄居于此的少女。

这一点，戚先生并无忌讳，廖生也不必戳破。

第 1 条　本契约内容双方皆不可为外人道。

廖生对一名少女的价值始终模糊，也无从判断观看少女的价值几何。

从戚先生给出的古琴价格或定金来看，至少在他那里，观摩一名变作猫的少女的价值大致如此。其中或许还包含打点廖生的成本。难以评估的只是戚先生在对少女的观看中，好奇感究竟占据几分，还会持续多久，也很难让人不去揣测在单纯的好奇背后是否另有企图。

不过从目前的情况看，戚先生的观看兴味正浓，每次来都要喝完提来的满满一大壶茶水才走，还将上好的一盒金骏眉留在店中，埋了个"伏笔"。

但凡走进店中的顾客，除非正赶上少女睡觉，否则没有不对少女的猫样行为感到讶异的，至少在刚进店门时会被刺激一下，不乏刚一推门便夺门而逃的敏感人士。

顾客中也一些人佯装视而不见，谈笑自如。

几位艺术系的学生则认定店里搞的是行为艺术，类似于艺术家 Wolfgang Flatz 在慕尼黑托尔伍德节的表演。他们看了会儿就走了，但对少女的"行为艺术"评价不高，归结有三：人数过少，场面不大，衣服没脱。

廖生也乐意用"行为艺术"的说辞来搪塞，以遵守契约第 1 条。

毕竟这一带是放浪形骸的艺术家们经常出没的地方。这片街区有一空场，在前几年也搞过几届小型行为艺术节，尽管之后大规模的行为艺术已被取缔，偶然间冒出来一两位举止怪诞的行为艺术家实在司空见惯。

不过现在廖生倾向于认为，假如少女真的是行为艺术家，自己与戚先生以及光临本店的顾客们的"观看"也许正构成了这部"完整"的"行为艺术作品"。

细想起来，廖生竟同意与少女签订了一份莫名其妙的契约，可能也怀着别的企图。

对于一名独居的中年男子来说，拒绝一位少女奇怪的寄居请求，或许是明智的，但或许又过于"明智"了。

戚先生让廖生明白了，店里少女的气息让泡的茶别有味道。

虾怪的味道从厨房飘来，廖生闻得真切，他忍着背部的酸痛，在工作台前直起了腰，不时瞥一眼站在墙角的猫形机械立钟。

钟面的暗格以前在整点时会从中跳出一只布谷作声的木鸟。

因为讨厌那鸟儿苍白的叫声，以及可能归因于此的神经衰弱症，廖生早把里面的弹簧破坏了。不过每到整点，立钟内部触发报时装置的动静倒像咳不出痰的那种憋闷。

廖生的喉咙忽然发了痒，应着立钟十八点的"咔咔"干咳了两声，起身时难免引来一阵眩晕。

第11条　猫于每日十八点变人一次，一次三十分钟。

"闻着不错啊。"

少女端端正正坐在桌前，背挺得笔直，将胸的凹凸送到眼前，饶有兴致似的看廖生用筷子捣烂酱油碗中的芥末条。

箸头是尖的，只得增加捣动的频率，恰好和上了唱片机中正播放的曲拍。

"每天都这样就完美了。"

少女的目光转向热气腾腾的一盆虾怪，嘴角泛起笑意，忍不住甩了甩脑后的发辫。

她小心地捏住蟹钳，提起一只，旋即一抖手，红通的虾怪掉在桌上。

"好烫！"

少女轻呼一声，把手指伸到眼前，使劲看了一会儿。

"你不觉得它看起来很恶心？"

少女又恢复了端坐的姿态，弹了弹手指，望向窗外。

店门并不临街，门外很是冷清。

有个老者佝偻着腰，在助行器的帮助下缓步从第一扇窗户移向第二扇。

窗前的路并不平坦，大小不一的碎石子很硌脚，助行器轮子的抖动传到手上，再传至全身，叫人担心可能随时失控倒地。

"越看越感到恶心了。"

少女把身子朝后躲了躲，露出厌恶的神色，抽出两张纸巾反复擦拭手指，眼睛盯着廖生剥壳的手。

廖生将吹得微凉的虾怪在掌中摆弄。

尽管试图做出一熟练动作，却还是被尖锐的须刺了几下。好容易剥出一块整肉，少女的碟子已递到面前。

"虽然长得恶心，但味道很好。"

少女笑嘻嘻地把蘸了调味料的虾肉放入口中细细咀嚼，眼睛眯成一条线。

"大连人叫它虾怪，其实是种寄居蟹。性子凶猛，会吃掉螺肉，然后将壳占为己有。随着长大，会更换壳寄居⋯⋯"

廖生边说边剥。

第二只顺利很多，手指似乎渐渐恢复了记忆。

当初在春季虾怪肥时，常与顾鹭委身胡同小店把酒嗑蟹，畅谈人生，练就了迅速剥壳的本事，每次都将酒杯弄得油滑异常，也不揩手。说是畅谈人生，其实那会儿占据所谓人生的无非只是女人罢了。喷薄而出的雄性荷尔蒙仿佛唯有猛灌啤酒，大口吃咸辣，大声谈女人才能压制稍许。

以前谈论过、憧憬过、苦恼过，甚至谩骂过的那些女人现在大概都已为人妻、为人母了。去年，顾鹭在发给廖生的一条短信里说，多年后算是机缘巧合，他终于与当年苦心追求失败的一个女人有了鱼水之欢。

记得那时顾鹭常在酒后与廖生信誓旦旦宣称，若此生与那女子"有一次"，即刻赴死也在所不惜。

廖生故意提起这茬儿逗顾鹭时，顾鹭也不否认，编了条蹩脚的文言体短信，阐述他如今为何不去赴死的理由，字里行间显出这位久别老友风流如故。

"设若伊仍为十四年前之身体，吾即慷慨赴死，殉于此胴体，何等快哉！然，以十四年后之身体侍之，安能使吾折腰乎？"

第3条　猫在沙发床中免受任何干扰。

"这么说，我也是寄居蟹的一种。"

少女又接过一只新剥的，鼻翼微振，抿了抿嘴，眼神中闪过一丝狡黠。她盯着人看时，从不会率先将目光移开。

廖生转向手中的虾怪。

这只剥坏了，他索性放到嘴里将肉吸出来。肉劲道紧实，鲜美无比。

若将少女比为寄居蟹也未尝不可。

两周前，少女独自踏进店门时，只拖了一个小行李箱，与上次见面相比，除去卷发变作笔直外，几乎没有变化，短款红色羊毛呢大衣，下身白色铅笔牛仔裤，足下捽纹低跟休闲鞋。黑色的指甲，又长又亮。

两年前，少女便是这身装扮，与那时的男伴借宿于此，睡的还是摆在墙角被各种杂物遮掩住的沙发床。那男伴身材健硕，胡须浓密，沉默寡言，眼神柔和，占据半脸的大胡子有种异族的感觉。他俩那时并非专程赶来参加行为艺术节，流连于此直至深夜，实属误打误撞。按少女讲，她看到火光便像蛾子般扑奔过来。

事实上，这艺术节在 C 城堪称臭名昭著，因为表演过于前卫，组织混乱，接连出了几桩酗酒、殴斗、纵火事件，隔年便被勒令取缔了。吸引少女的那把火，或说报道中"纵火"的那把火，也有廖生的一份。

廖生用库存的低劣木料赶制了一批历史上不曾存在的奇怪乐器。这些乐器有的能辨出原型，像三头的琵琶。更多的说它们是乐器而非奇形怪状的木头，只能从上没上弦来分辨。装了弦的就算是完工了。

入夜后，这些"乐器"被装上板车，拉到街尾的一处空地，从地底下、墙缝里冒出来的艺术家们摔了酒瓶，纷纷操弄起来，合奏了一首只能是即兴创作的"曲子"。说是"曲子"，大概用"噪音"形容更为贴切。最惹眼的是一把指板足有五米长的"吉他"，七八条汉子抱住了合力演奏，不刻便咔嚓一声将木头掰折。乐者齐声摔倒，爬起来攥着支离破碎的"乐器"继续"演奏"。"一曲"终了，众人欢呼雀跃，将"乐器"堆成一座小山。

最后浇油点火的正是戚先生。他咧着嘴，高声欢呼，露出被茶渍、烟渍浸黄的牙。廖生看到少女在火焰下舞蹈，火光将她的身体染得通红。

据说这是个行为艺术作品，叫"乐后即焚"。

那晚留在廖生记忆中的有燃烧跳跃的火焰，少女明媚的眼睛，当夜沙发床上交合的呻吟，还有那支"乐后即焚"的"曲子"——火，乐，性与少女，它们的意象交织在一处，催化、融合、升华，给予廖生从未有过的对生命的理解。

制作仅演奏一次的乐器，如同经营一段露水情缘，毁灭的结局便是最终的狂欢。

廖生想起许多曾与他在沙发床上缠绵的女人，但那晚她们的脖子上都长着少女的头，伴着墙那头传来的来自沙发床的呻吟，廖生快活地自渎。那一刻他离极乐最近，醒来后又不负一丝悲凉。

第 12 条　猫不可用人语交流。

"每个人不都是在寻找个壳？"

少女喝了口白葡萄酒，透明的杯身上留下一枚完整的指纹。用筷子敲打桌上的螺。

"我是说心灵。找到可以解释此时心境的理由，就是个合适的壳。等这个壳容不下了，就再寻找下个壳。"

少女说这番话时，收起了刚才的稚态，不留一丝痕迹。

"我构思的这个猫系列作品，说起来就是给我现在对世界的理解找一个壳。"

廖生以浅笑回应。

他不知道该不该以同样严肃的态度与口吻来回应这个看似严肃的"心灵问题"。

两周相处的经验告诉他，此刻只须专注剥壳就好——倘若廖生摆出探讨问题的姿态，少女便会瞬间恢复某种"无知"状态，笑他过于"正经"；而假如廖生玩笑起来，少女又会摆出一脸无辜相，怪他过于"不正经"。

与少女交谈时，廖生常有无力之感。

少女带来的那个小行李箱中，装不下什么，还塞了几本书。

夏目漱石的《我是猫》，谷崎润一郎的《猫与庄造与两个女人》，安娜·玛丽·伊劳的《一只到处旅行的猫》，霍夫曼的《雄猫穆尔的生活观》。

四部作品的书名中都含"猫"字。

少女告诉廖生，之所以再度出现在这座城市，是因为城南有家私人博物馆。少女对馆藏的文玩没有兴趣，看中的是常流连于博物馆院中的猫群。少女想说服馆主，让她像猫一样在此处生活一阵。

据这家馆主的一篇随笔中描写，猫有数十只，爱在馆前的草坪上晒太阳，追逐嬉戏，正门雨搭下设有石头做的水盆，甚至它们可自由出入馆内外。在馆内，猫儿们似乎与馆主达成了契约，沾染上文化的灵气，从不攀高打闹，文雅规矩，走起路来都是蹑手蹑脚的。

少女告诉廖生，这篇文章的每一个字都是彻头彻尾的谎言。她没看到一只猫，却见识到了一脸横肉的馆主在馆厅里打麻将，一条哈士奇吐着长长的舌头躺在馆主的脚边。

少女给廖生看刊登馆主文章的杂志，又给廖生看她用手机拍的在馆外通过落地玻璃窗拍的照片。照片很虚，四颗光头围坐在麻将桌前，其中一个男人的胡子很稠密。

那大胡子男人呢？廖生想起了，便问少女。在少女走后无数的夜里，廖生都在做着一个满脸是胡子的男人摩擦少女雪嫩肌肤的梦。少女听不懂廖生在说什么，继续讲她的经历。

少女离开博物馆，在路边坐在行李箱上歇脚时，看着《我是猫》封面的猫的侧影，忽然想起廖生店里待过的那只叫豆沙的美国短毛猫。两年前，少女和胡子男人在廖生的沙发床上交合时，它一直趴在床头静静观察，看得入迷。当少女得知豆沙在某夜出走后再没归来时，竟马上问廖生是不是用它的皮做三味线了。廖生和少女都笑起来，那一刻廖生似乎发现少女对他的留意。

无论是夏目漱石的《我是猫》，还是歌舞剧《猫》，都是借猫之口表达人类的所思所想。

以猫为第一视角做系列作品，包括摄影、绘本和舞蹈，完全表达猫的精神世界。

都市中的猫，无论家养或是流浪，都会与人产生关系，或直接，或间接。

人的行为会对猫的精神世界产生重要影响。

所以要作为猫，同人类接触，才能把猫理解得更完整。

少女如是说。她讲得兴致勃勃，他听得津津有味。

跟少女谈论思想，辜负了她的身体。

与少女交欢，才是最佳的沟通方式。

廖生想起顾鸶如是说。

第 13 条　猫变人后不可用猫语交流。

"晚餐吃海鲜很对味。"

少女大方地接过了廖生放在碟子里的肉，转移了话题。这让廖生明白刚才少女发表那番见解并不需要任何回应。

少女喜欢独白，而非交谈，哪怕她盯着你的眼睛。

"你不喜欢海鲜吧？这几天的菜里没有一丝腥味。"

少女用筷子挑起一根黄瓜丝，看了看。

"不是不喜欢吃海鲜，只是不能常吃。有点痛风。"

"痛风？"

少女皱了皱眉，故意撇起了嘴。

"听起来是个奇怪的病。没想到你还怕风吹，怪不得总不出门。"

少女一本正经地点评，目送窗外的老人缓缓走过最后一扇窗户。

"跟风没关系。这病最好忌食一些东西。不过偶尔吃些海鲜也无妨。"

廖生也看到了那位老人。

开春后，老人每天都会经过窗外两次，时而也会坐在店门口歇脚，用塞了块泡沫的布兜当坐垫。据说老人是艺术学院的退休教授，廖生萌生过多次请他进店攀谈的想法，也许有同情的意味，但每次都因害怕闻到预想的中药味道而作罢，又多少增添了莫名的愧疚。

"给你寄海鲜的人不知道你现在不能吃海鲜了。"

少女笑眯眯地接过剥好的肉，用筷子头戳穿，边转边吃。

"好多年没见了，大概有五年。五年……足够用'时过境迁'这个词了。"

廖生心里盘算着时间，脑中闪出顾鸳的那张脸。

老友年轻时算是名清秀小生，两腮消瘦，多少显得弱不禁风。前阵偶尔在朋友圈中见到一张他与家人吃饭时的合影，竟然也"面目可憎"起来，发际线后退，露出宽大的额头，一副中年男子典型的醉态。若仔细端详，略加想象，这中年男子的脸与那蹒跚老人的影像竟重叠一处，仿佛预示了顾鸳的未来。

年轻时的饥饿感随岁月渐渐消退，现在实难想象当年与顾鸳在天气还未转暖时的春夜，可以坐在路边摊的塑料凳上，就着微黄的灯光一口气啃下三大盆虾怪，一坐就是半宿，直到店铺打烊。

那家虾怪店做的虾怪有点咸，还偏辣。吃得咸辣了，便喝一杯啤酒。喝完一杯，又觉得嗓子眼儿发潮，马上剥来虾怪吃，一轮接一轮下去。店里最后剩下的虾怪卖得格外便宜，二人心照不宣，一定要等到店主走出来兜售的那一刻。

不知是下午铲膜过久，还是刚才剥得太勤，抑或是老病发作，廖生的指关节开始隐隐作痛，夺去了本不强烈的一丝食欲。

第 2 条　左右脸画有三道胡须的是猫。是人与猫的区分。

"好了，不能多喝了。"

少女仰头将白葡萄酒饮尽。

"五年真的好久。猫的话，大概三十六岁了吧。"

少女看了看立钟，用湿巾擦了擦手，从手包里掏出一支眉笔。

"三十分钟快到了。"

少女照着镜子在右脸画了一道线。

浅棕色，并不显眼。

"我找到点儿感觉，越来越能理解猫的精神世界。"

她画了第二道线。

"哈帕·李的话有几分道理，要理解一个人非要穿上他的鞋子不可。"

她画了第三道线。

"在视觉、听觉和嗅觉上虽然无法与猫相提并论，但我的感官变得更敏感了。现在就可能听到你没听到的声音。"

左脸画了一道线。

"在行为上，我几乎可以做到人猫一体了。"

左脸画了第二道线。

"对了，明天晚餐可以做条鱼吗？"

少女在左脸上画了第三道线，看向廖生。

廖生擦了擦手，壳堆起一座小山。

"明天会有人送鱼吗？"

少女开了句玩笑，自己先笑出声。

"我想不会有。但变成猫后，我就越发想吃鱼了。你看我这次的胡子画得怎么样？"

第 6 条　猫外出巡视领地时店门不可锁。

没等廖生回答，少女收了眉笔和镜子。

"今天要提前出门巡视我的领地了。"

少女起身，舞动了下四肢。

"猫的领地意识很强。在自己领地中才有安全感。我已经圈了大概三公里领地了，巡视起来很辛苦的。"

少女在入夜时便会出门，一般天亮后才返回店中，有时甚至会延迟到晌午。十八点到十八点半，廖生与少女会讨论一番美食、创作或者契约的执行。

白日里，少女的大部分时间都在沙发床上睡觉。醒来后的大部分时间里，要么呆呆望向窗外，要么吃放在柜子上面的零食。偶尔会在店门口的一块空地上舒展四肢，跳一种明显模仿猫动作的奇怪舞蹈。节拍散乱，时而动作细密，又常常突然停下来许久，定了格一般，大概也属于这"舞蹈"的一部分。

若少女不是猫，廖生看到的只是少女的寂寥，也许猫的身份给了少女无言的权利。

廖生的眼睛会跳过工作台看向少女，变成猫的少女给了廖生目不转睛观看的资格。

廖生看猫的发髻。

廖生看猫的脖颈。

廖生看猫的乳房。

廖生看猫的小腹。

廖生看猫的肩头。

廖生看猫的臂弯。

廖生看猫的膝盖。

廖生看猫的臀部。

廖生看猫的大腿。

廖生看猫的足弓。

虽然廖生的嗅觉天生迟钝，最近还是能在少女身上闻到淡淡的烟味。不知道为什么，一闻到烟味，廖生便想到了戚先生，还有他的一口黄牙。

第 8 条　猫可自由进出不受干涉。

少女穿衣时，不经意瞥了一眼廖生的工作台。

"那块是蛇皮吗?"

"是蟒皮，朋友送的。做二胡用的。"

"寄来虾怪的那个朋友?"

"是的，他一直记得我想要一块上好的蟒皮。"

"很稀有吧?"

少女又看了看。

"当然，这种蟒皮只能靠走私。"

"做完这个二胡，继续做戚先生的古琴吗?"

"戚先生下次来时，我想跟他商量一下，把定金给他退回去。"

"为什么?"

"想把那把三味线完成，大概是时候了。"

少女的眼睛又打量了一番工作台上杂乱的物件。

"看好那张蟒皮，小心别让猫嚼了。"

"那可不行!"

廖生喊了一声。

"要遵守契约啊，不要忘记第 14 条。"

少女推门走前照例给了廖生微笑，露出两颗梨窝。

"喵。"

廖生扭头看了看立钟，正好十八点三十分。

第 14 条　对于猫的顽皮行径可能给人带来的不利后果，人不得对猫施以任何形式的处罚。

过后想来，第 14 条为少女的恶作剧预留了方便之门。

廖生当初看到这一条时，便提出了异议。

廖生说："这条该改改。'不利后果'，听起来就是些坏事。"

少女问："豆沙在时做过什么淘气的事吗?"

廖生说："没做出什么大坏事，小麻烦时而会出一次。"

少女问："比如?"

廖生说："把水杯碰倒，不知道是不是故意的，豆沙的身形很宽。"

少女问："你惩罚它了吗?"

廖生说："没生气的感觉，还觉得挺滑稽。"

少女说："'不利后果'顶多就是把东西碰掉或弄乱，是吧?"

廖生说："有次把我放在墙角的一摞书尿了。"

少女说："你觉得我会尿你的书吗?"

廖生说："当然不会。"

少女说："我带来的'不利后果'只会比豆沙更少。"

廖生说："但愿这样。"

少女说："不顽皮的猫八成是病了。"

于是，便这么定下来了。

少女果然打碎了一只玻璃杯，有天把廖生的眼镜盒扔在地上。除此之外，没做出什么出格的事。

有本旧杂志本来就是想扔掉的，被少女撕掉，碎纸扔了一地，大概也算不上是"不利后果"。

廖生想，即便少女把他的工作台弄得一团糟，他也不会把她怎么样；就算是真的破坏了那张珍贵的蟒皮，他也无可奈何。或者更准确地说，廖生对少女破坏蟒皮竟有一丝期待。

一只猫根本不会意识到自己"错了"，像狗那样老老实实坐在那里沉痛反省。

　　廖生的确曾惩罚过豆沙一次。它跳上书架把相框推掉，玻璃在坚硬的地板上摔成三截。他轻拍了豆沙三下，但它以为是廖生跟自己在玩，扭动着肥胖的身体，朝他露出肚皮。

　　蟒皮若是有个三长两短，廖生决计也拍少女三下，这算不上"处罚"。其实，前天少女打碎玻璃杯情有可原，毕竟是自己忘记了按时给她喂"粮"。

　　猫懂得通过恶作剧的方式引人注意。

第4条　人须准备猫粮及猫零食，确保供应充足。

　　猫粮的味道泛腥，不适于人的口感。

　　少女提出用一种外形为猫头的饼干替代猫粮。廖生尝了尝，燕麦红糖味。

　　少女说："再准备些鱿鱼丝。"

　　廖生说："豆沙爱吃鱼片。"

　　少女说："可我不爱吃。"

　　廖生用一根鱿鱼丝挑逗少女，瘙痒她的面颊。少女咬住，顺着吃下去，差点儿咬到廖生的手指。

　　廖生问："吃鱿鱼丝那时，你什么感受？"

　　少女答："味道很好，但让我憎恶起人类。"

　　廖生问："为什么？"

　　少女答："人自以为控制所有资源让我对他们俯首帖耳。"

　　廖生说："猫才不会这样想。"

　　少女问："猫会怎样想？"

　　廖生答："这个好吃，还想吃，吃饱了，不吃了。"

　　少女说："不对。我是猫，你不是。我心里明显有一丝憎恶。"

　　廖生问："人要怎样做才使猫不憎恶？"

　　少女说："你上周吃烤鱼时的态度就好。"

　　廖生那晚烤的是一盘多春鱼，火候恰到好处。

　　少女跳上饭桌，趴在一侧。好在饭桌够宽，能容得下她纤细的身体，却没那么长，少女的蜷着腿，两只脚悬在当空。

少女盯着廖生，廖生喂了少女一条多春鱼。喂前自然是掐掉了鱼头的。

少女一口叼住，嘴唇嚅动，那鱼便缓缓地游进她口中。听得见鱼子在少女口中被细细碾碎的声音。

少女的眼睛瞪得溜圆，足保持一分钟没有眨动。少女后来说，那是模仿猫专注享受食物时的神态。

廖生问："那次喂鱼跟喂鱿鱼丝有什么不同吗？"

少女说："喂鱼时没有施舍的意思。"

第5条　人需及时在饮水器和水盆中填满矿泉水。

廖生在给少女添水时尽量收起施舍的想法。

廖生搞不清楚心怀施舍倒进去的水会不会被少女喝出来。

廖生明白这是种离奇的想法，多少受了少女那些奇谈怪论的影响。

在养豆沙之初，廖生确有施舍的想法，将自己定位为"主人"。后来，渐渐实在没有了做"主人"的感觉。

倒不是说，沦为所谓"猫奴"。

廖生醉酒后，时常会想一个问题，他想给他和豆沙之间的关系用一个准确的词来描述。好像唯有找到了这个词，廖生才能真正安心，而至于他有何不安心，他也弄不明白，可能就是找不到这样一个词所带来的迷惑与恐慌。

排除了主人、朋友、子女几个选项后，大概勉强可以算作"同寝"——一个仅仅是描述了同屋状态的词，无比空洞。

豆沙走后，少女的到来让廖生又陷入那种熟悉的迷惑与恐慌之中。

少女趴在水盆旁，用舌头一点点把水卷入口中。

这画面总让廖生有种错觉，眼前的不是少女而是豆沙。

当廖生伸手抚摸时，那感觉的确是少女，而不是豆沙。

廖生问："舌头不会累吗？"

少女说："习惯了就好了。"

廖生问："饮水器里的水好像更不容易喝到。"

少女说："那是自然，得用舌头舔动钢珠，每次只漏出一点点。"

廖生说："我看只是刚倒在水盆里的水你才喝。"

少女说："因为水盆里的水会落灰。其实你杯里的水也不见得干净。"

廖生问："也会落灰吗？"

少女说："是会落灰。不过，我是说我会拿你杯里的水涮涮手，或者说爪子。猫都这么干。"

第9条　猫可以使用马桶，也可以使用猫砂。

廖生问："你还偷偷摸摸干过什么？"

少女说："只有在捕猎时，才会偷偷摸摸，说蹑手蹑脚更准确些。猫从来不偷偷摸摸干事，你用的词不准确。"

廖生问："上厕所时也不偷偷摸摸吗？"

少女问："你从没看过豆沙上厕所吗？"

廖生说："我买的猫砂盆是全封闭式的，我怕去看豆沙，它就不排便了。"

少女说："那只是人类的想法。"

廖生问："这么说，你上厕所时我也可以参观了？"

少女说："当然可以。不过你可能什么也看不到。"

廖生说："我只是开句玩笑。听你说猫会用马桶，我挺吃惊的。"

少女说："猫会跟人学习一些东西。就跟猴子一样。"

廖生说："猫也会跟人学习穿衣服？"

少女说："不会。人是'裸猿'，自然有穿衣服的需要。猫身上有毛，不需要穿。"

少女说："我知道你一直想说，我要扮猫要扮得逼真，得裸体才行。"

廖生说："我没那样想过。只是想更深入了解你的猫体验计划。"

少女说："以前跟你说过，我想在你这儿，在条件允许的情况下，尽量体验猫的日常生活。一些难以实践的，就用置换的方式。我现在穿的衣服，就相当于自己的皮毛。"

少女说："其实，我挺想体验一下猫用舌头梳理、清洁自己毛发时的心情，做不到的，就替换成用手抚摩自己的身体了。"

少女说："我觉得有促进血液循环的功能，很快乐，心情也变好起来了。"

廖生在深夜用手抚摸自己粗糙干裂的皮肤时，没有体会到快乐。在迷糊中，天蒙蒙亮了起来，廖生听见店门的响动，少女的脚步，以及少女的轻鼾声。

第 15 条　猫与人不可发生性关系。

"你干吗？"

"给我……"

"你不记得……第 15 条了？"

"记得。"

"那还？"

"你看看我的脸。"

"怎么？"

"根据第 2 条，我现在也是猫。"

第 16 条　猫有权在夜间跑跳。

第 17 条　人须保持地板清洁。

第 18 条　猫洗澡时人可帮助。

第 19 条　猫有权咬人、挠人。

第 20 条　猫可接受人的抚摸。

第 21 条　猫终将离开。

　　两个月后的一个晌午，廖生蹲在店对面树荫下的马路牙子上抽烟。店门敞着，屋里污浊的空气慢慢被稀释。

　　戚先生在旁席地而坐，盘着腿，腿上放着一把仲尼式古琴。戚先生的手指粗壮，用力摆弄的架势像是在操练摇滚吉他。烟衔在嘴角，让嘴歪向一边，可能有些紧张，脸扭成一团硬疙瘩，显得"面目狰狞"。烟灰积得很长，却任凭摇晃总是不掉。

　　老人刚才推着助行器经过时，停了一阵，嘶哑着嗓子连说了三声"极乐吟"。

　　C 城虽与江河无缘，却是避暑之地。从空中俯视，城市好像在绿油油森林里尽享清凉。不过行走在旧城区旳巷子里则是另外的感受，只能举高手中的报纸遮挡直射而来的烈日。

　　顾鸶从开足空调的出租车上走下身，没迈几步便在额头渗出一层细密的汗珠。

　　顾鸶看到了街口正推助行器前行的老人，小心翼翼地绕了过去，一眼便看到廖生和戚先生。

　　"你不是不抽烟吗?"

　　顾鸶喊着，走过去拍了两下廖生的胳膊。

　　廖生咧嘴一笑："来了啊。刚抽，玩儿。"

　　"打火机不错，有档次。"

　　顾鸶接了廖生递来的烟，叼在嘴里，把头凑近，与廖生四手相握，像是补了老友相见的仪式，燃了烟。

　　"戚先生送的。据说是限量版，我不懂这玩意儿。"

　　顾鸶和戚先生打了声招呼，马上像熟人了似的。

　　"还是老样子啊。"

　　顾鸶吐了口烟，透过玻璃窗朝店内观望。

　　"这沙发床还在那儿摆着呢。"然后笑起来，"看到它，我就想起那些个曾跟我在那上面快活的女人了。"

　　"这么快就'畅谈人生'了吗?"廖生打趣道。

　　"不然呢? 我大老远跑来，除了看你，就是来'膜拜'一下这沙发床。一会儿喝酒时再细聊这事。"

顾鸷的笑声好像能把不远处的老人震倒。

"你的皮很不错。那把二胡现在几乎成镇店之宝了。"

廖仝笑着，咳出了痰。

"怎么是'我的皮'呢？蟒皮！到手确实费了些周折。对了，一直没问，这把二胡你起名字了吗？"

"顾蟒。"

"'顾'，'蟒'。好名字！是个可以连干三杯的好名字！"

三人大笑了一阵。

顾鸷抽了口烟，发现正对着店门的地方立着个做工相当讲究的琴箱。

"那里面是什么乐器？"

"那个啊，是三味线。"

廖生把烟掐灭，起身去进店洗了洗手，返回后轻轻把琴箱打开。顾鸷便也灭了烟，站起身来，踱进店中，仔细打量。

顾鸷不懂这乐器，但从廖生的举止中可以猜到此琴非比寻常，不过除了一眼识得材质为紫檀之外，也看不出什么门道。再仔细端详，发现正反蒙皮的色泽与质地极为特殊，想接过来细看时，却被廖生挡住。

"抱歉啊老兄，这乐器不能他人触碰。"

顾鸷知趣地退了一步。

"命名了吗？"

"名为'少女'。"

厌恶

23：00：00

妻子对我厌恶想必由来已久。在"超级月亮"光临的这晚，我才迟迟领悟。

23：01：00

月亮就安然地停在家的窗口，像是专程赶来探视屋中即将发生的一切，把冷艳的色泽铺洒在床上，刻意调和出朦胧、暧昧的气氛，让人不忍闭合两扇厚重的窗帘。

眼下的这轮月比傍晚见到的还大，怕不留神撞在前栋的楼顶，不用费力就辨得其中暗斑的形状与轮廓。尽管它自己暴露了面容，却体贴地将睡中妻子的眉宇、眼角、脖颈处的皱纹巧妙掩饰，献祭般为她的曲线镀了层柔和的光晕。

23：02：00

妻子刚停在三十岁的当口，尚有资格攀附一下青春的余韵，连右臂上那枚黑痣都被渲染得若有性感的意味。我伸出手，碰了碰妻子的手臂。

妻子打着轻鼾。

今夜她倒没把自己用被裹成蛹。暖气烧得太旺，空气烘得干燥，有时半夜会把人渴醒。她一只脚探在被外，卸下几分防备。触碰她的手臂时，并没什么反应，我便顺势又凑近了，用手掌轻抚起来。

妻子的皮肤还是很光滑，尽管愈靠近大臂，便愈失了紧致。

23：03：00

好久没离妻子这样近了，甚至闻得到混合着残留的香水和汗渍的味道。受了熟悉气味的怂恿，我又近了一寸。

记不得上次跟妻子做爱是什么时候了，三个月？或者更久。按部就班地上班，下班，吃饭，应酬，睡觉，以及如厕；按部就班地亲吻，抚摸，拥抱，晃动，呻吟，以及清洗。这套程序化的动作不必动用大脑，单靠身体的记忆便足以完成。谈不上多美妙，却是生活的必需。

我还真有些怀念那愉悦又近乎乏味的仪式了，手指忽地注入了一股渴求的力道。

23：04：00

妻子一把将我推开。

不知醒了，还是睡着的，旋即又把自己做成了个蛹。

说不上失落，反倒有如释重负的轻快。因为，我借着月色终于瞬间捕获了一个像是最近常在空气中游弋逡巡的词，竟有种莫名豁然的感觉。

厌恶。

23：05：00

串起细碎生活中暗藏的逻辑绝非易事，不过蛛丝马迹总有迹可循。这两个月来弥散在家中的异常气氛多少让我有所觉察，却总被自己一厢情愿的解释巧妙消解，甚至暗里还曾自嘲气量不大。

不协的分子如同从阀门中缓慢泄漏的煤气，在空气中不断释放微量的一氧化碳，迷惑着固执而迟钝的嗅觉传感器；在意识到危机四伏时，多半为时已晚，只能无力挣扎。

23：06：00

不知道是不是那次煤气中毒所致，也许自那儿之后我就逐渐变成了个迟钝之人，不得不对身上原本熟悉的各个器官将信将疑。

假如有人在身后喊我，第一反应便告诉我应是幻听，却有时会凭空答应着转头。

食物的苦咸似乎越发尝不出来，担心味蕾骗我，皱着眉也会吞咽下去。

上次地震时，我正在屋里打字，椅子晃了晃，若非电脑屏幕上过后弹出一条即时新闻，我一定还认为那又是一阵莫名的眩晕罢了。

以往常听人说，所谓正宗的哲学家看起来就像疯人或痴人，身在此处，所思的却是另外世界中的人与事。我呢，所思的是这个世界中的人与事，身体却越发不由自主，所以，时而也有那哲学家般疯痴的举止吧。

23：07：00

身体如此，我对自己内心的感觉怕是更为怀疑。

我不是没有怀疑过妻子，她对我的爱；或者说，她不再爱我，再或是，她对我的爱在慢慢消散。这想法侵袭而来时，我马上又陷入另一些怀疑中，有点搞不清楚她究竟爱没爱过我，反过来，也不确定我是不是爱着，或曾爱过她。

23：08：00

追溯起来，我与妻子婚前最亲密的那段日子，好像也没什么特别值得纪念或回味的。该相遇就相遇，该约会就约会，该同居就同居。婚礼办得中规中矩，只是以答谢的形式宴请了亲友，临时抓来能说会道的同事客串司仪，听了番耳熟能详的主持词。

我挺厌烦那些通常被归类为爱人之间的浪漫之事。到了我这个年纪，看不惯的东西越来越多，好在比我晚生十余年的她在这方面从未提任何要求。

浪漫的表演不过是对男欢女爱虚伪的矫饰。当然，为了讨取异性的好感，作为男人总还是要有耍花样的本事，无论是浑然天成，抑或刻意为之。这世上有一类男人对那追逐的过程始终乐此不疲，技术愈加纯熟，培养出极大的毅力与耐心，反倒发挥出年龄的优势，在温柔乡中左右逢源，游刃有余。

得承认，我也曾是那队伍中的一积极分子，却在某一刻倦怠下来，忽然对一切感到索然无味。正当我决意逃离纷扰，妻子便在那时出现。

23：09：00

与妻子初识那晚，我不能免俗，像孔雀般亮出光鲜的羽毛，故意谈起许久前接手的一桩项目。作为雄性，博得美丽雌性的好感，几乎成了本能。大概她是无论走到哪里都会惹人侧目的那种女人。来回几招过后，我们同时都厌烦了客套，或者说，把心都放了安稳，卸去伪装，露出了各取所需的面目。

说实话，一想到距离上床尚需那许多表演的堆累，一股浓浓的倦意就朝我袭来，冲淡了渴求新鲜肉体的激情与冲动。重复、烦琐的表演不想再做下去了，哪怕对面端坐的是位绝世美人。妻子呢，她以前应该欣赏过太多精湛的表演了吧，生得她这般模样，更年轻的时候必定不乏围在身边殷勤献艺的倾慕者，重复、烦琐的表演大概也不想再看了。

于是，她欣然随我去了洗手间，回来重新落座时，公司联谊会刚好宣布结束。

23：10：00

从这一点看，我与妻子还是有默契的；如果这点默契能称之为爱的话，我们的确是相爱的。而且，将婚姻中的各取所需看得这样通透或赤裸，我们也都算聪明之人，减轻了许多表演的负累。我自诩聪明，以为将世间冷暖看破，对女人，尤其是貌美的女人那些绝情的心思早已习以为常。

23：11：00

老友曾趁与我小酌时小心地提醒过我，说她这样的女人恐怕迟早会离我而去。

这话其实不假，我无须讳言。我一定比妻子先死，她会提早做好准备。尽管我拥有一副同龄人罕有的健硕体格，也从没认为自己会活得很长，可能是我内心深处比女人还恐惧、憎恶这身皮囊老丑时的模样。我甚至想到妻子会在我病重脱相时，拿走她所能拿走的，不辞而别——那是她应有的权力，比我年轻而自然拥有的权力。每想到将来她离去时的背影，身姿与步子，她甩动的头发，高跟鞋敲在地面上远去的清脆响声，我的嘴角便会泛起一丝微笑。如果说浪漫，那一刻最浪漫不过。

只是妻子对我的厌恶还是来得比想象中快，她的冷漠也并不如想象中的那般性感与浪漫。其实这也怨她不得，我也未料到自己衰弱得竟那么快。

23：12：00

"我不是要不行了吧？"

应该不会。不然，那根粗壮的阴茎就不能如此挺拔地享受月光的润泽。我袒露着，瞅了眼身旁的蛹，乌黑的头发又浓又密。

23：13：00

那浓浓的月光非但没修饰我的肉身，却狠狠将它灼伤了似的，展示出一副丑陋不堪的病态躯体。每一寸皮肤都在发红、发烫、发炎、发痒，我甚至能感觉到体腔内的血液在汩汩流动，匹处冲涌，拍击脆弱的内脏，震得耳膜差点儿鼓出了耳道。我的眼前忽然映出妻子的情人的面孔，那男人稚嫩的面孔透着难以隐藏的骄矜，此刻挑衅般地瞄过来，我心脏的跳动更剧烈了。

23：14：00

除了月亮，今晚入夜后同往常并没什么不同。传说中的地震、火山或海啸未在新闻现身。电台主持人播送的一条讯息称，"超级月亮"对人类多出来的引力不过一两根头发的重量。

这些年龄招惹来的算不上病症与顽疾，以往只是偶尔显露狰狞，就在月亮停在窗口的瞬间，那多出来的一两根头发的重量压在身上足以致命似的。月光如火焰。我吃力地翻了身，逃过幻境中那青年男子投来的鄙夷目光，潮湿的床褥黏住了脊背，揭开时，火辣辣的。

23：15：00

"我该是要不行了吧？"

人到了一定年纪，对自己的身体会有种道不明的敏感，或预感。

自打入冬，我便觉察到身体的异常，或骚动。如同青春期的粉刺与中年后的老人斑，到了时候自然会有，很难逃脱这规律。尤其面对衰老，更勉强不得。

对此，我已然"不惑"了。不过，此时身体的变化与疼痛不得不令我困惑，更多的还是不甘。

在想象中，我飘然起身，来到桌前，摊开一张白纸，取出一支马克笔，歪歪扭扭地勾出一个男人的轮廓。我端详片刻，下笔为它添了几根头发。

23：16：00

头发，脱落，干枯。
曾是我甩动的火焰。

23：17：00

眼睛，浑浊，凝血。
曾是我明媚的光芒。

23：18：00

鼻子，囊肿，窒息。
曾是我英挺的威严。

23：19：00

耳朵，穿孔，流脓。
曾是我敏感的温存。

23：20：00

嘴巴，溃疡，恶臭。
曾是我善言的睿智。

23：21：00

脸颊，痉挛，糜烂。
曾是我俊朗的沉稳。

23：22：00

手掌，皲裂，畸形。
曾是我修长的风仪。

23：23：00

臂膀，肿胀，瘀青。
曾是我宽厚的气宇。

23：24：00

前胸，发炎，闷痛。
曾是我俊逸的安详。

23：25：00

后背，灼热，酸楚。
曾是我潇洒的精明。

23：26：00

大腿，僵硬，萎缩。
曾是我孔武的放肆。

23：27：00

脚掌，坏疽，断裂。
曾是我凌人的气势。

23：28：00

身形，猥琐，佝偻。
曾是我翩翩的风度。

23：29：00

气味，腥臭，刺鼻。

曾是我如兰的芬芳。

23：30：00

月光如洗，宛如白昼。

妻子忽地破茧而出，转过身来，把手按在我的胸口。

"怎么了？做噩梦了吗？"

我点了点头，粗粗地喘了几口气。妻子抱住我的一只胳膊，头发贴在我的脸颊，痒痒的。

那一刻，我生平第一次觉得自己很愚蠢，到了这般年龄竟变得如此可恶。本应由我先道歉和解的，就为了生活中的那么细琐的小事，自己竟那么固执，闭口缄默，冷淡相向，拖到现在，直到妻子先开了口。

我真的要变成自己曾厌恶的那种男人了吗？怎么能坚定地怀疑妻子跟那个男同事有染呢？还自顾自地想象、编造妻子的绝情，不断地滋养内心的愤恨。只是为了维护那可笑的面子吗？还是愈害怕妻子离开，就越对她苛刻呢？抑或只是我更年期的躁动？

真是愚蠢啊！愚蠢之极！！

我收起所有的惭愧、内疚与歉意，化作对妻子的爱，将她拥得更紧了。

23：30：00

月光如洗，宛如白昼。

我周身发烫，终于忍不住狠狠抓了把瘙痒无比的后背。指甲深深抠进皱巴巴的皮肤里去，却没有一丝疼痛，就势使劲儿一拽，那块儿皮竟陡然脱落，离开了身体，涌生出射精般的快感。我旋即把另一手也伸过去，擒住腰部，将自己抱紧，咬紧牙关，脱毛衣般，刷地一下，扯去了上身的皮肤。那层皮肤布满病变，韧性极佳，随着我撕扯的方向一路褪去，连着脖颈，将头部的皮尽数脱掉。

啊！好凉爽轻快啊！

52

我不及多想，连忙将脱下的皮甩了，双手抠住胯骨，像脱连裤袜般，瞬间便将下半身的皮肤撕掉，抖了抖手，将那副旧皮囊抖落在床下。

啊！好舒服惬意啊！

月光下的我那新生的皮肤如婴儿般鲜嫩，镀了层奶白色的光，愈发晶莹剔透，散发出阵阵沁人心脾的芳香。一时间，我不知所措，瞪大了双眼，不停地抚摸、玩赏每一寸肌肤。

这月亮赐予的新的华袍过于完美，我禁不住伸出舌头舔了舔手背。

"哎?"

不知何时，妻子醒来，或者半睡半醒。她睁着眼睛，看着我，惊讶地看了半天，情不自禁地把手伸向我的胯下。

我一把将妻子推开。

力道就像刚才她推开我的那样，坚决，又带着厌恶。

23：30：00

月光如洗，宛如白昼。

这月光便是害我的罪魁。若再暴露其中，定会魂飞魄散。

我恋恋不舍地飘下床去，再次躲到漆黑的墙角，身体迅速吸收了夜的黑，伤口立即愈合了几分。

消失前，我又忍不住伸出手，忍着月光带来的剧痛，跪在床边，碰了碰熟睡中的妻子。她微微动了动，没有回头；此刻我不想再钻到她的梦里，用满足自己相会的渴望来增添她的痛苦与悲伤。明天搬离此处时，妻子会不会带走现在仍立在床头柜上的婚照，还摆放在新居之中呢？我不想这样，我希望她烧了我的一切，收起有关我的所有记忆，甚至厌恶我来，重新开始好好地生活。那个最近出现在她身边的年轻的男人也许会带她走出阴霾吧。

我看了看挂在墙上的钟，若两个月前我没有煤气中毒倒在这间屋子里的话，再过半个小时，就是我们结婚一周年的纪念日了。

桑

槐

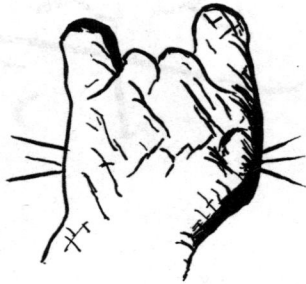

桑

煎鱼难吃极了，屎一样。

鱼从冰柜深处掏出来时裹了层白花花的冰碴，肉不死腥才怪。在桌旁仔细端详了一阵，C抽动鼻子闻了又闻，终于下定决心，把一片鱼肉拨下来放在嘴里，草草嚼了两下就咽到肚里去了。

鱼身糊了好大一块，齁咸，撒了盐面儿的屎似的，他厌恶地推开盘子，挺直了身子，漫不经心地朝窗外望去。

傍晚起了风，桑树的影子映在玻璃窗上，空气中已有了潮湿的味道。雨不会很大，正在城市夜空中酝酿，待雨至，足以抹掉街上积攒下的怪气味，也许还能赶走路边炸臭豆腐的小摊。一想到雨后的世界将恢复一点清爽，C的情绪便有所缓和。

"不吃了吗？"对面的婆娘问，"只吃那么一点？不好吃吗？我可是把最好的一块给你了啊……"

语气中带着一丝委屈，要讨得感谢或体谅一般。

这一连串邀功请赏似的问句反倒加深了C的反感，他懒得搭理那婆娘，连骂一声都觉得累，不想看她递过来的那张卸了妆的老脸，更不愿意迎接从她的鼻孔和口腔里喷过来的臭气。C自有立对的策略，假装没听见，歪着头，摆出一副置若罔闻的姿态，玩弄手边的一只水杯。

婆娘每天总要说出去数不清的话。做鱼时抽油烟机的轰鸣都盖不住，跟 C 说，跟孩子讲，抽出沾满鱼鳞的手指聊微信语音，要不就自言自语，简直就是一台无时无刻不在制造噪音的机器。就是半夜也要磨牙、说梦话，时常把孩子吓醒，号哭不止。那哭声能穿透厚厚的砖墙和防寒层，在曲折的墙壁间弹射、跳跃，久久回荡在胡同中。

"真的不吃的吗？挺好吃的呀！这次都没怎么放盐……"

那小崽子，就是在婆娘怀里直扑腾的孩儿，应该是受了她的遗传，刚会咿呀学语就对发出各类声响乐此不疲，尤其热衷于使用唾沫。那崽子，正快速抖动嘴唇，模仿摩托车发动机，把唾沫跟刚塞到嘴里的鱼肉喷射四处。一粒唾沫星子飞来，差点儿跑到 C 的眼睛里。

C 知道是那崽子故意的，就像婆娘要不断通过发声证明自己的存在，崽子也要靠不停地恶作剧引来注意，得意扬扬地咔咔笑。

"哎呀，淘气鬼！吃饭时不要乱喷呀！看看你的下巴子上都是口水。来，把脸转过来，擦擦……"

婆娘一面叨念，一面用一只胳膊夹住崽子，腾出手拽出纸巾。崽子拼命抵抗，咧开嘴胡乱叫了两声，挤出几滴眼泪。

"好乖，再吃一口，来，吃一口嘛，很香的，很好的鱼啊，吃嘛，张嘴……"

C 冷眼看着眼前上演的这一出喂饭之戏。婆娘盛满了屎一样的食物狠狠往崽子的嘴里塞，崽子上刑似的，大脑袋前后晃动，左右躲闪，门牙磕在金属勺子上，直往外吐，衣前襟满是污秽。C 看得实在不耐烦了，手猛地一用力，把马克杯推掉在水泥地上，也制造了一声脆响——"啪"！

"你怎么又摔杯子？别添乱好吗？天天给你做饭吃还不满意吗？这鱼多好吃啊，我都没舍得吃……"

马克杯一路翻滚，滚到柜下面去了，杯里的水撒在地上，反出餐灯的亮光，外面的潮湿味越来越浓烈了。

"一会儿要下雨了就别出去了吧！饭还没吃完呢！总是这样！你回来，别走！一定要出去吗？出去干什么嘛，什么时候回来？……"

背后婆娘的声音一直在追赶，像把刀子戳在脊梁，崽子哭起来，声音又细又尖，C 头也不回，一头冲到街上，飞速走了几十步，逃离了那间充满恶臭气味的房子。

　　风轻轻吹拂，C 舒服极了，瞬间扫去了一身晦气。太阳刚刚落下，地面尚存余温，这时，几颗雨滴落在 C 的头上，他没觉得讨厌，反倒高兴起来，加快了脚步，石板路逐渐变得湿滑，却也因此平添了一丝活气。刚出门时，没有目标，只是为了逃离，C 想在熟悉的街市周围转一转，被雨这一淋，却忽地想起另一个女人，想到了，就移转步子朝另一个方向走去了。

　　那个年轻女人跟屋子里抱崽子的婆娘不同，身上的味道好闻多了，倘若她不在身上喷廉价香水的话，C 对她的好感可能会更多一些。年轻女人的声音总是轻轻柔柔的，不像这城市里大多数人的口音里会有种压迫感，在她那里睡上一觉，C 比较放松，她身上会自然散发出一股好闻的味道，大概出自乳房，或是阴户，洋溢着蓬勃而鲜活的生命力。

　　雨打在身上痒痒的，C 心里盘算着有好久没去见那个年轻女人了，他并非有意疏远，只是想同她保持一点距离罢了，若是去得太频，难免招致一些不必要的麻烦。

　　这是 C 的经验。

　　女人们常在熟稔后变得聒噪，失去了那份难得的虚伪与做作。难道不是吗？她们不再对自己的思想与身体加以修饰，倒将暴露粗鄙视作率真的美德，开始牢骚满腹，乃至无理取闹、肆意妄为，发展到这一步就没什么意思了；相反，彼此各取所需，明确交往的边界，互不干涉，来去自由，才是最舒服的关系——就这一点而言，那个年轻女人倒真与自己合拍。

　　C 边想边走，忽地一辆卡车飞驰而过，激起一处积水，他躲闪不及，淋了一身，不过这霉事却未影响他缓缓变好的情绪。大约又走了半个多小时，C 走进一处幽静的小区，来到窗台前。年轻女人在窗前小院子里种的牵牛花开得正好，顺着搭好的细杆一直往上爬。屋里亮着灯，C 没觉得突然造访显得冒昧，反而认为兴之所至，别有情趣，上前拍了拍玻璃窗。

　　"你怎么来了？快进来吧。"

　　年轻女人新烫了头发，一开窗台门 C 就闻到一股奇怪的味道，他应了一声，没有多言，也不客气，一脚踏进了屋，在地板上留下几只泥脚印。

　　"你看你，都湿了。"

　　年轻女人趿拉着塑料拖鞋跑到卫生间取来白毛巾，一下子把 C 的头蒙住。

白毛巾是新洗过的，散着清香味，与家里毛巾浓浓馊臭的味道简直天壤之别。不等年轻女人擦完，C 便从沙发上起身，径直躺到松软的床上。若是家里那婆娘见此情形，肯定又会数落，搞不好还会赶他下床，可 C 就是想湿漉漉地躺在干爽的床上，不去管什么泥泞。

年轻女人笑起来，随之也扑上床，拖鞋落地，发出好听的两声响，她像牵牛花似的慢慢爬到 C 的跟前，轻轻托起他的头，仔细端详了一阵。

"好久没看到你了，很想你。"

说着，年轻女人在 C 的两颊狠狠亲了两口，弄得他痒痒的，就像雨滴落在他的脸上。C 眯着眼睛，看见她的两只乳房在领口松垮的衬衣中若隐若现，他伸出手放在年轻女人的唇上，像要阻挡接下来的亲吻，却引来她更热烈的拥抱。

"今晚别走了，留在这儿吧。"

面对年轻女人的恳求，C 不置一词。

C 从不承诺，承诺会让他感到疲惫，哪怕要他承诺一分钟之后的事情，都会让他感到无趣与乏味。

年轻女人仿佛从 C 的眼神中读出了索然的影子，立即说道："好啦，你愿意什么时候走都好。想吃点什么东西吗？"

C 不必说话，年轻女人就懂他的意思，她亲了口 C，就起身去了厨房，她光着的脚踩在地上啪嗒啪嗒的。

C 半躺在床上，听着窗外的细雨，打量着眼下这间卧室，跟上次来时没什么大区别。床头柜上摆着年轻女人的照片，她很上相，在照片里笑得灿烂。C 想起与年轻女人的第一次相遇，她当时就是带着那般的笑容，和善又性感。他俩在街转角的咖啡店门口搭讪，很快就来到了她的大床，松软、温暖的大床。那时，窗台上的花盆里还种着一大簇燕麦苗，散出迷醉的味道，他对年轻女人的好感大概就是从那簇青绿的燕麦苗开始的吧。C 闻到厨房里传来的味道，年轻女人在煎鱼，那条鱼是新鲜的，大概今早才死，肉一定是嫩的，他的肚子咕咕叫了几声。

C 满意地翻了个身，伸了个懒腰，把鼻子埋进被子里，在棉絮里他闻到了三个男人的味道——两个是中年人，一个是年轻人，其中一个嗜烟，一个有腋臭，还有一个似乎有严重的便秘。

开玩笑的。

C闻不出来，也分辨不清晰，只是被子和床单上精子的腥味过于浓郁，钻进鼻腔久久不散，当然还有她留在这里的荷尔蒙。C构想出那三个男人的样貌，以及在这张床上他们的翻滚，他注意到两根矗立的床柱和床柱上的磨损，想到了绳子的妙用，便又在头脑上丰富了细节。

C不曾嫉妒，也没有类似嫉妒的感觉，现在只是想让年轻女子把这副被褥换一换，不然很影响心情。正这般思忖着，C忽然感觉到其中一种精子的味道愈来愈浓，越来越近，起先他以为是错觉，当门铃响起，才确信了自己的直觉。

是的，有位既嗜烟，又腋臭，还有严重便秘的男人按响了门铃，现在站在门口，精囊中塞满了精子，渴望厨房里正在煎鱼的年轻女人。

C从床上起身，轻悄悄地从窗台的那扇门离开了。

雨又大了些，不过可以耐受。C走在街路上，心里惦念的是那条没吃到嘴的煎鱼。年轻女人的厨艺尚佳，至少对他的口味，几乎不放盐进去。若说遗憾，也只是那鲜美的鱼肉，倘若鱼没在冰柜放那么久，家里婆娘的手艺也是可以将就的。对了，还有一点，盐不能多加。以前那婆娘不会放那么多盐，也没那么草率，往往是用食品电子秤仔细量过的，一克都不马虎。现在那婆娘只相信手感，固执得要死，从罐子里直接抓盐出来撒，怎知道那几根手指头早已失了敏感，没了准头，造出屎一样的东西。

C一步步走着，想那进了门的男人此刻怕是早把年轻女人扑倒在床上了，将臭烘烘的体液混合一处，在那间充满煎鱼味道的房子里翻云覆雨。实在没什么可稀奇的，在这城市里，每时每刻都在上演这样乏味的事情。像是为了验他的判断似的，C蹑手蹑脚又折返回去。果然，从窗帘的缝隙中窥探，床上的男女纠缠在一起，算不上美观，也谈不上赏心悦目，扭动着光溜溜的没毛的身子，倒有些恶心。不过，这确是维持这城市运转下去的原动力。

C看厌了，便又回到雨中。

城市的庞大有时让他感到无力，像永远走不到尽头，但未知的领域重复着单调的戏码，却不使他向往。C又到公园转了转，坐在雨棚下看一条穿着雨衣的狗在草地上跑来跑去，只为了叼来叼去一只飞来飞去的飞盘，忽然感到乏累了。

"臭狗。"

C 点评了一句，起身走开了。

天色彻底暗淡下来，C 走在回家的路上，有些沮丧，虽然他会继续睡在熟悉的床上，却依旧要忍受那些无穷无尽的噪音，他不止一次萌生出自我放逐的想法，却依了惯性似的，还是不由得要重回那个满是污秽的房子里。路灯下，C 看到一对儿青年男女紧紧偎依着从他身边闪过，那女孩儿手里提着一只花哨的礼品袋，含情脉脉，向前方灯火辉煌的情侣旅馆走去。

"礼物！女人呐，就喜欢礼物。"

C 冲青年男女的背影嘀咕了一声，觉得就这样空着手回去有点对不起那婆娘，尽管她做的煎鱼跟屎一样。C 忽然可怜起那婆娘，便昧了自己的良心而良心发现似的在回家前准备了份礼物，把它放在门口的脚垫上。

"你回来了。"

女人看到 C，懒洋洋地说了声。崽子睡了，屋里只有电视机的喧闹。C 不想惊动崽子，冲女人低声说了句：

"有你的礼物，在那儿呢。"

女人没听见似的，合了眼，歪着头，张着嘴，把那堆肥肉埋在沙发里。电视的光影映在她脸上，不停闪动，仿佛是出窍的灵魂。

"哎呀呀，又睡过去了。"

终于，女人被自己的口水呛醒了，拨了拨手中的遥控器，每个频道都是广告。女人抹了抹嘴巴，吃力地站起身，把眼屎揉出来，弹出去。

"啊……那是什么？"

女人终于发现了 C 的礼物，开了门灯，走过去。

"天呐！你怎么又带耗子回来了！"

女人叫起来，惹得那崽子放声大哭。

C 面无表情，趴在茶几上，只甩了甩尾巴，舔了舔爪子，假装专心看电视。电视里正演吊环比赛，运动员在飞舞，像只蛾子，C 正找时机一爪子拍死那人。

"哎呀，脑袋都给咬掉了，今晚要做噩梦了啊！"

女人嚷着，把 C 的礼物扫进了空盒子里，套了层塑料袋，系牢了，丢在门外。C 看了眼沙发上睡得昏沉沉的 D，轻蔑地哼了一声——"臭狗"。

槐

　　D 累了，一回家就瘫倒在沙发里再也起不来了。

　　它闻到了屋子里弥漫的煎鱼味道，也知道那盘子就在餐桌上，自己肚里空空的，却攒不起力气起身，只想好好睡上一觉。尽管如此，D 的内心充满了兴奋与快乐，只是身体有些支撑不住，累得竟没了食欲，却并不妨碍脑袋瓜子还在飞速运转，将白天的经历好好品味一番。

　　D 一边回想，一边在内心奋力呼号着成功。

　　今天的秋游活动破天荒地可以带宠物同去，组织得的确成功。首先是天气。本来一连下了三天雨，主子一直担心会影响早就定下来的出游计划。天公作美，保佑我主！天光大亮时，雨戛然而止，真是无处不证明了主子的英明！

　　主子很高兴，神采奕奕，D 也高兴，跑前跑后，忙得不亦乐乎。

　　你知道，森林公园相当大，满山大槐树，进了园子，拐过几道弯，大伙就上了山。主子尽管是队伍里年龄最大的，由于常锻炼，走得飞快，那样缓的山坡根本不在话下，他边走边唱起歌来，洪亮的歌声在林中回荡，好不爽气！那些个弱身子板的就不行了，一开始还兴高采烈，蹦上跳下的，不消多一会儿，腿脚就灌了铅似的，抬起来费劲，落下费劲，个个挂着树枝做的拐杖步履蹒跚，哪里顾得上开嗓唱歌？

　　D 呀，自然身轻如燕，在主子身旁一步也没落下，还跑到最后面的人堆那儿鼓劲。D 敢说，这一路跑上跑下，走的距离三四倍不止。大伙都称赞 D，连主子都忍不住亲昵地拍了拍 D 说："你可真行呐！都不怕累。"

　　说这话的时候，D 分明感到了大伙的羡慕。说嫉妒也行，反正主子对 D 的夸赞根本没有掩饰，D 也无须谦逊。

　　爬到半山腰，大家集合起来要玩个游戏，叫"深山寻宝"。头一天就派人过来把一些荷包藏在了这片区域，半小时内，谁找到的荷包越多就是优胜者，头等奖是台微波炉呢！刚一宣布游戏开始，大伙四散开来，拨乱草，扒土堆，或是朝树枝上望。藏在附近的几个好找的荷包很快就被眼尖手快的拿走了，欢笑一片。

可怜的主子啊！

忙乎了半天一无所获，差点儿把腰给闪了，不停地下蹲起身，怎么能受得了呢？主子的汗水滴答答流下来，脸通红的，寻了根树杈跑到一处无人的草地认真拨弄。看来他坚信这里面一定藏着荷包。可是主子呀！那里面根本就没有，就算把草都拔光了，把土翻三遍也不会找到的啊，怎么能赢呢！D赶紧悄悄来到主子身边，拽了拽他的袖子，他疑惑地看了看D，D急得在地上团团转，主子心领神会。

找荷包，D可是能手。要说荷包藏得并不高明，怕人找不到似的，净在明显的地方，不过会耍点小聪明罢了。D接连扒了几个土堆和树叶堆，发现了荷包上的红线，便故意露在外头，转头到别的槐树根寻觅了。主子跟在D身后搜寻，一连捡了五个荷包，高兴得像个孩子，又唱起歌来了——"岭上开遍哟映山红，岭上开遍哟映山红"，大概是这样的歌。歌声在山林中格外清脆，D也忍不住应和几声。

半小时很快就过去了，大家再次集合在最高的那棵槐树下。主子找到了十三个荷包，暂列第二，找的最多的是个毛头小伙子，脖子挺长，脸上都是粉刺，甩着十四个荷包眉开眼笑地四处炫耀。D看见主子的脸色不大好，心里一面痛骂那小伙子太不懂事，一面责怪自己太不中用，若是再努力一下，没准儿能多找出两个呢！正懊恼着，D忽然看到主子脚边的一堆干树叶有异样，便趁着大伙忙着清点荷包的当间儿，悄悄扒开了叶堆，果然一个荷包藏身其中。D赶紧取出，碰了碰主子，他早就注意到D的行动，若无其事地用身子挡住了D，见D得手了，偷偷把新找到的那荷包混进手中攥着的那堆荷包里。

"哎呀，刚才给局长少算了两个荷包，是十五个。"

"是嘛？再数一遍。"

大伙紧张起来，围拢一处，一齐大声数着数，众目睽睽之下数出了十五个荷包。

"局长找的最多，一等奖呀。"

"刚才怎么数的呢，可能是那两个小荷包没注意吧。"

大伙议论纷纷，不过这插曲很快就过去了，主子拿着那张属于他的微波炉券红光满面，折好放进钱包，冲D笑了笑。要不是D机灵，怎么会在那么短的时间里神不知鬼不觉地又找出来两个呢！D受了主子那无声的夸赞，感到浑身劲儿更足了，高声吼了几句，惹得大伙纷纷捧腹大笑。

密实的槐树林把阳光遮得死死的，偶尔几束光穿透层层阻碍，使得这幽静之地显得越发神秘，林中倒生出一丝冷峭。常年飘落的叶子在树根下堆积、腐烂，踩上去宣宣软软的，像毯子似的。主子绕着一株大槐树走了三圈，用脚踹了踹，满意地点了点头，让大伙在树荫下把席子铺开，将准备好的速食午餐掏出来。鼓囊囊的背包都掏空了也没见多少食物，说实在的，大家欢腾了大半天都饥肠辘辘，D也不例外，但D没跟不懂事的那帮一样直扑到香肠、肉罐头上面，生怕被抢走了一般。主子还没吃，你们怎么能擅自做主呢？D鄙夷地瞅了他们一眼，端坐在主子身边，看主子打开一小罐牛肉，用筷子挖出一块放到嘴里细细咀嚼，顿时肉香四溢，D把口水往下咽了咽。

主子看到D没有动，舔了舔筷子："你也吃吧。"

说着把剩下的半罐牛肉递了过来，摆在D面前，那一刻，D简直要哭了！那牛肉真是天下第一等的美味，跟D以前吃过的大不一样，这里面不仅是肉，还包含主子对D的关爱与怜惜，D吃着牛肉感到无比荣耀。

主子一连喝了两听啤酒，脸色更红了，松了好几节腰带。大伙乘兴唱起了歌，用筷子敲着空罐头盒打着节奏，都是新近流行的歌曲，情啊，爱啊，"老子明天不上班"之类的。主子靠着大树假装饶有兴致地倾听，可D知道他对这些歌非但一点兴趣也没有，还十分反感。真是一群蠢徒啊！唱得兴高采烈，手舞足蹈，为什么不唱主子喜欢的那些歌呢？！

主子不耐烦了，皱了皱眉，起身去小解，D也一同跟了去。他们往林子深处走，漫步许久，直到一点儿吵闹声也听不到了，才在一棵大槐树下止步。主子用脚把叶子拨走，拨出一小块圆形空地，站稳脚跟，拉开裤链，解了腰带，把那物掏出来，对准圆心放出尿液。尿液如柱，迸在泥土里是一个声音，喷在叶子上又是一个声音。主子尿完了，没把那物收回去，而是踱步到旁边的一棵槐树下面，后背靠着树干，把手机掏出来，眯起眼睛翻看微信群里新发的消息。

微信群里面一大堆爬山、游戏与聚餐的照片，主子没点开细看，直接翻了过去，忽然一条长消息映入眼帘，他不得不停下翻动的手指，仔细看了一遍：

"站在梦想起航的新原点，不禁好多感触。领导来局的这一年，充实而美好，我要感恩身边所有的人。感恩局长的指导，包容和关爱。感谢同事们的支持、帮助和友爱。感恩保安大哥为我拉开的大门，感恩接待小妹为我收快递，感恩食堂美味的饭菜把我都吃胖了。感恩这一份事业给予我发挥才智的平台，给了我安身立命的资粮，好欢喜。感恩一切。愿在接下来的日子里大家都成长多多，喜悦满满，工作顺顺，生活美美，让我们携手前行!"

主子嘴角泛出莫测的微笑，辨不清是满意，是鄙视，是嘲讽，还是恶心，他的眼前闪出这条消息的作者——一副化着浓浓眼影的女人的嘴脸。主子清了清嗓子，端起手机，一本正经地朗读了一遍。主子有些播音腔，尽管语句中改不掉一股子东北味儿。

"妈的，虚头巴脑，自作聪明! 食堂的饭菜跟屎一样。"

主子读完了，骂了一声。

不过，主子的眼神马上变得柔和起来，伸手抓住了在他胯间跪着的 D 的头发，狠狠攥在手心里，操纵着那颗脑袋使劲地前后摇动。主子仰起头，望着槐树茂密的树冠，像是要数一数那上面究竟有多少根树枝。

今天真是成功啊!

D 从梦中醒来，出了身臭汗，口渴难挨。窗外的桑树枝在路灯的照射下剧烈舞动，将斑驳映在他的身上，看样子小雨真的转成了大雨。

"喂，给我倒杯水! 倒杯水!"

D 喊了两声，嗓子干裂了一般疼痛。

"沙发边上不是有瓶矿泉水嘛!"

婆娘没好气儿地甩过来一句，她扔掉了装耗子的盒子，关上门，仍心有余悸，跑到水龙头边儿使劲搓着手，从香皂上搓出一大堆泡沫。D 揉了揉眼，拧开瓶子，咕嘟嘟一口气灌了大半瓶。

"喂! 把剩的煎鱼给我热一下，听没听到? 听没听到啊?"

D 嚷了半天，头更痛了，可能在槐树林里染了风寒。他喝完了瓶子里的最后一滴水，瞥见 C 正趴在茶几上斜着眼睛看自己。

"你有什么资格瞪我!"

D 把瓶子砸过去，C 叫了一声，不知道躲到哪里去了。它的那声叫中，有恐惧，有同情，有疑惑，有洒脱，也许还有嘲笑。

重构篇

立律书制作者

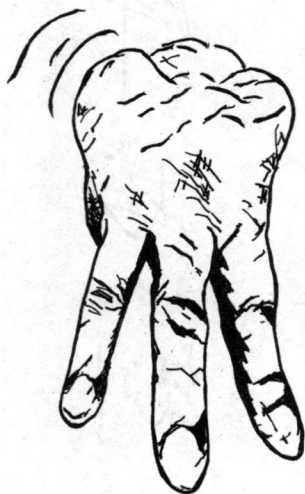

我握着手中的钢笔一动不动有十分钟了，桌上的电子闹钟可以证实这一点，它毫不留情地走下去，朝第十一分钟逼近。一旦第一个字，还是管它叫墨水就好，一旦墨水印在纸上，这张雪白的、无辜的、充满被好好利用希望的纸就会被我撕掉，扯成一条条的，团成个球，飞到两米外的垃圾桶里去。我扔得越来越准了，成功率接近百分之九十，接下来有十足的把握将眼下这一张一会儿变成纸团的纸命中目标。

我有些焦虑，时间不容再拖。

我不过是个牙医，会让患者张开嘴不说话，但换做让我说话却不张嘴——我是指写字，把知道的东西写下来，也挺难，虽说在遥远的学生时代，我的作文水平尚可，但要讲一讲卫黎，这个几分熟悉，但十足陌生的艺术家，就说不出什么了，何况在大庭广众，当着一群货真价实的艺术家们的面儿，在媒体记者的众目睽睽之下讲一讲卫黎。我的天！我真怀疑他们搞错了，或者，打来的那通电话让我听错了。一名牙医，只懂牙齿的医生，跟艺术圈形同陌路的牙医，不在医学论坛上侃侃而谈，偏偏对一位艺术家品头论足，还几乎在盖棺论定的关键时刻，简直无法想象。话说回来，如果一周前我就把这层道理琢磨透了，会立即在电话里婉拒。当时一口应下，没考虑太多，作为卫黎生前结识的圈外人，参加追思会，不仅对我们之间的友情是个交代，也算尽份责任吧。随着那日子的临近，特别在报上读到当地媒体的宣传，才使我忽然发现似乎没之前想的那样轻松。我扪心自问，对卫黎的艺术，他短短三十九岁的人生并不了解，至多扮演一小部分旁观者与十足的陌路人的角色罢了，这样一想，竟连卫黎的那副面孔都模糊了。为了让发言能体面些，我踱进书店，抱回一堆书寻找灵感，名人回忆录、艺术史之类，还很难为情地了买了本题目很长的《你为什么看不懂现代艺术，为什么你五岁时没做出来》。但读书使我更加困惑、沮丧，它们令人昏昏欲睡，如鲠在喉，就算到了五十岁恐怕也做不出来哪怕是卢齐欧·方塔纳的《空间观念》。思虑再三，我在前天终于打了一通退堂鼓，反复推敲不致人反感的措辞。在对患者进行治疗时，有一阵竟失了神，好在我的一双手有它自己的思想。等在休息的间隙准备拨电话时，一封同城快递飘然而至，打开一看，正式的邀请函躺在手心，上头端端正正印着我的名字。没错，是我的名字。另一张纸上印着本次活动的流程，我的名字赫然出现在第一阶段致辞人当中。名字后的括号中标明我的职业——医生。好在没有写牙医，要是写了，恐怕会让我在这份艺术家名单中显得更格格不入。不过，印在职业后面发言时间的标注让我紧张不安的心稍稍平缓了些，十分钟而已，短短的十分钟，不至于犯什么大错。我想了想，算了算，足够讲完我与卫黎的相识了——我能讲的大概也只有这个。

　　我真的准备写第一个字了。第一点墨水，划了一下，没有墨水出来，纸面上只留下一道划痕。我瞅了瞅干干的笔尖，把它伸进钢笔水瓶里，让它喝足了，蓄势待发。我决定这一次无论写成什么样子都不会再去喂垃圾桶了，谁也不会苛求一名牙医文学上的造诣，不是吗？于是第一行饱满的，富有深情的字就这样呈现在眼前——"我跟卫黎认识两年了，从今天往回倒退两年的那天我认识了卫黎，如果不是两年前我和卫黎有那次相遇，那么我现在就不可能站在这里给大家讲我们之间的故事。"

　　我承认写了一句啰里啰唆的话，却是个好的开始，我认识卫黎的确有两年了。演讲总要有个开头，一般都得有番客套或是应景的话，这不难说，不必非写在纸上，比如"女士们、先生们，我非常荣幸今天站在这里——卫黎立体书艺术馆前来纪念我们永远的朋友，卫黎先生"。我想象台下无数双注视我的眼睛，亮起闪光灯，心脏扑通扑通地跳，声音略微颤抖，拿着讲稿的手也抖着。不过我想他们，那些艺术家，会原谅我的，就像他们要是第一次躺在我的治疗椅上张开嘴巴，面对要塞进嘴巴里的钻头，也会颤抖，而我也会谅解他们一样。完成了第一句，我逐渐有了写下去的信心，就从我和卫黎的第一次见面说起，就在两年前我的诊所。艺术家的牙齿总不大好，这不是玩笑，他们抽烟、熬夜、喝酒，吃辛辣的食物，没准儿当他们得知卫黎曾在我的诊所看过牙，会来关照我的生意。想到这儿，我抖擞了精神，钢笔摩擦着纸面，发出动听、顺畅的嚓嚓声。

卫黎的两颗牙齿有裂纹，不是什么大问题，倒是牙龈出血得厉害，一侧肿得好高。两年前的春日，我记得阴雨蒙蒙，竟有一丝冷峭，预约的患者并未准时到达，诊所里只卫黎一名患者。我这个人不大关注患者的面貌，留在我脑海里的大约是每个人咧开嘴的扭曲相。卫黎那时的头发很长，在脑后束起一根马尾，引人侧目，大家都知道，在他离世前剃了光头，同样引人侧目。事实上，我觉得无论留怎样的头，卫黎总引人侧目，他的面框倒在其次，他身上无时无刻不散发出来的"不在此世"的气质想来是更重要的原因。抱歉，我找不出更恰当的形容。卫黎对自己的身体并不关注，否则也不会牙龈肿得那么厉害才想起来求医，而之所以走进我的诊所，据他后来讲，完全是被立在门口的一个大塑料假牙模型所吸引。卫黎对周遭世俗世界的反应是迟钝的，连痛觉都很迟钝，那根纤细的神经敏感在别处，我不得不这么说，但我认为这恰是卫黎成为一流艺术家的佐证。

卫黎的脸是窄窄的一条，刀子削过一般，牙龈肿起来后，右腮鼓了一块，让他说话有点含混。治疗的间隙，卫黎坐在候诊室的沙发里休息，我在他身边写患者档案，问到姓名，他说叫卫黎，把"黎"讲成了"移"，边说边用指甲抠着牛仔裤上镶着的银色铆钉。

"是卫先生！我女儿特别喜欢你的书。"

我的助手要是待在诊所，我就不会如此冲动而直白地说出这话。卫黎的相片印在立体书的扉页或封底，是我熟悉的，真人活生生就这样意外地坐在面前，实在不敢确信，直到他说出了自己的名字。

"你出的'兔子系列'每一本我女儿都有，"我不断用大拇指按着笔，笔头伸出缩进，咔吧咔吧的响声就像是我的心跳，"我女儿特别喜欢，每新出一本都要买。"

"兔子系列啊，"卫黎仰起头，嘴角的胡茬动起来，"出了六七本了吧。"

"是八本，"我纠正道，卖弄一般，把每一本的书名都背诵出来，"第一本是黑兔子，然后出的是蓝、黄、红、紫、绿、橘，最新的一本是上个月出的，白兔子。"

"原来是这样啊……"卫黎点了点头，仿佛第一次听说，笑容浮现在脸上。

卫黎的"兔子系列"立体书每本定价 168 元，价格不菲。这一系列以各种颜色的兔子为主题，一本十页，里面不着一字，足有根拇指那么厚。翻开后像开启了的潘多拉盒子，一些奇形怪状的纸物体弹立起来，道不清是什么造型，无法归类，对应不上现实的东西，有的像悉尼歌剧院，有的像炸开的烟火，有的像正在工作的草池喷水器，有的则是大小不一的齿轮，像台精密的仪器，难以想象它们是怎样被压扁在书里，又是如何在翻开时活了起来。每一页都藏着一只兔子，便是叫"兔子系列"的原因，黑兔子的那本就是黑色的。找到那些兔子并不难，但女儿的每一次寻找都乐此不疲。

"不是我的创意，大卫·卡特最先搞的。这系列算是向他致敬。"卫黎说着，揉了揉腮，"很高兴你的女儿会喜欢。"

"她简直爱不释手，"我重复着类似的话，却也说不出什么了，"我也很喜欢，我们常在一起翻。"我只能补充到这里。

离婚后，我每月都会横穿这座城市，去看女儿一次。

她刚上小学，却已懂了许多事，不知道是不是家庭的变故使她难得露出笑容。在她这个年纪，本该活泼得令人心烦。我没法领她到外面去，吃饭、逛街或去游乐场，这一度让我感到内疚，还使我对本来已了却恩怨的前妻产生了些许怨恨。不过，女儿似乎对那些同龄人喜欢的东西兴趣索然，只爱待在家中，对电子产品也不热衷。每次我到了，她就径直把书架上摆着的"兔子系列"立体书抽出来一本，端端正正摆在书桌上或地毯上，如同第一次看，一页页翻下去，给我找每页里藏着的兔子，也给我讲对那些造型奇特的几何图案的理解。城堡、海浪、花园、飞船、废墟，下一次再翻出来，又会是新的解释，城堡变成了高山，花园变成了垃圾场，飞船变成了乌龟壳，废墟变成了藏宝地。最使我惊讶的是女儿可以把十页书连成一个故事来讲，有关兔子的奇遇记。兔子在奔跑，被困扰，身处险境，遭遇折磨，最终脱险而出。

我不知道这是她学到的讲故事的套路，还是她这个小生命所经历的生活的隐喻。

女儿讲故事时爱摸鼻子的动作大概受我的遗传，或者是无意间的模仿。我不愿纠正这个算不上问题的小毛病，那毕竟是我的存在留在她身上的鲜活的印记。跟女儿一起度过的翻看卫黎制作的立体书的时光，是我最愿意回忆与停留的，这会让我在面对一颗颗坏牙时心情突然变得舒畅。我期盼与女儿相见，自然也盼望卫黎的"兔子系列"继续发布新作，作为女儿的礼物，摆上她的书架。我一直在心底感谢卫黎和他做的立体书，我不知道除此之外还有什么可以让父女二人安静而快乐地待在一起。毋庸讳言，我和女儿真正的交集随着时间的流逝会越来越少，除了她的牙齿，剩下的恐怕只有立体书了。

"卫先生，我想知道下一本的兔子是什么颜色的？"

我关心的就是这个问题。市面上的其他立体书我试着买过几本，女儿都不喜欢。她表达不喜欢的方式是把书撕掉，当然没当着我的面，偶然间得知，让人心情复杂——这点决绝的性情与她的母亲倒有几分相似。

"白兔子应该是这个系列的最后一本了。"卫黎把十根又长又细的手指交叉在一起，眼睛盯着戴在左手小指的一枚铜戒指，像在逐一回味这个系列的八十幅作品。

"太可惜了，含三分钟吐掉，"我有点失望，递给卫黎一杯漱口水，"女儿总盼着新的出来。她喜欢兔子，她就是属兔子的。"

卫黎接了，晃了晃杯子，微微一笑："这八本里面，除了兔子，我还藏了个秘密。你可以跟女儿一起找找看。"说着，他忽然抻长了脖子，四处扫视，眼睛一亮："啊，对，就是这个！"卫黎把漱口水倒在嘴里，扔了杯子，起身来到接待台前取来一只装糕点的空盒子，是我随手放在那里的。我好奇地看着卫黎，他把盒子放在沙发前的茶几上，从随身带的皮包里把钢尺、刻刀、笔刀、剪刀、划痕笔和白胶一股脑掏出来，排成一字。之后双手合十，用力拍了一下，口中发出快活的咕噜咕噜的声音。最后，从皮包里掏出来一块深绿色的切割垫板。卫黎坐得笔挺，指了指对面墙上的挂表，含着水呜呜地说："还有两分半。"

接下来的两分半钟里，我目睹了一件艺术品的诞生，卫黎在吐掉漱口水前制作了巴掌大的一页立体书，或者叫贺卡更准确些。打开这本书，一只简易的立方体便活脱脱弹出来，空白处画的兔子，奔跑状，像刚从立方体中逃脱出来，跟印在"兔子系列"书上的如出一辙。

这个故事的结尾应该是这样的：我把卫黎亲自做的一页立体书送给女儿，她十分欢喜，打那儿之后，父女二人开始尝试着制作立体书。这是个把我们紧密连接在一起的巨大工程，每一处拉条结构、转轮结构、折线结构的设计都要经过多次试验。第一号作品是一个人的口腔，翻开后一张大嘴里上下三十二颗牙齿伸出来，用拉条左右拽，舌头便开始摆动。为了研究各种结构，我们陆续拆了"兔子系列"的八本立体书，于是卫黎所说的藏在书中的那个秘密竟被我们破解了。但此处，我会故意卖个关子，绝口不提那答案。发言末了，我会把一件作品拿出来展示，第二号、第三号、第四号，或者卫黎亲自做的那个立方体，之后在掌声中鞠躬致谢结束我的演讲。这很完美，难道不是吗？我并不是存心说谎，当天到场的所有人需要这样一个完美的故事，而我自己也需要它，不是吗？

第二天卫黎立体书艺术馆开馆仪式暨卫黎先生追思会的现场，我就是如此讲述的，尽量克制住不去摸鼻子。说到一半，我脱了稿，一扫拘谨与不安，比规定超出了五分钟，可谁也没觉得不耐烦。我的脸发了烫，白衬衣黏在后背上，汗水簌簌地淌。我看到坐在前排的两位穿黑衣的女士掏出手帕擦了擦眼角。掌声很有节制，在场的每个人都用力拍了，纷纷点头，浮现心满意足的神情。那一刻，我也被自己的故事感动，脚下轻飘飘飘的，刚回到座位，下个人正好在麦克风前开了口。

这天天色阴沉，符合仪式试图营造的沉静与肃穆氛围，跟我初遇卫黎的那天相仿。临时搭建的白色篷房在小艺术馆门前，绿草的映衬下显得格外素净，偶尔一阵清风徐入，拂动轻逸的帷幔，叫台前一字排开的三十九根蜡烛的烛影跳动起来，像卫黎的魂灵悄然而至，前来观礼。我想起半年前与卫黎在诊所的最后一次相见，那天正赶上我跟一个患者发生争执，否则也许会跟卫黎好好聊会儿天，那老人执意要我把一颗大牙的窟窿堵上，却拒绝对牙窟窿里的炎症进行处理，在我看来那无异于焊上一只里面装满垃圾的桶。

"骗子！就想多收钱！"老人撂下一句狠话，颤巍巍推门离去。虽说是常见之事，但我还是觉得有些尴尬，卫黎安慰我说自己也常被人称为"骗子"——"说到底，不就是一堆纸嘛。"

卫黎的牙龈情况依旧很糟，他对自己的牙齿始终马马虎虎，向我坦言今天来的目的跟那老人的要求一样，想应付一下了事。卫黎告诉我说他正研究做一本难度极高的立体书，顾不上每天花时间刷牙，为了不费心洗头发，干脆剃了光头。留长发的卫黎和剃了光头的卫黎，判若两人，好像少了很多东西，越发清瘦了。我很好奇，但没好奇到非要卫黎透露玄机，只是对新作品表示了期待。卫黎答应我三个月后来复诊，到时候或许会展示一下他的研究成果，故弄玄虚的浅笑始终挂在嘴角。卫黎那天心情不错，还提起了筹建中的立体书艺术馆，说已经把我列在首日开馆典礼的嘉宾名单里了，还邀请我的女儿一同前往。临走前，我给了卫黎一筒治疗牙龈的牙膏，劝他坚持刷牙，分别后便杳无音信，直到去世的消息突然传来。

我不敢妄自揣测卫黎的死因，似乎在场的每个人都对此莫讳如深，连报道中也只用了"意外"，唯有理解成所有人都已达成了默契——仔细想来，大概除去久病缠身，处在三十九岁的壮龄，任何死亡都可归在"意外"二字名下。我与卫黎之间尽管存在淡薄的交情，就缘分而论，其实跟我的众多患者别无二致，按常理，他的死讯我没理由一定知晓，就像我这十几年间治疗过的那许多人，他们是否还在人间这事也许不比今天晚餐的食谱更为重要。

"精彩的发言。"

原本我身边是把空椅子，不知何时冒出来个大约三十岁上下的男子，穿着件过于合体的钴蓝色西服，衬衣的扣子打开了几粒，故意露出胸肌。他的胡子浓密，声音低沉，身上浓浓的烟味。

"牙医这个职业挺不错。每个人都有两排牙齿，但不是每个人都需要艺术。"男子耳语一句。这是礼节性的恭维，我也回以礼节性的微笑，掏出一张诊所的名片。

"我的一颗大牙常疼，改日拜访。"男子双手捧着名片看了一会儿，揣进口袋，"不好意思，我的名片刚好用完了。我也做立体书，卫黎可以说是我的半个老师。我以前听卫黎提起过你的诊所。"

"噢，噢……"我把头侧过去，"你决定过来前可以打电话预约时间。"

"好，好……"

台上正发言的是出版社的一位编辑，斯文地戴着一副圆圆的眼镜，追忆起与卫黎业务上的往来，经他之手出版了不少卫黎的立体书作品，包括"兔子系列"。我往上提了提眼镜。

"那个……我能看一下刚才你展示的那个卫黎的作品吗？"烟味近了些，"就是在诊所现场制作的一页立体书。"

我微微侧过头，眼光撞见一排烟渍牙——他的确应该到我的诊所一趟了。

"当然……"

我应着，不大情愿，但似乎没理由拒绝。

"噢……"男子小心翼翼摆弄了一番我递过去的一页立体书，之后双手递还给我，"谢谢。"

我赶紧把一页立体书收好，端正了身子，继续听台上发言，余光总不听话地往边上瞄。那男人像犯了烟瘾，把一根香烟放在鼻孔下嗅，皮鞋翘起，露出一截翠绿色的袜子。

发言人逐一登台，看样子远比名单上写的人要多，不晓得身边的这位会不会也要起身讲一两段儿关于卫黎的掌故。这场追思会，或是冠成别的什么名字的活动，渐渐冲淡了开场时刻意渲染的凝重，发言的内容并不乏味，甚至频频引来笑声，欢快的气氛与素白的帷幔、燃烧的蜡烛相呼应显得愈发古怪。我总有种错觉，卫黎就在帷幔后微笑着倾听，等待一个高潮的来临，或者一个合适的时机，突然现身。卫黎要是真的死了，就不会在今天现身，也不会再出现在我的诊所，就像我那些痊愈的或未痊愈的患者，残忍一点说，在我这里，不再出"兔子系列"的卫黎相当于已经死了。我承认在得知这消息时有过一分钟的悲伤，一分钟足够了，在场的诸位大约也只存在了那短短一分钟的悲伤，这没什么不好。此刻，我有种不大合适的观感，大家仿佛是趁故友卫黎远游凑在此处聚会，纷纷登台献出各种旧闻，拼出了卫黎的立体书人生。我对卫黎的了解竟在他去世后才开始，想起来令人唏嘘。

我在这儿姑且简单记录一二。

卫黎平生制作的第一本立体书据说是在中学时代，从此体悟到其中妙处，一发不可收拾。那是一次校内开卷考试，每名学生被允许携带一张八开纸进入考场，大家都用细笔写得密麻麻，乍看像印着花纹的蓝布。卫黎的那纸机关重重，表面只写着章节名称，却能打开数十扇窗，窗内还有小窗嵌套，中间一处机关最是惹眼，翻开后即立起一道屏风，工整地抄着押的两道六题。教数学的班主任马上判定不合要求，但闻讯赶来的政治老师却有不同看法，两位顶着地中海式发型的中年教师对何为"一张纸"争论半晌，颇有探讨"白马非马"命题是否成立的味道。最终还是哲学功底略胜一筹的政治老师取胜，算是放了卫黎一马。那次考试可能是卫黎在中学时代唯一一次获得及格的经历。后来卫黎中途辍学大概与某教师发生冲突有关，那位新来的老师脾气火爆，在课堂撕坏了卫黎正埋头制作的立体书，而其他所有老师早就对坐在最后一排的卫黎视而不见，放任他在属于他的立体书自由王国里悄然无声地存在。不过，他们在每个教师节都会收到卫黎制作的贺卡，比如生物老师有年打开贺卡，弹立起来的是幅惟妙惟肖的人体解剖图，令他啧啧称叹，每教一届新的班级都要展示一番。卫黎曾出版过一本人体器官立体书，想必便是这个延伸，书中的内容是从头到脚各主要器官，可以想见，出于道德原因会删掉其中的两幅，一男、一女。全版是多年后在国外的一家小出版社出版的，印数极少，预售时便被订购一空，变成了极为珍贵的收藏品。后来卫黎出版的大多立体书都有类似的命运，几乎不通过图书市场进行销售。尤其近几年，尽管他的名气越来越响，立体书的印数却越来越少，大概与卫黎的创作越发古怪有关。"兔子系列"算是比较罕见的大众读物，也许是为了靠此收入来支撑创作那些难以评价的艺术品，据有人说这系列的版权若干年前就低价卖了，加上兔子的噱头，套上各种颜色的形式，完全是出版人的策划。算起来，卫黎出过三本改编名著的立体书，其中一本是鲁迅的小说，传言竟吓死过人，受害者是名三年级的小学生，因书中将"人血馒头"场景渲染得过于恐怖，使那孩子受到了严重的刺激，出现了精神分裂症状，以致跳楼夭折。我想象不出那些无声的纸究竟变成了怎样的造型才足以有吓死人的效果，讲述人言之凿凿，力证确有其事，卫黎因此惹上了官司，差点儿进了监狱，而他的书则全部被回收销毁。说卫黎的立体书闹出人命的事例不只这一桩，另一桩则更为离奇，大约是说卫黎曾用立体书杀死过他的情敌，用了一种弹射装置，翻开书页，刀片飞出，命中那人的咽喉。这明显是个谣言，是个禁不起仔细推敲的故事，不过大伙儿都听得津津有味，连坐在台角的卫黎生前女友的脸上都挂着难以琢磨的笑容。她是个有魅力的年轻女人，一眼就能看出来，若说男人们会为之争斗，应该不算稀奇，至于说闹出人命，则过于匪夷所思，我宁愿相信卫黎凭借他在立体书艺术上的悟性与成就抱得美人归。在卫黎生前有两本特殊的立体书与他的女友有关，在她的提议与策划下，世界上最大的立体书与世界上最小的立体书横空出世，为卫黎赢得了在世俗世界中的一些名声，尽管名声不见得都是正面的，倒是为卫黎的短暂人生增添了几分传奇色彩。一开始的计划中，最大的立体书有半个足球场大，后来尺寸经几度缩减，缩到接近一个篮球场，卫黎在郊外的一处废厂房中花去半年时间制作完成。书页由一台小型吊车开启，展开将是座结构复杂的哥特式城堡，十余位观摩嘉宾见证了这一历史性时刻。现场的拍摄照片曾在C城轰动一时，不过也引来一片造假的质疑声，因为所有照片都是书合着或半合着的状态。原本这本最大的立体书要运到C城市中心广场展览，不幸一场突如其来的暴雨将其化成一摊纸浆。关于这次事件，还有另一种说法，暴雨在立体书打开一半时就倾泻而下，众人纷纷冲到书的四周企图把它抬进库房中，手忙脚乱中将这书大卸八块，也有说是雇佣的那名吊车司机是个新手，操作失误，不仅撕裂了特质的纸张，还一下子耙吊车冲上了封面，碾了个粉碎。最小的立体书的命运同样离奇，它需用显微镜和特制镊子的帮助才能翻开，里面弹出的是一段带烽火台的长城造型。这回有现场录像保存下来，幕布上同步播放放大的画面，不过质疑者认为这本立体书没有宣传的那样小——仅有小指甲盖大，其实是两把特制的大镊子造成了视觉上的错觉。可惜的是，再也无法回应这样的质疑了，因为这次的场面组织得也相当混乱，众人不住往前涌，操作翻页的人被后面涌上来的人群猛地推搡，手臂剧烈一抖，加之一阵怪风，可能是某人的喷嚏，于是这本最小的立体书便从此离奇地消失在人世间。C城晚报报道这次活动时用了一张所有人都撅着屁股，趴在地上奋力寻找的照片，差一点儿就获了当年的新闻类摄影大奖。好在这两次成为闹剧的展示活动卫黎都没有到场，他似乎有意与自己作品保持疏离，自然在质疑者眼中这便是心虚的明证。这些质疑者大多来自立体书的另一个派别，这个派别主张把一些科技产品与立体书结合，制作出来诸如发声的、发光的，通过手机摄像头照射成像的立体书，与卫黎所坚持的只用纸，偶尔加线的立体书"原教旨主义"格格不入，乃至水火不容。在卫黎创作的后期，他作品中的象征性愈发强烈起来，化繁为简，哲学意味浓重。"繁"的一面，也就是创作的早期，最具代表性的两本一是《物种起源》，它将拉条结构发挥到极致，可完整展示从单细胞生物到智人进化动态过程，另一本是向雷蒙·格诺致敬的《百万亿首诗》，它把一万两千多个字词收入书中，将转轮结构的可能性推至巅峰，它在纯纸质书中创造出了随机性，每次用手推着转轮转动，显示在取词框中的字词连成的诗句绝无重复，更使人拍案叫绝的是卫黎设计出十二个转轮变量，在厚厚的书脊上拨动十二个位置，翻开后弹出的拼音竟可拼成一句诗来。"简"的一面，卫黎有两本代表作，现存一本，不存的一本名叫《阅后即焚》，它在半年前被好事者翻开了，顾名思义，翻开这本书，燃起了一团火，将书化成了灰烬。另一本代表作，就叫《纸》，就是一张A4纸，现在平躺在卫黎立体书艺术馆的玻璃展示里，一会儿我参观时就会看到它，有人解读为佛教里的"无"，也有人说是道教里的"虚空"，还有人坚称属于后现代主义风格，具有极强的批判性，类似于杜尚的《泉》，更多的人则宣称他们在纸上看到了不同的幻象。不过，今天的重头戏是要展示卫黎的遗作，他生平最重要的一部立体书作品——《世界》。当最后一位发言人走下台，主持人宣布要进行活动的最后一个环节时，场面有点骚动。我四下环视了一周，每个人眼中都透着紧张与兴奋的光。这回不会出什么问题吧，不知怎的，我忽然担心起来。

"感谢大家一同分享了卫黎先生三十九年艺术人生中的点点滴滴，卫黎先生始终与我们同在，我们永远怀念他……《世界》这本立体书是卫黎先生留给这个世界的最后一本书，他生前将书封存，要求在他去世后发布。造化弄人，没想到这本书的展示会来的这样快……这必将是一部惊世骇俗的作品，卫黎先生在不同的场合多次谈到这本书，说这本书代表了他对立体书的终极认识……"

主持人不紧不慢地念着，我不由地左右张望，那本叫作《世界》的立体书应该马上会出现在眼前了。虽说我对卫黎的遗作有些好奇之心，却也没到非一睹为快不可的程度，只是现场每个人的渴望汇聚成一股强力推我向前探出了身子。

"那东西不是卫黎做的。"坐在我身边的那男人突然在我耳旁耳语。

"什么？"我下意识把头闪到一旁。

"那东西不是卫黎做的。"男人又说了一次，露出病变的牙齿。

"你是说《世界》不是卫黎做的？"我强忍住内心的厌恶，用手把嘴遮住，凑到男子耳边。

"我是说，你给我看的那个，不是卫黎做的……"

"那个的确不是卫黎做的，是我照着卫黎留下的图样做的。"我的厌恶感更强了，闻着烟味，口中泛出一股酸味。

"卫黎不做那种东西了，"男人咧开嘴，露出古怪的笑容，"他的立体书完全是精神层面的。他对这种小机关、小技巧早已不屑一顾。"这讨厌的男人见我不作声，竟继续进攻："你根本就没见过卫黎是吧？难为你编了个这么好的故事，你是我见过的编故事最好的牙医……"

"等一下，"我直了直身子，盯着那男人的眼睛，"你刚才说的话真是让人莫名其妙，难道我是混进来今天的活动吗？我有正式的邀请函，"我抖了抖手上的纸，"我的名字可是印在这上面的。"

"抱歉……"男人闻着手里的香烟，笑了笑，"你或许不知道，卫黎是没有牙齿的……"

"什么？"我简直要喊出来了，"卫黎没有牙齿？"

男人紧盯着我的眼睛，眼神突然变得锐利，但很快柔和下来，又咧开了嘴："开个玩笑。"我还没来得及将愤怒的情绪掏过来，他继续抖着腿说："卫黎的立体书艺术已达到至高的境界，你无法理解。你在台上展示的那些作品实在太荒谬了，在场的每个人都在心里嘲笑不止。卫黎这样的艺术家怎么会给一个牙医做那么愚蠢、低级的立方体？简直是天大的笑话，你根本就不了解卫黎，更不理解他的艺术……"

男人滔滔不绝地说起来，声调不断攀高，甚至周围的人都开始为之侧目。我压住怒火，摆出无动于衷的表情，两眼望着前方，但感到血液仍不断地往上涌来，头嗡嗡直响，想马上抡起椅子，砸在他摇来晃去的脑袋上，把他的三十二颗牙齿从牙床上统统砸下来。我张了张嘴，想反驳点什么，或者起身离开，腿却像锈住了似的，紧咬的牙关也启不来，又气又急，顷刻出了一身热汗。

这时音乐忽然响起，主持人已然邀请卫黎的女友来到台前，停步在台中央一直用白布遮着的方桌跟前，众人停了彼此间的耳语，齐刷刷站起身，伸长脖子把眼睛探出去。那男人收起了对我的攻击，心满意足地用两只手扶在肚子上。

我也努力平复了情绪，随大家起身，朝前看去。在轻音乐柔和舒缓的节奏下，女人揭开了最后的秘密——厚厚的一本书，书皮是酱色的，像是牛皮做的。女人小心翼翼地双手左右展示，我看到书页中央处的一道细缝，证明这本厚书其实只有一页。投影仪布置在右侧，机器刚刚开启，已准备就绪。女子在众人的目光下缓步走去，刚走了三步，足有五厘米的高跟鞋突然一歪，整个身体失去了平衡，刹那间引来一片惊呼。在众目睽睽之下，卫黎的遗作，那本《世界》竟从美人的手中飞了出去，书页展开扣落在台下的草地上。

站在我身边的男人眼疾手快，一个箭步冲上前去，猫腰想把书拾起来，我不知哪里来的神力，喉咙发痒，高呼一声，震住了所有人。

"不要动！不要动！"

我被一股无形的力量推着边说边走上前，从容扶起了弯腰看我的男人，转向不知所措的众人，发表了一番让我自己都不可思议的即兴演讲：

"朋友们，我想这就是卫黎最后的作品，世界上伟大的立体书——《世界》！你们是这本立体书的见证者。卫黎制作了这本立体书，但在刚才的一瞬间，这本立体书才真正创作完成。在书扣在草地上的一刹那，整个世界展现在了我们的眼前。这是一本打开的立体书，这本立体书的内容就是整个的、活生生的、现实的世界！这本立体书包罗万象，它展开的是整个地球！包含山川、河流、草地、荒漠、岩石、沙丘，包含高楼大厦、文物古迹、飞禽走兽，包含你我，我们的所有。这就是卫黎留给我们的立体书！伟大的立体书！独一无二的立体书！终极的立体书！……"

台下响起雷鸣般的掌声和欢呼声，鼓动着我的耳膜，大家纷纷歪着头，好研究一下这书翻出世界究竟是怎样的模样。一直两眼发直的男人听后如梦方醒，怪叫一声，连忙拽过来一把空椅子，把头杵在坐垫上，两条细长的腿直挺挺伸向天空。男士们受到启发，纷纷效仿，翠绿色的、黑色的、白色的、紫色的、蓝色的、棕色的，还有一对儿是红色的袜桩，树在眼前——

"世界啊，世界！果然是一个新世界！"

我是第一位被写入立体书艺术史的牙医。新近出版的《世界立体书艺术家辞典》中，我名下的词条是这样写的——立体书评论家，立体书先锋艺术家，立体书艺术大师卫黎先生的私人医生。受卫黎先生点拨走上艺术之路，代表作有《立方体》、立体书"牙齿系列"等，制法朴拙，自成一派。文章《真实之真实：解读卫黎的"世界"》、《我认识的卫黎先生》等轰动一时，被认为卫黎立体书艺术的最佳诠释者……

我认购了十本《世界立体书艺术家辞典》，低于十本里面就不会有我的名字了。八本摆在家里，一本摆在诊所，一本给了我的女儿。

后来，《世界》上方安了个防弹玻璃罩，成为这座艺术馆的镇馆之宝，也写进了立体书艺术史，那片草地被栅栏圈了起来。现在你到位于 C 城滨河区卫黎路 689 号卫黎立体书艺术馆参观，可以远远望见那本书，阅读介绍板上的文字。设计者还贴心地在旁边安置了一把供人倒立的椅子，上面厚厚的棉垫被无数颗脑袋磨出一个深洞。当时有人问过我，要是把这本《世界》合上会发生什么，我这样回答："我们的世界，包括我们自己都将回到立体书中去。世界将重回混沌。"女儿那时在台下看我的眼中泛着奇异的光。

世界法律大辞典

　　《世界法律大辞典》共二十卷，计两千万字，当时组织了国内千余名法学专家历时五年编写而成，最初由司法·民主·自由联合出版社出版发行，先后出了精装本、普及本、精编本与缩印本。如今，这套博大浩瀚的大辞典仍在各大图书馆的精品馆里展示保存，往往在柜上的较高位置摆放，这样在视觉上更能凸显磅礴的气势，书脊上连成的含蓄又蜿蜒起伏的长城图案才能在远距离的细致观察中渐渐现身。主流媒体对在国宾馆举办的那场颇为盛大的图书发布会均有报道，尚在世的几乎所有法学名家悉数出席，可谓群英荟萃。在发布会与主题研讨会之间，参会嘉宾足花了二十分钟才在宾馆门口摆好的四层铁架子上排定站好，拍了张合影，由于人数太多，登在新闻媒体上照片只能辨出人影，面部则一团模糊。不过不要紧，他们的名字按笔画为序，整整齐齐地印在大辞典第一卷正文前的名录中。名录分为编委会与撰稿人两大部分，密密麻麻的名字中有六个被黑框圈住，表明在编写工作持续的五年间有六人魂归西天。其中一个名字属于这套大辞典的第一任责任编辑，很难判定这位四十五岁的责任编辑的突然死亡跟繁重的编写工作之间是否存在因果关系，发布会上默哀一分钟环节的设置或许暗示了这种关联性的存在。《世界法律大辞典》出版后的第五年出了第二版，在内容上基本没有变动，只是有些技术上的调整，个别词条中用修复的高清图片替换掉了一些分辨率较低的插图，卷首还多了篇第二版序言。序言不长，由出版社社长以出版社的名义撰写，主要回顾、总结了大辞典自出版后在国内外产生积极影响，获得的诸多出版奖项以及在社会上的广泛好评。另外的变化是，名录中有黑框的名字多了二十来个。到了第十年，出版社决定推出《世界法律大辞典》第三版作为宪法颁布 N 周年的献礼。其实有个重要原因，只是不便明说，围绕部分关键词条的内容及表述，这十年来引发了学界的诸多争议，表面上属于学理之争，其实也是话语权之争，涉及法律人物的评价就更为复杂。还有一个原因，更不便明言，这十年间在编委会中有五位挂名的公检法高官已落马，锒铛入狱，是该适时删除了。这一次计划做大规模修订，重点是适时补充新词条，更新原有词条信息，特别强调对原有词条内容的进一步核实。项目启动后，出版社在首都组织召开了两次大会，二十卷负责人会后分头开了几十次分卷会议，动员了千余名法学专家，而后这些法学家又各自组织了规模更小的会议，继续将任务继续下派——跟十年前组织编写这套辞典时是同样路数。于是，在 C 城 K 大法学院读博士二年级的方兴博士出现在这场修订工程的末梢或终端，一个寒冷有严重雾霾的冬日，跟其他十来个同门师兄弟一道各自领了一百来个词条任务走出了导师的办公室。

方兴博士负责的一百个词条属于法律人物类下的亚非拉法律人物类下的拉美法律人物类别，对这些词条的信息进行核查、补充的任务其实并不重，他们中的大多数人去世已久，在本国国内可能有些影响，但在我国籍籍无名，算不得什么大人物，若非有这套大辞典，恐怕他们在中文世界里踪迹难寻。大多词条人物早已盖棺论定，无须重新评价，至多补充一番这十年出现的针对他们的研究专论，而这部分人物研究成果大多乏善可陈，并无新意。举例说来，这些人里面有个叫费尔南多的，当然全名很长，不必在此录入，方兴博士修正了他的出生年份。原先注明的 1799 年是旧历，若按公历纪元应该是 1800 年，就像俄国的十月革命其实发生在公历十一月一样，尽管数字上仅相差一年，但这人便立即从十八世纪归到了十九世纪，表面上似乎是了不得的事。这个叫费尔南多的只活了三十九岁，是名律师，有在地方法院工作的经历，平生最大的贡献就是工作之余零散翻译了些来自欧洲的书籍，其中包括法律著作，将英文、法文和德文翻译成了当地语言，这些非正式出版物影响了一批后来成为大词条的法律人，他们在谈及早年求学时期的阅读经历时往往会提到经费尔南多之手译成的书。不过，这些不完整之书充斥着各种谬误，有的通常可归为翻译过程中的技术性错误，更多的似乎来自凭空捏造、信口开河，热销一时的两本则完全是假托大人物之名而作。这导致那些读者对费尔南多抱有非常复杂的情感，一方面他们受到他翻译或创作的那些作品的滋养、教导与鼓舞，另一方面他们慢慢，也许是突然发现，那些个融入他们血液里的法律教条与名言却不来自遥远欧洲的先贤笔下，心中有怒火也是可以理解的。颇有些讽刺意味的是，正因为这些后来者对费尔南多的诸多批评与指责，倒促成了他还有机会变成一条小词条，作为一个国家法治发展过程中阶段性现象的典型代表，不至于被历史全然淹没。方兴博士认为假使费尔南多可以活得更久一点，上帝给他更多的时间让他有机会名正言顺地用自己的名字发表更多的法律观点，那么也没准儿会成为一条大词条，词条里还会配上他的素描肖像。可惜，费尔南多很快死于肺痨，他的词条也便不得不止于第 523 个字上。

方兴博士的工作一直进行得很顺利，平心而论相对容易完成，有好几个同学分到了撰写新增词条的任务，一一个怨声载道，不得不硬着头皮去搜寻外文文献，咬牙切齿地埋头翻译；碰到要重新评价的重要法律人物就更棘手了，坐在电脑前字斟句酌一天也难码几行字，焦虑难安。方兴博士在师兄弟面前通常也摆出一副愁眉苦脸，生怕他们中的哪个借口把烫手的山芋扔过来，心里不由地暗自庆幸。就这样，方兴博士按部就班地查证、修改，严格按照要求，默默克服了一道道细碎、繁杂的难题，眼看着接近尾声快大功告成，遭遇了霍纳斯·阿莱杭德罗·冈察雷斯。方兴博士觉得这个词条就像是预先埋伏在文字海洋中的恶魔，盯着他一步步越靠越近，逐渐露出了狰狞的面孔，最终折磨得他也像师兄弟的脸一样蜡黄。简单说，方兴博士穷尽了所有手段，却查不到任何一点有关冈察雷斯的蛛丝马迹，这在无孔不入的网络时代着实令人匪夷所思。

冈察雷斯（1973 - ），玻利维亚法学家。词条字数 1695 字，属于中词条，长度介于大词条与小词条之间，说明这个人非小人物，有些分量，但还没达到大人物的高度。按照一般的工作流程，方兴博士先校对两遍文字，而后的步骤是将名字输入搜索引擎，寻找中、英及西班牙文资料，对人物生平的基本信息在不同的资料间进行比较核对，接着就要去学术期刊网查最近十年来学界对该人研究的最新成果并予以整合，融入词条的表述中，最后还须完善对该人在法律领域的贡献评价。方兴博士这个人有个习惯，不知道算不算好，工作一定要完成一个预先设定的小阶段才肯起身，早上他坐在图书馆的书桌前略有尿意，本打算弄完冈察雷斯再去厕所，没料想在第二步就给卡住了，一连换了几个著名的搜索引擎竟一无所获，又在主流的学术网上搜索，结果皆为零。方兴博士不断变换关键词，试图以不同角度切入，他调阅了相关法史资料的电子版进行定位，顺着人物履历登陆在冈察雷斯曾就读与从业的学校与单位的网站与资料库，按照所列举的学术成果逐一寻找原始出处，马不停蹄地忙了一个半小时，膀胱里的尿越攒越多，最后实在支撑不住，只好认输破例，飞速奔向洗手间，站在小便池前，头脑还不停地运转着。想必每个人都有在网上查一查自己名字的经历，多多少少会留下痕迹，哪怕是重名也会跳出来一些搜索结果吧，作为来自异国的一位看起来成果还不错的法学家竟能在网络世界彻底遁形，何况是一位出生在现代的、尚在世的法学家，这令人百思不得其解。那一天，方兴博士在桌前、书架和厕所之间移动，最后在图书馆闭馆前绝望地瘫倒在座椅上，那一夜及之后的一周里可谓寝食难安。方兴博士承认自己有些执拗的性情，爱钻牛角尖，对待学术研究一向严谨，这是导师一直很欣赏他的地方，尽管有时也会因为这个惹导师不高兴。一周后在食堂午餐时，方兴博士忍不住跟廖操师兄谈起这条词条的事，师兄得过且过的态度让他吃了一惊，按廖操师兄的意思，这种遥远小国的非著名法学家在大辞典中的存废无伤大雅，事实是除了词条撰写者和编辑之外根本无人阅读，不必在这个问题上过于较真，白白浪费自己的时间和精力，保持词条原样就好。廖操师兄问方兴博士这条冈察雷斯词条配没配肖像照片，听到否定答复后，他指出："一个连照片都没有配的法律人物都不值得一写！"方兴博士承认廖师兄说的不假，那些大人物词条都配有照片，生活在照相机发明前的配有素描或油画肖像，即便都没有，后人还可以根据想象创作，像孔子、韩非子那些人的图就是这么来的，时间长了，还被视为标准照。廖操师兄的一番话缓解了方兴博士的焦虑情绪，把他对学术考据的压力成功转化成单纯的好奇心——这个冈察雷斯究竟是怎样的人呢？说实在的，词条中列举的那冈察雷斯的作品标题及其作品简介还挺吸引他，方兴博士不愿就此轻易止步。廖操师兄接来方兴博士递到手边的纸巾擦了擦嘴，轻快地摆了摆手："你想要了解这人又有何难？去问问当初写这个词条的人不就行了？"经他这么一提醒，方兴博士有种恍然大悟的感觉，匆匆与廖操师兄道别。每条词条后都用括号标注了撰稿人姓名，冈察雷斯词条的撰稿人叫梁可，大辞典最后一卷的最后一部分列有撰稿人的详细名录，包括职称和单位，显示这人当时在 C 城的另一所大学 W 大法学院任教。方兴博士难以按捺激动的心情，不及多想，立即揣好复印下来的冈察雷斯词条书稿，跳上了通往 W 大学的公交车。

完全出乎意料，方兴博士凭着一时冲动几乎没费任何力气当天就通过 W 大学学院教务处联系到了梁可，他当天没课，电话里爽快地邀请方兴博士到家里坐坐，家属楼离法学院仅一步之遥，于是方兴博士不仅见到了梁可，而且第一次见面便登堂入室，在他的书房里一聊就是两个小时，边聊边喝茶，从金骏眉到铁观音，真是一次难得的经历。十多年前，学习西班牙语出身的梁可接到撰写词条任务时在读博士二年级，跟方兴博士现在一样，毕业后他留在 W 大学的法学院任教，十年间职称从讲师到副教授，现在升任教授。梁可教授跟方兴博士想象中理想学者的模样相差无几，架着眼镜，文质彬彬，睿智风趣，平易近人，两鬓冒出来的几根白头发更增加了他的几分学术上的权威。令方兴博士颇为意外的是，《世界法律大辞典》筹划出第三版的事梁可教授居然没有听说，自然也没有参与，他打量了方兴博士许久，这个要修正他曾经撰写的词条的人，方兴博士有点不好意思，将脖子往衣领里缩了几寸。按常理，以方兴博士目前的学识和资历，是没有资格对梁可教授的作品指手画脚的，见到梁可教授本人，这种感觉愈发强烈。方兴博士跟梁可教授讲述了自己寻找冈察雷斯资料的经过，最后表示希望可以帮助他破解这道困扰自己的谜题，指点迷津。梁可教授一边沏茶，一边听方兴博士讲完，感慨了一声："十多年了啊，弹指一挥间。"方兴博士接过了小茶杯，一口饮尽。"我就给你讲讲冈察雷斯的故事吧。"梁可教授看了眼窗外，陷入回忆中，"不过我想先从一个学术问题谈起。"

            *   *

    梁可博士在八年前的八月十二号下午三点结束了为期十七天的"学术闭关"，一脚踏出 W 大学的宿舍楼，气喘吁吁朝校门外跑去。按原计划，此次"闭关"本应趁着暑假持续三十天整，除非发生特别事件，否则他将切断一切现代化通讯方式，在囤妥的书海中与世隔绝，集中攻克一项重大学术问题。"闭关"之前，梁可博士预估了可能使计划中途流产的情况，如，宿舍失火，导师猝死，女友分手，乃至法律意义上的"不可抗力"，如地震、洪水、战争等等。"闭关"的第五天，像有意考验梁可博士的决心，女友莫玲突然提出了分手，用只小皮箱装了存在他宿舍的物品，夺门而出，但当时梁可博士并没有随之追去，于是"闭关"得以延续。使用"突然"来形容分手，不过是梁可博士一厢情愿的认为罢了，莫玲在最后的控诉中一股脑儿列举了他的十大罪状，细想来每一桩都积怨许久。如，从不陪伴逛街看电影，常点一家难吃的外卖，晚间屋内不能有响动，与她对话漫不经心等等。若说以上种种在理论上尚可弥补，那么莫玲临走前憋红了脸道出最后的那句"你那玩意儿太大，捅得人生疼"算是终于给这段关系判了死刑。梁可博士本想挽回这段恋情，尽管他没大想好是否真的该跟莫玲去商场走一走，买桶爆米花在影院里坐一坐，换一家饭店的外卖点一点，买个静音耳塞用一用，或者试着集中精力把她的念叨听一听，嘴巴刚张开准备辩解或发誓，听到最后一条，挪步子的气力顿时消散了。梁可博士瘫坐在床上，摩挲着或许还沾有莫玲汗液与皮屑的床单，望着窗外摇曳的树枝，想起古罗马讽刺诗人尤维纳利斯的警句——"如果运气没有了，阴茎多长也没有用"。梁可博士自以为是爱莫玲的，他允许她出入自己的宿舍，让她占据自己的一部分大脑，浪费自己的一部分时间，就是明证。不过，梁可博士只沉痛了半刻，他甚至没抓住最后的机会到窗口望一望前女友的背影，很快便搁置或遗忘了那个麻烦的女人，重新回到对重大学术问题的沉思之中了。

    对这个复杂问题的简单表述就是：法律效力从何而来？

    按照梁可博士的思路，一部法律 A 之所以有效力，是因为有一部在它之前就存在的法律 B，它赋予了法律 A 以效力；同理，在法律 B 之前也存在一部给予其效力的法律 C，以此类推，不断追溯，直至追溯到那一部万法之源。

有些研究者一直推到某部宪法便停止了追溯；换句话说，他们最终假定一部法律 X 是目前一国所有法律的效力之源，而至于这个 X 之前是否还有一部比它更早的，赋予它效力的法律 X－1 便不再继续追溯下去了。如果说一部法律的效力必定来自于另一部法律，一个文本由另一个文本所滋生，那么就应该一个文本接着一个文本不断地追溯下去，不应该在中途的某一处而单凭理论的假定来解决这个问题。这个问题的另一个很重要的方面是，法律的效力如果最终归结于一个非法律的东西，那么整个法律体系就不够"纯粹"了，法律的大厦从根子上就动摇、坍塌了，如果不能坚持这种终极的纯粹性，法律将无法保持自身的独立性与自洽性。以往的法学家的努力全都半途而废了，梁可博士的野心在于，要凭一己之力找到法律世界中那部终极的法律，它是世界上所有法律的源头，是它们的力量之源，同时它自身不依靠任何外部力量来赋予其效力。要完成这项宏大的研究计划，前提之一是掌握大量历史资料，并在不断的追溯过程中构建起可以将从古至今，从中到西的全部法律都纳入其中的效力等级大金字塔，在大金字塔的最顶端就是那部终极之法。梁可博士经过多年研究，用 0.05mm 笔尖的极细记号笔初步绘制出一张由几十张 A4 纸拼接而成的大图，他不断地夯实这座大金字塔的根基，并稳步朝前推进——所谓"闭关"的意义，就在于将自己的身心完全投入到大金字塔的构建当中，以期在短时间内获得实质性突破。梁可博士在书海中穿梭、翱翔，那个在他身边要吃、要喝、要逛街、要浪漫、要高质量性生活的莫玲倒成了最大的障碍。梁可博士本想在闭关结束后跟莫玲一同分享他的研究成果与喜悦，出版专著时在首页正文前深情地写上一行"献给我的爱人莫玲"，在这部必将改写法理学史的皇皇巨著的显要位置有自己的名字，该是多么荣耀的事情啊！可惜，莫玲没有坚持到最后。尽管莫玲不再是他的女友，梁可博士还是想把这本计划中的专著献给她，以纪念这段不长不短的与师妹之间的恋情，只不过要根据现实情况把这献词修改成——"献给前女友莫玲，她的离去让我完成了这本书"。梁可博士把这话写在纸上，端详了一阵，先把"前女友"划掉了，又涂黑了"她的离去"，皱了皱眉，抹去了"让我完成了这本书"，最后将剩下的"献给莫玲"的纸连同与莫玲的恋情揉成了一团扔掉了。

梁可博士最终没能按计划完成"闭关"活动，他的突然"出关"因为冈察雷斯。梁可博士在八月十二号下午两点四十五分，也就是结束"闭关"前的十五分钟在公共厕所上大号时听到了门外两个声音谈论一则学术新闻——本年度的国际哲学大会前天在 W 大学的哲学院召开，会期三天，一些世界著名哲学家出席了本次大会，堪称哲学界的一大盛事。梁可博士一边闻着从门缝飘来的香烟味道，一边仔细倾听一个声音如数家珍般列举那些人名，有的熟悉，大多是陌生的。"对了，还有个从玻利维亚来的法哲学家，今天上午居然用流畅的汉语做主题发言，真是没想到啊！""是啊，叫冈察雷斯，我记得，感觉发音比一些中国人都标准呢，真了不起！大伙根本没注意他的发言内容，才五分钟吧，都忙着在私底下惊叹。""我也只顾着惊讶了，不过他发言的主题我还记得，叫'终极文本'，很玄的一个题目。"梁可博士听到此处忍不住惊呼起来，吓得门外止住了谈话。梁可博士匆匆提上裤子，猛地将厕所门拉开，扑向在厕所窗台那儿抽烟的二位，抓住其中一个人的衣服，用颤抖的声音问道："冈察雷斯现在在哪儿？他在哪儿?!"当时，距《世界法律大辞典》第一版的出版已过去两年。梁可博士在这之前的四年受命收集、撰写拉美法律人物词条，共收集词条二百七十条，亲自撰写了其中的三十五条，是他最初选中了冈察雷斯，并撰写了冈察雷斯词条，在冈察雷斯词条后将自己的名字注在了括号中，最终印在《世界法律大辞典》里，这也是十余年后方兴博士能顺利找到他的原因。我们可以理解梁可博士当听说自己撰写过的一个词条人物本尊现身时的激动、兴奋的心情，但他的复杂情绪中更多地包含惊诧、慌张，乃至恐惧，因为冈察雷斯这条词条，完全是梁可博士凭空捏造的。是的，世界上没有冈察雷斯这个人，冈察雷斯的名字、出生年月日、生平事迹、学术成果完全出自梁可博士的虚构。

为何自己要在《世界法律大辞典》中虚构一个法律人物？梁可博士在自己余生的深夜中常常扪心自问。直接的原因显而易见，梁可博士采用这种隐晦的方式来表达对他的导师齐强教授的嘲讽与蔑视。齐强教授在两年内以导师身份侵吞了梁可博士的三篇学术成果倒不是最主要的原因，最使梁可博士看不惯的是齐强教授在各种公众场合的自我吹嘘，这人就像个学术包工头，从不翻一页书，写一个字，极为精通学术厚黑学，将研究任务以各种形式"发包"，沽名钓誉，巧取豪夺，坐享其成，其下门生多受其害，无奈有诸多顾忌，敢怒不敢言。《世界法律大辞典》编写任务同样如此，齐强教授将编写费扣下，让梁可博士等人操刀撰写，并将其中大部分词条移花接木最终归于自己名下。梁可博士所虚构的冈察雷斯词条没有被齐强教授霸占，多少有些遗憾，不过，他多次借着向齐强教授请教词条的由头，引诱齐强教授大谈对冈察雷斯学说的理解，好好欣赏了不懂装懂、信口雌黄、连蒙带骗的绝技，算是暗中狠狠羞辱了这位不学无术的教授一番。每每想到齐强教授那副夸夸其谈的嘴脸，无论出于何种悲伤的境地，梁可博士总会笑出声来，这也算是种受益终身的福利吧。至于说到间接的原因，虚构冈察雷斯词条不仅可理解为梁可博士对导师的一种玩笑，也是他对整个学术界开的一个不大不小的玩笑，这条词条竟然顺利通过了各种层级的审读，最终堂而皇之地被印成铅字，高高在上地被供奉不就是明证吗？如果追求更深层次的原因，则有点复杂，与梁可博士对历史本身的理解密切相关，在他看来，历史是虚构的，是为了让人相信它如此发生过而编造成的自圆其说的故事罢了，一切历史只不过是谎言与骗术的集合。于是，梁可博士亲自演示了一次历史的编造过程，就是虚构冈察雷斯，他不免对自己的这个作品洋洋自得，一个叫冈察雷斯的玻利维亚法学家在他的笔下出现在了历史之中。当然，梁可博士对虚构的这个人物充满了别样的感情，就象一个小说家对自己塑造的人物也会有着别样的关切一样，他假定这位伟大的法学家通过一系列研究成果，解决了梁可博士自己在学术上的终极问题。没错，就是《终极文本》，冈察雷斯在这部专著中找到了梁可博士梦寐以求的那个终极法律文本，法律体系中占据大金字塔顶端的万法之源。在这个意义上，冈察雷斯与其说是一种讽刺、嘲笑或批判，不如说是梁可博士树立起来的理想标杆。《世界法律大辞典》出版后，梁可博士复印了冈察雷斯那一页，塑封起来，一直压在写字台的玻璃板下，仿佛这个人就是学术之路的指路明灯，梁可博士后来发表的一系列论文正是按照冈察雷斯的学术成果的顺序，最后的集大成者的作品就是《终极文本》——梁可博士的闭关冲刺之作。

梁可教授让方兴博士走到他的写字台前，拿开了几本摊在上面的书，玻璃板下冈察雷斯词条那页果然出现在眼前。方兴博士对这页的内容相当熟悉，熟悉到可以背诵的程度，也尝试过查证这条词条中提到的每一条重要信息，每一个字都牢牢地印在头脑中了。到了这时候，方兴博士才想起来，在搜索冈察雷斯的每项学术成果时，都会有由国内学者撰写的同名或类似的作品出现在搜索结果里，梁可的名字必然曾映入他眼中，可是自己当时没有注意到这个值得玩味的细节。方兴博士在写字台前站了会儿，感到有点眩晕，他还是不大敢相信梁可教授刚才给他讲的有关冈察雷斯的故事。如果按梁可教授所言，一切历史都不过是骗人的把戏，那么方兴博士又凭什么去相信梁可教授的话呢？方兴博士自然不好当面质疑，他回到座位，接过梁可教授亲添的热茶，一股脑倒进嘴里，不小心烫了舌头。"教授，你说的真让人难以置信……"方兴博士琢磨了半天，才挤出似乎是礼貌、委婉的疑惑。"我很抱歉虚构了这条词条。"梁可教授露出释然的表情，好像在他做了这事之后一直等待方兴博士的出现似的。"我是指冈察雷斯居然出现了，出现在这个真实的世界里了。这一点难以置信，你见到那个冈察雷斯了吗？"方兴博士紧盯着梁可教授的眼睛，生怕漏掉任何一个细节。梁可教授笑了笑："我见到了冈察雷斯。"紧接着又说，"不过，我不大赞同你的说法——'真实的世界'。世界是不能以真实与虚假来划分的，正如历史也无法用真实与虚假分类……不好意思，说远了，搞学术的在日常谈话中总会犯表述过于严谨的毛病。"梁可教授顿了顿，继续说："我见到了冈察雷斯，他跟我想象中的形象丝毫不差。"

　　国际哲学大会的一个分会场设置在中非文化中心，距 W 大学二十分钟车程，梁可博士搭乘一辆出租者赶到时是下午三点四十六分。中非文化中心是一座有着全玻璃结构的现代建筑，国际哲学大会在此举办的电子信息就打在玻璃上，十分惹眼。梁可博士为了进入会场颇费了一番周折，他被两名学生模样的工作人员拦住，说什么也不允许他进入会场，梁可博士从厕所里抽烟的那位仁兄口中得知冈察雷斯会出席下午的第二场会议，第二天就回国了，他岂肯放弃。争执声引来了一位大会负责人，长着一张不怒自威的脸，他表示理解梁可博士的愿望，但会议有它的规矩，会议一旦开始就不允许随意走动，如果想跟与会专家见面、交流，可以在茶歇时找机会。梁可博士听了这话，只好快快地在工作人员的引导下走进二楼的休息室等候。坐在松软的沙发里，梁可博士渐渐冷静下来，他不确信此处的冈察雷斯是否是他虚构的那个，还是只是重名而已，但"终极文本"的发言主题又让他不得不相信这个冈察雷斯跟他撰写的那条人物词条之间存在某种关联。倘若是重名，那真令人泄气，不然，梁可博士又期待着什么？期待与他虚构出来的活生生的冈察雷斯会面吗？也许梁可博士内心深处一直强烈期待着这样的会面，马上就可以见面了，他倒有些紧张了，而且还有点恐惧，他无法预计会跟冈察雷斯说什么，谈话会如何进行，那一刻梁可博士的头脑处于极度混乱的状态，更确切地说，是在持续高速运转后的混乱。梁可博士眼睛直直地盯着前方的饮水机，一点儿也没察觉此时有个人从洗手间里走出来，冲他旁边的沙发走来，那人正是冈察雷斯，霍纳斯·阿芙杭德罗·冈察雷斯。他们同时发现了对方。

"冈察雷斯?!"

"梁可?!"

他们同时喊出了对方的名字。

"噢！天哪！怎么会这样?!"冈察雷斯做出夸张的表情，夹杂着中文与西班牙文，不停地起身、踱步，又坐下，既兴奋，又显得极度焦虑，不断念念有词。梁可博士也难掩激动，不远巨大的疑惑牢牢压制住了激情的情绪，他不知道冈察雷斯因何能准确地叫出他的名字。折腾了好一会儿，冈察雷斯方才能够安定地坐在沙发里，面对面与梁可博士交谈。冈察雷斯平静下来说出的第一句话是："梁可，你怎么会真的存在？"梁可博士感到莫名其妙，当他们完全将心跳控制好，交谈了一阵才弄明白，简单说，原来在中国和玻利维亚不约而同都策划出版了《世界法律大辞典》，梁可博士撰写了或者说虚构了冈察雷斯词条，而冈察雷斯则在地球的另一边杜撰了中国法学家梁可词条。"你的形象跟我的想象一模一样，所以我一眼就认出你就是梁可！1982 年出生的梁可！我当时就是这么写的。你是怎么找到我的？"冈察雷斯似乎完全不在意自己是被虚构的，拍着梁可博士的肩膀大声说话。这一头的梁可博士可没有那么轻松，他马上陷到更深的困惑中，他小心翼翼地问了问自己：难道我真的是冈察雷斯虚构的吗？刚一触碰到这个问题，梁可博士的心脏猛烈地收缩了一下，整个人的血液都要凝固了。"梁可，你在词条里没写我的死亡年份吧?"冈察雷斯最关心的是这个问题。"没有……空着的。"梁可博士神情恍惚地回答道。"那就好，那就好。"冈察雷斯露出笑容，"我也没有写你的死亡年份。这就好，这就好。"

"冈察雷斯，时间有限，我想问你一个重要的问题，希望你能回答我。"梁可博士强迫自己放下那许多困惑，将那个最大的问题抛了过去，"你解决了那个难题了吧？就是法律终极文本问题。"梁可博士努力地一字一字控制住自己的语速，他凝结的心脏开始剧烈地跳动起来。

"是的，我想我解决了那个终极的问题，换句话说，我找到了万法之源，就是全世界法律效力存在的根本。"冈察雷斯显得很平静，话语间带着南美人特有的腔调。

"这……不可能吧……"梁可博士终于听到了肯定的回答后，又退缩了。

"怎么不可能？"冈察雷斯有点生气似的，"我又不是满嘴胡话的费尔南多。"

"我没有不信。"梁可博士赶紧说，"你是怎么找到的？可以告诉我吗？"

"当然。"冈察雷斯立即消除了怒气，变成了另外一个人似的，他拨了拨额前的头发，"这世界上的全部法律，无论是现存的，还依然有效的，还是失效的，失传的，抑或消亡了的，它们都有一个共同的源头，像大金字塔一样，每一个层级的法律都由上一个层级派生而出，并由这个更高位阶的法律给予其效力。"梁可博士频频点头。冈察雷斯用手比划着动作，接着讲道："那么最终位于大金字塔的最顶端的法律就是全部法律存在的根基。它相当于柏拉图意义上的'原型'，法的原型，全部法律不过是法的原型的各种不完全的模仿，带有一些不完全的效力，效力较大的就是模仿或更接近法的原型的，位于大金字塔的较高位阶，而在低位阶的就是更远离法的原型的，跟它越不匹配的，于是它就处于远端，效力也就越小……"

"等一等！"梁可博士打算了冈察雷斯，语气中带着不满，"你的意思是法律的终极文本只不过是一个理念，一个虚的东西？"

"不，不，不！"冈察雷斯晃了晃手指，"我刚才说的是'相当于'柏拉图的理念、理想型，而'不是'那种理念或理想型。"

"那是什么？"梁可博士追问。

"别着急嘛。"冈察雷斯放缓了语速，突然话锋一转，问道，"你有女朋友吗？"

"什么？"梁可博士一时间没转过弯来。

"我问，你有女朋友吗？你得如实回答我。"冈察雷斯忽然变得一本正经，让梁可博士不得不认真面对这个不相干的问题。

"前几天分手了……"

梁可博士如实相告，他的眼前闪过莫玲的身影。

"我很遗憾听到这个消息。"冈察雷斯握住了梁可博士的手，"我想问那个女孩儿叫什么名字？"

"莫玲。"梁可博士有些不情愿地答道。

"莫玲，她是一个女人。"冈察雷斯微微一笑，"同理，莫玲只不过是那个位于大金字塔最顶端的女人的不完美的仿制。你也是，我也是，我们都是那个位于最顶端的男人的不完美的仿制。不过我可能更接近一点，没有人比我的那东西更大了……"

"你到底想说什么？"梁可博士猜不透，也有点不耐烦了。

冈察雷斯的嘴角露出了一抹神秘的微笑，他四下看了看，悄声说："我拿到那本法律了。终极的法律文本……"

"不可能……"梁可博士颤抖着声音回答。

"怎么不可能……"冈察雷斯靠得更近了，嘴唇几乎贴到了梁可博士的耳朵上，"那本书就在我住的宾馆里……"

"万法之源？"

"没错！大金字塔之巅，它要是没了，这世界的整个法律体系就崩溃了。我得好好保存，不能声张。"冈察雷斯比划了一个金字塔的形状，然后假装它嘭的一下消失了，他的手指又细又长，而后他又露出更诡异的笑容来，用颇有磁性的嗓音说："而且，那个位于大金字塔之巅的女子也在我的房间里。你想不想跟我去看看？"

抱歉，梁可教授给方兴博士讲的故事到这里就结束了，显然它没有结尾，要是梁可教授的妻子没有在这时开门而入，或许这故事还会继续讲下去。方兴博士起身问好，称为"师母"，女人打扮得颇有些风情，嘴唇的红色过于鲜艳，她点点头，走进了衣帽间，并未多言。方兴博士不知怎的，忽然觉得她就是莫玲。梁可教授抬手看了看手腕上的表，做出了送客的暗示。方兴博士知道该起身告辞，但实在忍不住问故事接下来又发生了什么。

"我开玩笑的。"梁可教授伸了个懒腰，哈哈大笑了一阵，这笑声让方兴博士有些不知所措。"看你对这条词条那么执着，跟你开个玩笑而已。我常给我的学生讲故事，他们都挺爱听的呢！"说完又笑起来，"说起冈察雷斯词条，英文和西班牙文资料都没有，你找不到也挺正常。我觉得对于这样一个地方性法律人物，没有修改的必要了。"

"好的，好的。"方兴博士频频点头，一副受教的模样，但还是不能完全接受梁可教授的解释，他不大相信梁可教授刚才一本正经讲述的故事只是为了逗他玩，或者试图考验他的理性判断能力。尽管得到了梁可教授的指点，但方兴博士的心里不知怎的还有股不甘心的念头，只是不知道该如何表达。可能是坐得太久了吧，方兴博士的腿有点麻，在玄关处穿鞋时顺势捶了捶腿。

"噢，对了。"临别前，梁可教授又似乎不经意地说了一句，"差点儿忘了告诉你，冈察雷斯死了，八年前的八月十二号死的，你修订时把他的死亡日期填上吧。"

贯川查

七言律诗《碧筒》，郑允端作，原载《肃雍集》。诗曰：

> 主人避暑开芳宴，轻折荷盘当酒罍。
> 半朵断云擎翡翠，一江甘露泻玫瑰。
> 胸中爽气飘飘起，鼻底清香拍拍回。
> 可笑狂生杨铁笛，风流何用饮鞋杯。

原诗题注为"王夫人席上作"，看来是与女性亲友欢聚畅饮时即兴而为，又带着些许对男性的某些情趣的揶揄。《肃雍集》初为郑氏亡故后其夫施伯仁编次其遗著而成，后该诗集几经颠沛，散失过半，仅存百余首。至明嘉靖年间，施伯仁第五世孙施仁将诗集付印刊行得以流传。郑氏一生概况可凝结在这两句话中："允端字正淑，平江人，宋丞相清之五世孙女，归同郡施伯仁。至正丙申，张士诚入平江，家为兵所破，贫病悒悒而卒，年仅三十。"

恰与周贯博士同岁。

周贯博士的尸身在单人寝室被发现时是他离世后的第二天，或第三天。

他侧卧在地砖上，眼镜斜挂于耳，尸斑与痘疤在面部交叠，却像倒地的擦伤，与往常醉后酣睡模样相差无几，只是少了鼾鸣。此时已近暑假尾声，还未到返校之日，在烈日暴晒下，添了几分校园内外的萧条感，也缩短了周博士发出异味的时间。不过，弥散在走廊里的浓重气味不断从公共卫生间中漫溢而出，让刺鼻的消毒水味格外好闻，于是便很难说缓慢腐烂中的周博士会被严重影响的嗅觉器官所捕捉。

实际上，察觉走廊尽头 654 房中存在异样的难度相当之大，尤其对习惯终日委身于屋中的博士邻居们更是如此。他们的生活一向神秘莫测，校方在门外为周博士的后事忙作一团时，至多引来两声不知从哪里传来的狗叫，大概是博美。按说如此情形下将此消息尽量封锁本来简单，可惜那日为工人师傅逐一开门检修暖气的是学生会生活部的罗干事。

罗干事开学即将升入大三，看上去天真烂漫，扎着长长的双马尾。手中钥匙板的哗啦声，皮鞋踢踏地面的咔嗒声，脚腕上铃铛的叮咚声以及平白无故的嬉笑声久久回荡在空旷的走廊里，也许多少慰藉了一番门内青年学者们的心。罗干事不可能如她保证的那样对她的所见守口如瓶，兴奋远远压过了恐惧，化作讲述的动力。在与好友交谈时，她透漏了第一现场中的一些关键细节。后来流传坊间的诸多猜测多半出对这些细节的演绎与发挥。其中，不能不引发看客兴趣的一点是：周博士的裤子脱下了一半。

罗干事并没有讲周博士里面穿没穿内裤，若穿着内裤，是否也脱下了一半；罗干事也没有说那裤子是脱了一条腿，还是只裤腰脱到膝盖。反正脱了一半裤子是周博士留在世间的最后一个姿态。这姿态与周博士的身亡是否存在关联，以及周博士濒死前的最后一刻在做什么，自己做什么，或跟某人做什么，成为开学后众人津津乐道的热门话题之一。

现场另一些细节的出处则来源不明。如，图书古籍四散堆放，大多是摊开的，散出股股霉气；东墙悬挂一幅古装女子白描画像，面容清秀，却无眼仁儿；书桌上一盏外形惹眼的绣鞋青瓷杯，杯口大得仿佛真能容一只小脚；另一张桌上摊开的一页纸用镇纸压牢，其上用毛笔工工整整写着一行字："施伯仁与杨维桢应有一次相遇。""应"字还着重圈了圈。实难想象在当时情境下罗干事会留意这些，也不知是否为好事者附会。若非空穴来风，则可能出自闻讯赶来看守现场的周博士的同门仇师弟之口。若为周博士绝笔，理应研究纸上文字的含义。据说，警方及周博士的亲属一开始探究过这十三个字的意思，或许想从中分析出书写者的某情绪，或暗示，但得知所提两个人名属于元末古人时，便不再纠结于此了。

《萧雍集》中一些篇什被疑为伪作。如前诗《碧筒》被疑是其后人"为先人造伪而图炫名"。《四库全书总目提要　卷一百七十四·集部二十七○别集类存目一》中对《萧雍集》评价甚低，并提供了对《碧筒》作伪的考证，主要集中在"可笑狂生杨铁笛，风流何用饮鞋杯"一句。杨维桢（铁笛）（1296—1370）与郑允端（1327—1356）在时间上确有交集，但郑氏在有生之年却不可能获知杨铁笛"饮鞋杯"一事。

周贯博士的论文因涉及酒令文化而引用此诗，但未对其真伪予以考证。

周贯博士辞世后约一周，葬礼在 C 市安息殡仪馆银河厅举行，安排在上午第二场。第一场结束过迟，参加第三场的人群聚拥起来又过早，加之本场吊唁者稀少，整场下来不过十五分钟。想必是有事出突然，外地亲友无法赶来的因素。当日恰为新任校长就职仪式，自然流失了院系领导。中文系出身的新校长讲话后的计划是即刻走访文史学院，于是同窗学友被要求填满座位，也难腾出身子。

据出席葬礼的仇师弟回忆，周父并没有表现出哀伤的神色，不知是否与其军人身份有关。那令人琢磨不透的面色似乎唯有解读为"愠怒"才贴切——周博士未经批准擅自死去，在周父的眉宇间刻下了深深的不满。无从考证早已过世的周母给周博士遗传了多少基因，也不好问一副不怒自威架势的周父与周博士是否确有血缘关系。就算是按照校方留存的通讯录拨了个易主的号码，自称是周博士父亲来到此地的，便就是周博士的父亲。

"幸好"，仇师弟应该用"不幸中的万幸"来评价才是，但他还是说了两遍"幸好"，"幸好师兄有一哥一弟，而且混得都不错"。听闻周父在葬礼后须即刻奔赴码头才赶得上那一班驶往 K 市的航船。老人家这会儿的确应该去大儿子那儿散散心，途中还能把周博士的骨灰倒进海里，可谓一举两得。终归入海，骨灰盒选轻便一点较好。周父在仇师弟陪同下挑的那盒物美价廉，恰能一手擒住，大概易于抛出。仇师弟瞧着周父持盒操练的身段，便像看到了在甲板上周博士迎风腾空起飞的画面。

周博士生前是否有撒骨灰入海的愿望不得而知。也许是有的。即便没有，那么假设在他没断气前得到了这个建议，也一定会认同的，所以便可以推定周博士的愿望是在海中归宿。至于周博士还有何愿望须了却，只能认定他的前女友舒月是知情的。

她在葬礼后现身，手中提着玖熙鞋盒，大约是刚从特卖会赶来，刚一露面便随大伙儿一同匆匆步行前往火化场。途中，断了鞋跟，差点儿崴了脚，被仇师弟等二人左右搀扶着继续向前，远望去倒很像因悲痛而需人牵挽的身形。停身在火化物品的炉前片刻，她打开了随身皮包，朝炉里扔了样东西。虽说炉体肥硕，黑烟滚滚，热浪灼目，但还是有眼尖者瞄到了一张翻飞的打印在 A4 纸正反面上的毕业证书和学位证书，瞬间化作烟灰。也许有了这两张证书，周博士在那头又可以被称为周博士了。

给周博士烧的主要还是书。周博士留下的书籍经周父同意，一部分捐给了校图书馆。图书馆没要的，就卖给了收废品的。收废品的强调称得公道，当仇师弟提出再添二十块钱时，也没犹豫就掏了，这多少让人怀疑分量还是被做了很大手脚。卖书拿到的钱相当于那个骨灰盒。总不能不给周博士带过去一些书，他肯定会寂寞的，于是大伙儿凑出来一箱子书，助力周博士的炉火瞬间飞舞冲天，在其他炉子的映衬下，显得威风八面，多少撑起了几分知识分子的脸面。

就是这时，一直在炉前愣神的舒月猛然将腿左右交替抬起，将自己脚上穿的旧鞋甩了进去。炉子眼儿说大不大说小不小，恰恰接住了飞来的双凫。仇师弟大概是唯一亲睹这匪夷所思一幕之人，当时却并无诧异，他似乎也受了那氛围的感染，燃起将手边一切物件投掷进去的冲动，也偷偷扔了揣在裤兜里的一团脏兮兮的面巾纸。他兴高采烈地随众人一道奋力撕书、烧书，最后精疲力竭，大汗淋漓，忽然感激起周师兄为此情此景奉献出的性命来。

据瞿佑《归田新话》记载，杨维桢到瞿家时曾让他以"香奁八题"为题作诗，其中一命题为"鞋杯"，瞿佑作出一首令杨维桢称赞不已的《沁园春》：

一掬娇春，弓样新裁，莲步未移。笑书生量窄，爱渠尽小；主人情重，酌我休迟。酝酿朝云，斟量暮雨，能使鞋生风味奇。何须去，向花尘留迹，月地偷期。风流到手偏宜，便豪吸雄吞不用辞。任凌波南浦，惟夸罗袜；赏花上苑，只劝金卮。罗帕高擎。银瓶低注，绝胜翠裙深掩时。华筵散，奈此心先醉，此恨谁知？

　　杨维桢对晚生瞿佑才学十分欣赏称其"千里驹"。这次相会时间不明。杨维桢编纂云间诗社《香奁八咏》并题序文的时间确切，在正丙午春三月初吉（1366 年）。杨瞿相会咏鞋杯必在《香奁八咏》成书之后，是时郑氏已殁十年，"安得闻鞋杯之事"？陈衍《元诗纪事》亦持此说。

　　周贯博士不以为然。

　　周贯博士的导师查先生也没有出席弟子的葬礼。他作为特邀嘉宾参加纪念殷帝辛殉难 3061 周年寻根谒祖活动时接到了周博士离世的短信，或说讣告。发来短信的是院党委肖书记。"呜呼哀哉！死去何所道，托体同山阿。"短信开头是这样写的。查先生只瞥了眼五字一句的格式，便习惯性地以为又是这位文酸老友群发的打油诗，哂然一笑，也不细瞧，翻了过去。

　　忽然，主席台上发言者激昂的一句"周人贼子祸殷商，反把帝辛谥纣王"引来热烈掌声，查先生顺势放下手机拍了拍手。

　　自从查先生的手机装了微信后，短信就很少用了。短信提示音过后，呈现于眼前的大概只有 10086、诈骗者、肖书记和周博士。每一个都挺讨厌。10086 是催费的，诈骗者是诓钱的，肖书记是讨赞扬的，周博士则是汇报读书心得的，也不管查先生是否回应，其实也并无回应，执着地将他每日的所读所思凝结成一条骚扰短信。这里面，数周博士最令查先生讨厌，只能佯装不知，任由周博士骚扰。

　　微信带给查先生诸多新的乐趣，他热衷转发养生之道，乐于关注时事新闻，时而发一条朋友圈指点江山，引来门生故旧的齐齐点赞与热烈称颂，感觉甚好。前阵，某校刚入学的一博士在朋友圈中妄议学界前辈徐老而被其导师逐出师门成为新闻事件。查先生与那导师为故交，常交互邀请操办学术讲座，默契十足，查先生立即转发该条新闻并评论道："悲夫！世风日下，狂妄至极！年轻人不懂尊师重道，大错矣！"评论方一发出，便收获无数同仇敌忾的声援。而那日周博士的"骚扰短信"款款而至，不知是故意为之还是无心巧合，正是评析徐老代表作中的一处纰漏，令查先生恼火不已，又无从发作，火气淤积在胸口好不憋闷。

　　想来，周博士的骚扰短信近日终于停止了，查先生却有种不祥的预感。这

"不祥"倒不是说查先生在千里之外感知周博士的离世，而是他估计周博士正酝酿、编写数条即将轰炸他的"读书心得"。一想到这个，查先生就有些头疼。于是，他忍不住再次掏出手机，翻出微信，将眼光停留在前日姜硕士发来的信息上，症状似乎顿时缓解了许多。

下周同赴纪念履癸殉难 3061 周年活动的要求被姜硕士爽快地答应下来，大抵又会是一次心神荡漾的难忘之旅，查先生对姜硕士还能玩出什么超越《秘戏图考》的新花样充满期待。查先生一想到姜硕士那般滑嫩的肩膀，柔软的身姿，便觉得将周博士的论文交予她绝非一时冲动。

查先生从来不做无把握之事，自诩把史读得烂熟，将人看得通透，也自以为活明白了。现在须做的只是，回校给周博士此次出差报销的票据时，告诉他把博士论文中的第四、第五章删除即可。年初查先生将周博士的论文毙掉，将答辩日期推迟到年末，在第四章中圈出的那数十处所谓"硬伤"其实极难改好，如郑允端《碧筒》一诗的考据等，细碎烦琐。周博士若有知难而退的觉悟，便不必多言，自行将直接关联的第五章一并拿掉就好。

两部分正好三万余字，作姜硕士的毕业论文再合适不过。查先生端起茶杯，喝了口热水，女服务员乖巧地飘然持壶而至，将一缕芳香送到面前，令他心旷神怡。

按伪作说的逻辑，惟《香奁八咏》在前，才有杨瞿二人相会时"八题"的命题作文，瞿的鞋杯诗始出，方有铁笛饮鞋杯轶事流传。这里面存在的问题是，饮鞋杯轶事发生的时间是否能以杨瞿相会来做判断？《香奁八咏》是否一定在杨瞿相会之前？在陶宗仪《南村辍耕录 卷二十三》、沈德符《万历野获编 卷二十三》、《敝帚斋余谈》、都穆《都公谭纂》、蒋一葵《尧山堂外纪 卷七十七》中均有对杨维桢"妓鞋行酒"的记载，大同小异，文字最为简练者为："元杨铁崖好以妓鞋纤小者行酒，此亦用宋人例。而倪元镇以为秽，每见之辄大怒避席去"。杨维桢此好看来由来已久。在与瞿佑相见时除咏鞋杯外，是否饮鞋杯，大多文献没有记载，只说杨瞿欢饮一番。到冯金伯《词苑萃编 卷十六·纪事七》中则补充了一些细节，"廉夫大喜，命侍伎歌以行酒，极欢而罢"，也没有说饮鞋杯。《词苑萃编》中则点明此次杨瞿相会的时间是在瞿佑十四岁时。有关瞿佑的生年有至正元年（1341 年）与至正七年（1347 年）两说，那么杨瞿相会便发生在 1355 年或 1358 年，远在《香奁八咏》成书之前（1366 年）。郑氏 1356 年于平江（苏州）亡故，若按前说，是有获知这次在杭州相聚的可能的。当然，这却无法解释为何杨维桢对瞿诗十分欣赏却又不收录于《香奁八咏》之中，况且瞿佑时年十四便命其作艳诗似乎不合常理——无论如何，杨维桢对瞿佑影响极大，这在《剪灯新话》中表现明显。若抛开《归田新话》、《香奁八咏》两条线索，仅以"常理"论，杨维桢好饮鞋杯一事因铁笛之声名，因行径之乖张，在文坛必流传甚广，虽当对不一定以文字形式散播，口口相传应是常态，郑氏有所闻也并不稀奇。但，毕竟以上只是猜想，并无文献支撑。

周博士的唯一胜算是，证明郑氏在世时有机会直接得知杨维桢饮鞋杯的行径，最佳的证明方式就是郑氏的丈夫施伯仁在郑氏生前曾与杨维桢有过一次相会。

周贯博士葬礼后的第七天，本学期首场查门聚会在广贤饭庄举行；在葬礼后的第十二天，周博士或其灵魂据说重返人间。

每年此时是将欢迎查门新生与庆贺查老生日两大主题合二为一的大日子。按通常情形，入夜后的欢宴将持续一周：第一日曰迎新，研二研三博二博三宴请研一博一；第二日曰中流，研二博二宴请研一研三博一博三；第三日曰兄友，研三博三宴请研一研二博一博二；第四日曰学长，博一博二博三宴请研一研二研三；第五日为弟恭，研一研二研三宴请博一博二博三；第六日曰君子，研一研二研三博一博二博三之男生宴请研一研二研三博一博二博三之女生；第七日曰敬师，研一研二研三博一博二博三之男女生共庆查先生生辰。

每日主题不同，饭馆不同，说辞不同，节目也不同，仇师弟升格为仇师兄，全权筹划，风光无限，弃忙得不亦乐乎。席间推杯换盏，曲意逢迎，故作和谐，强颜欢笑，呼朋唤友，称兄道弟，醉眼稀松，其乐融融的热闹情景自不必多言。所有情节几乎按每个人都心照不宣的那个剧本完美演绎，只是在第五天时出现了一个细小的插曲。

那会儿席间正在谈"讲白字"的轶事，大家纷纷献出笑料，令查先生满面红光。如某校领导强调搞学术不能"一就而就"，某专家大谈"床第之欢"，某教授含泪讲述其母"抽续不止"等等。正精彩纷呈时，没插上嘴的某新生好容易找了个空当，现身说法道："我以前一直以为'吊唁'是'吊宴'，'宴会'的'宴'，朝遗体鞠完躬后去吃饭的意思呢。"

众人面面相觑，场面骤然冷却，查先生脸色一变，周博士的身影像是在桌前刹那闪过。尽管三秒钟后，在仇师弟的干笑声中结束了这次尴尬，可周博士一直徘徊在包房门外的魂儿却趁机钻进了每个人的心里了似的。

当晚聚餐结束稍早，查先生兴致不减，喊仇师弟在九月酒吧订了卡包，一行九人驱车前往。据穆博士、孙博士、钱硕士三人回忆，灯红酒绿下，他们恍惚看见九人围坐的低矮酒桌上赫然出现了一只高跟鞋。彼时四下漆黑一片，但见几道凄厉的光束剧烈晃动，在躁动的空间里横冲直撞。乐队在舞池中挥汗，歌者在月头嘶吼，音响鼓动着耳膜，无数荧光手镯在舞动，造出一片光亮。大概借着这光，凭尚未麻醉的神经，他仨发现布满酒瓶、干果盘桌上的高跟鞋，似乎是右脚的。那鞋是谁的，因何端端正正地摆在桌上令人费解。

据穆博士讲，可能是造型奇特的醒酒器。孙博士则认为是服务生上酒时发现了掉在地上的高跟鞋，众人正随音响欢呼舞蹈，不好询问，于是摆在桌上以便认领。钱硕士干脆认定是席间某女生酒后失态，在全场随鼓点齐齐敲打出节奏时，脱下了高跟鞋当作乐器，又忘记穿上。

九人中有三位女性，姜硕士，姚硕士，舒博士，若此说成立，则高跟鞋必属于其中一人。三人当天的确都穿着高跟鞋，但她们都否认自己的鞋出现在桌上，并表示根本没有看到桌上有高跟鞋存在。

新生严硕士讲自己根本没有看到什么高跟鞋，却说在卡包内间或闪现一陌生面孔随众人一道挥手跳跃，那人许是醉了，厚厚的眼镜没有搭在鼻梁上，却挂在一只耳郭上，晃晃悠悠竟不掉落，很是滑稽。

仇博士大概是当晚唯一一位看到周博士饮鞋杯之人，他频频碰杯举杯，异常欢畅癫狂。查先生也许也看到了，不过即便看到了，他也不会讲。仇博士侧面打听到了以上关于高跟鞋与周博士现身的说辞，他一开始想跟女友舒博士讲这事，但忍住了，他说服自己是当时喝了太多的酒，不过后来还是大病一场，毕业前跟女友分了手。尽管如此，他还是对前女友怀有感情，在博士毕业论文最后一页的致谢部分中，没忘深情记上一笔："感谢我曾经的爱人舒月。"当然，在长长的感谢名单中，仇博士也小心地给了周贯一个位置，他称周贯为"我的师兄，尊敬的学长，优秀的学者"。说来令人慨叹，这是周贯的名字第一次出现在学术网中。

施伯仁与杨维桢有过一次相遇。

施伯仁的《平江诗话》孤本在周博士去世后一年被发现，其中记述了他与杨铁笛的一次会饮："廉夫筵间见女足纤小，用其屦行酒，吟贯月查，欢饮而罢"，时间为1351年，即郑氏去世前五年。施本人在历史上并无文名，平心而论，仅流传下来的《平江诗话》只能算平庸之作，注为"赠铁笛道人"的一诗，竟与郑允端之诗相差无几。诗曰：

> 阑珊小宴丝竹会，但折荷盘当酒罍。
> 半朵断云擎翡翠，一江甘露泻玫瑰。
> 胸中爽气飘飘起，鼻底清香拍拍回。
> 怎比老狂杨铁笛，击节痛饮金莲杯。

施伯仁与杨维桢果然有过一次相遇，作为施伯仁妻子的郑允端也便知晓杨饮鞋杯之事，但《碧筒》一诗是否为郑允端所作却依然不能确定。目前搞不明白的是究竟是丈夫抄了妻子，还是妻子抄了丈夫。

"我觉得是丈夫抄了妻子的。"姜硕士娇嗔道，"赵明诚不也抄过李清照吗？"查先生半卧在床，把玩着姜硕士伸到胸口的一只脚，含笑道："你可以写篇盘点历史上丈夫抄妻子诗作的小文，刊物喜欢这东西。"姜硕士柔声细语道："我哪里会写呢。以前寒暑假作业都是哥哥帮我做的。"查先生问："你还有哥哥呢？"姜硕士说："前年出了车祸，死了。死那天正好是他三十岁生日。"

恰与周贯博士同岁。

最后一车诗集

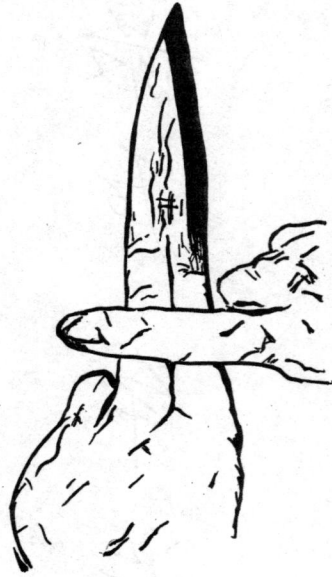

郝染尘在老图书馆玻璃门后等待诗歌评论界知名学者武清杰老师现身，热汗与冷汗交替浇灌他的身体。热汗源自三十九摄氏度毒辣的阳光，冷汗出于三十三摄氏度冷酷的内心，热汗笼罩郝染尘时，他担忧怀里揣着的刀太长，不自然的身姿可能引起怀疑；冷汗浸透郝染尘时，他又嫌那把刀太短了，不足以完成致命一击，一刀扎在肥囊囊的肚子里，冒出来的似乎更可能是白花花的油，而不是血。郝染尘一边想，一边用手指揉挤位于下巴的一枚鼓溜溜的痘子，掂量若不能在那一刺集中全身之力，再辅之以奔跑的惯性，薄薄的刀刃很可能被武清杰老师肚皮上享厚的褶皱牢牢夹住，到时候，被咔嚓拧断的就是自己的脖子。

郝染尘摸了摸自己那根细长的脖子，以及包在脖子里面的粗粗的喉结，感到梗塞，生出新主意——他不必迎面刺杀，只须背后偷袭，把刀横在颈前一抹，从口子喷出来的血和油可直溅雪白的天棚。之后，杀戮仪式进入下一环节，郝染尘会把书包里的一本厚书掏出，大声朗诵，念一页，扯一页，扔一页，一页刚落地，下一页便飞起，犹如白雪，将尸体慢慢覆盖。这本整齐装订成书样的两百页文稿也属于仪式的一部分，前晚由郝染尘敲了十个小时键盘完成，敲到两根拇指生疼，像把回车键与空格键当成了武清杰老师一般狠狠拍击，酣畅淋漓，充斥着对这具变成尸身的躯体以及这个世界的厌恶、诅咒、仇恨与控诉。

郝染尘把仰起的脖子收回，露出了微笑，攥了攥刘海上的汗水，望见一个身影朝图书馆走来。果然来了，远远的面容还看不大真，不过肚子的模样不会错，头顶上方竟显示出一串清晰的数字——是生命的倒计时，还有九十秒。郝染尘的头皮麻酥酥的，像抹了胡椒，颤抖的手指拨了拨刀柄，再次陷入既怪刀短，又恨刀长的循环中……八十九秒了。八十八秒了，郝染尘深吸了口气，想稳住心神，恋恋不舍地回头环视，午后馆中的无聊与枯燥此刻显得如此珍贵，还书处的管理员程老师依然坐在台后，用毛笔跟糨糊修补旧书，想到一会儿也许将成为她三十五年平静工作中最难忘的一刻，他多少有些愧疚。

程老师热情、健谈、和善、勤勉，跟其他图书管理员恶劣的品行对比强烈，她不仅将见证武清杰老师的死亡，还是郝染尘丧失理智前最后一个进行理智对话的对象，警察、记者、学校的领导、同事会叫她反复回忆她眼中的郝染尘。程老师开口前会习惯性地把花白的头发捋整齐，一五一十介绍：老图书馆要迁往新址，今天是还书截止日，所有外借图书必须归还。刚一开馆，一位满脸痘坑的消瘦年轻人便走进来，一直站在还书处前张望，有人到台前还书，就凑近了，死盯着书脊看，患着高度近视又没戴眼镜的模样。问他，起先支支吾吾的，后来才说为了诗集，网上显示馆藏的两本都处于在借状态，诗集对他的毕业论文至关重要，便在此蹲守，等到还诗集的人出现。程老师还将介绍说，她记下了书名，让这个学生先在旁边的椅子上休息，告诉他如果有人来还这诗集，会马上唤他来印，这人听后冲她深鞠了一躬。程老师会用"知书达理"评价郝染尘，起码在动刀之前，他始终彬彬有礼，长得颇像斯文又神经质的诗人。过后想来，这人心事重重，门里门外不安地走来走去，不过，要是他最终没动刀子，也算不得怎样的反常。

警察会拿起程老师记录的纸条，按照上面写着的书名，在图书馆借书系统中搜索，跳出的结果是两本依然在借出中。点开详细信息，一本是本校大一学生孟子倩借走的，另一本则显示是被害人武清杰老师借的。肯定不是巧合，诗集跟武清杰老师之死存在某种关联。警方可以顺藤摸瓜，进而调查借书卡。武清杰老师的借书卡早就随钱包一道丢失了，他没把卡注销，也没补，一个月前有人冒名用这张卡借走了诗集。要是想继续调查，警方估计也没法知道借走诗集的是在校门口摆地摊卖海报的青年，他无意间捡到了小偷丢弃在垃圾桶里的借书卡，进到图书馆好奇地转了两圈，在书架中随手拽了本书借走了。他没打算读，也没看封皮，诗集被撕来卷烟了，他爱抽烟叶，味道跟香烟比起来更浓郁，用诗集卷的烟似乎更好抽，于是后悔那时胆小，没趁机多借几本出来。

孟子倩这人要找也能找到，三个半月前她借走了诗集，只因为诗集的作者跟她远在福建上学的男友同名，在她眼中，这个巧合足以让诗集作为送给男友的一件特别的生日礼物。她自然没想归还，原书的三倍价格加十元图书加工费的赔偿额度算下来没多少钱。不巧的是，诗集在邮寄途中丢失，邮件跟踪记录到长沙中转站后就停住了，快递公司搞不清楚究竟怎么回事，痛快地赔偿了五倍邮费。两笔相抵，不赔不赚。实际上，警察不会想知道那么多，他们推测武清杰老师借走诗集的行为激起了郝染尘的忌恨，乃至杀意，而孟子倩借的诗集没有及时归还，失去了阻止这桩惨剧的最后一次机会，就足够了。

警方还会通过走访掌握一些细节，这有助于让他们讲述出来的案情通报更加可信，他们认为正读大四的郝染尘跟被害者武清杰老师素有嫌隙，每一桩大小事件都有据可查。如，大一时，郝染尘曾向学校举报武清杰老师常放电影不讲课，这记录在教务主任的工作日记中；再如，大二期末考试时，武清杰老师监考抓到郝染尘作弊，尽管后者不承认，还是被记过一次；还如，大三时，郝染尘等四人代表文学院参加校文史知识竞赛获一等奖，武清杰老师登台合影时摔了一跤，门牙磕掉了一颗，围绕郝染尘是否偷偷伸脚的问题众说纷纭，几张现场照片告诉我们，所有人都惊慌失措，唯有郝染尘露出了神秘的笑容；再后来，就是大四毕业论文答辩，作为该组答辩委员会主席的武清杰老师毙掉了郝染尘的论文——将事件这般排列，看起来顺理成章。

郝染尘的毕业论文从选题、结构到写作被批得体无完肤，同组参加答辩的所有学生都证实了答辩当天气氛的诡异与肃杀，同为答辩委员会成员的其他老师也觉得武清杰老师那天的行为出乎意料。按照学院一贯以来达成的默契，对应届本科毕业生的论文一向睁一眼闭一眼，从未出现过因毕业论文出问题而致使无法毕业的情况。席洛海老师认为，按武清杰老师提出的种种苛刻要求来预判，郝染尘似乎要开这个先例了，尽管他的论文远没糟到那种地步。室友魏中礼可以证实，郝染尘那天有备而来，已准备好应战武清杰老师发起的挑衅，还是没料到在那场话语权力量悬殊的对抗中竟败得如此彻底。郝染尘的每一次争辩就像溺水之人奋力将头抬起，大口呼吸，武清杰老师的坚定否决便如同一只把郝染尘的头重新按回水去的大手。答辩记录较为忠实地还原了那场对决，那天正赶上其中一位负责记录的学生在寒假刚学过速记，她用苍蝇般大小的文字写满了六页纸，作为描述犯罪动机的重要参考资料，可供警方查询。

其实，被毙了论文的郝染尘仍存一线生机，他还有一个月时间，抓住毕业前最后一次答辩的机会，重新提交一篇，不过，连席洛海老师也承认，这几乎是个不可能完成的任务。席洛海老师曾私下跟同事议论过武清杰老师的反常，当然，如果仅从报复角度解释，他的举止则全属正常反应，老师们对郝染尘的遭遇抱有同情，尽管如此，保持冷眼旁观也算常情，毕竟镶了颗假牙的武清杰老师在学界、在学院的发言权无可动摇。也许当时乖乖向武清杰老师举手投降就会有转机，然而，郝染尘竟表示要在一个月内找到一本诗集，写出一篇八千字论文，做不到，宁可不要那两页纸——这是指毕业证与学位证，他慷慨激昂地演说，并翻出了白眼，赢了一口气回来。

不过，这世界上本来早没了诗集，郝染尘怎么去找呢？这世界早不需要诗集了，没了诗集，诗歌史与诗歌评论专业的招生不依旧红红火火吗？每天生产出的诗歌评论论文不照样堆满了期刊网吗？每年评上教授、副教授职称的专家学者不也汗牛充栋吗？倒不能说郝染尘的这番举动只是图一时之快，他隐约记得校图书馆仍存有这世界上最后两本诗集，哪想到过完瘾后，便将自己逼上了的绝路。朝武清杰老师刺出的一刀，就是这条绝路的尽头。作为朝夕相伴的室友魏中礼的内心将充满愧疚，他本有不少机会在半途拦截，改变两个生命的轨迹，远一点说，四年前他可以选择劝阻郝染尘对武清杰老师的举报，而不是幸灾乐祸般的怂恿，近一点说，答辩结束后跟武清杰老师在小便池前遇见时不该多嘴，将郝染尘寻找诗集的计划和盘托出，更不该失口把这次相遇的过程讲给郝染尘听。魏中礼的多嘴与失口，在郝染尘的头脑中建起了这样一条逻辑链：武清杰老师获悉校图书馆尚存有诗集，便抢在郝染尘之前，下手拿走了。事情发展到此，郝染尘依然有转机，可惜的是，三条活路被一一堵死。从其他途径寻找诗集的努力付之东流，在网络世界的打捞一无所获，郝染尘仅在一家旧书网看到诗集在售的按钮，下单后的第三天才接到店主打来的为缺货而致歉的电话。私下找武清杰老师和解也是条活路，魏中礼苦劝过多次，可郝染尘像中了魔障似的，依然坚持跑遍了 C 城的大小图书馆和旧书市，还茫然地去垃圾场徘徊许久，到底以失败告终。郝染尘试图找过孟子倩，寻找这名同校女生的挫败只徒增了他的无力感。郝染尘感到无力，勉强支撑自己打起精神，聚积起力量完成对武清杰老师的最终裁决，尽管如此，他望着那胖子头顶显示的倒计时，八十七秒，还抱着一丝继续活下去的希望。一位梳着马尾辫的女生提着一摞书来经过郝染尘身边，来到还书台前，他多希望她就是孟子倩，里面有一本就是诗集，他竖起耳朵，盯着程老师的嘴，期盼世界上最后一本诗集正安安静静躺在那里。

世界上最后一位诗人在十年前就去世了——这话其实并不准确，诗人现在也有，只是不再写诗罢了，诗人只有经评论家认可才是诗人，而无论他究竟写不写诗。所以该修正一下：世界上最后一位写诗的诗人在十年前就去世了。按平均寿命衡量，诗人的离世尽管有些突然，却还是留足了时间交代后事，而且以交代后事所耗费的时间衡量，诗人似乎活得又太长了。诗人没什么可牵挂的，诗人的父母在他年幼时前后亡故，诗人妻子的年龄要是再老几岁就难再嫁，诗人女儿的年龄要是再大一些融入家庭就会困难了，以此来衡量，诗人之死的时间可谓恰到好处。要说牵挂，或者说反复修改交代的后事大概只有诗人的那本诗集了，他拿不准留在自己身边的唯一一本诗集是让它继续留在人间，还是随一把火让他带走，这道选择题带来的困扰甚至超过了病痛。诗人想带走诗集，在那边可以证明诗人的身份，没了诗集的诗人，怎么能叫诗人呢？不过转念一想，那边也许有纸和笔，自己背浮下来诗集里所有的诗，到那边马上再写一遍，所以诗人在遗嘱中特意加了尽快烧一些笔纸过去的话。诗人决定好把诗集留在人间后，又陷入忧虑当中，那本留下来的诗集必然要摆在书架中，但妻子跟所有人一样，是不读诗的，他死后那书架也便没了用处，会被卖掉，没了书架的诗集该放在哪里便成了问题——功在茶几上显然不可能，塞在柜子里也不恰当，它更可能被妻子同书架一道卖掉，与其这般，还不如自己把诗集拿走。但如果诗人拿走了诗集，他担心这边就没有他的诗集了，没了诗集的诗人，怎么能叫诗人呢？当诗人决定把诗集留下来后，又开始种种担忧，他甚至担忧起妻子跟她未来的丈夫会因为这本诗集而吵架，妻子要是再离婚了，到时候她的年纪就难再找到一个肯娶她的男人了……如果诗人继续活着，他还会为诗集的留与不留而纠结下去，好在他终于死了，还没来得及把关于诗集的最新遗嘱写好。诗人的枕边放着诗集，但他已经看不到了，也没力气说什么了。诗人挣扎着不肯咽气，这让他跟妻子都很难受，于是妻子趴在耳边说：放心吧，你的诗集在这边会流传下去的，枕边这本我会给你的。诗人听后不再挣扎，咽了气。妻子说这话一半是为了安慰，另一半也是基于实情，或者说是她确信的实情。诗集一共出版了 1000 本，除去枕边的一本，在这边还有 999 本，足够流传下来了。诗人也想到了这一点，临终前的刹那为自己的纠结感到一丝难为情。妻子料理完诗人的后事，也就是去火葬场烧了诗人和诗集，不久就再婚了，嫁给了一位德高望重的诗歌评论家，诗人拿着诗集在那边证实了身份，也很高兴，似乎是皆大欢喜的事。不过，诗人还是过于自信了，他没想到十年后在这边已经没有诗集了。出版的 1000 本中 39 本印刷不合格，当场销毁，有 200 本在库房里被水淹了，变成了一堆纸浆；诗人自己买了 100 本，自己留的那本烧掉了，几年间陆续送出了 99 本，其中有 53 本送给了亲朋好友，32 本在他们搬家或装修房间时卖了废纸，12 本被捐了出去，其中 8 本直接进了垃圾处理厂，3 本在运输途中烂掉了，1 本糊墙了，其余的 9 本中 4 本被小孩涂鸦了，2 本被扯了，3 本被尿了，剩下的 46 本诗人寄给了评论家，没拆封就扔了的 19 本，拆封后扔了的 16 本，另外的 11 本中有 6 本在寄送途中丢失，5 本地址不对，退回时的地址不清，成为废件。正式发行的 661 本中的遭遇部分与上面类似，最终通过各种渠道流入垃圾场的有 413 本，63 本以书的形态另类地存在着，如，6 本被艺术家做成了书雕，17 本被砌进了墙，4 本被喷漆做了艺术造型摆在酒吧里。还有 153 本虽以非书的形态存在着，却没进入垃圾场，它们在各种阴暗的角落中被湿气、虫子与时间腐蚀，没有人愿意用手触碰，更别说翻开了。剩下 32 本进了图书馆，其中有 6 本被标错了条码，1 本输入错了书名，5 本破损后无法得知书名，只包上了素白的书皮，估计要永久消失在书海中了，有 2 本去了郝染尘所在学校的图书馆，还是诗人自己捐赠的，这 2 本的命运跟那些同样在其他图书馆的

18本类似，它们以各种奇怪的理由被借，被偷，被损毁了。除诗人自己外，只有一本诗集是被翻过的，它由诗人亲自寄给他的一位评论家朋友。朋友碍于情面，以及随诗集一同寄来的土特产，便花费十五秒翻了翻书页，吹了吹风，合上书，用两个小时写了篇评论。这篇评论旋即发表在一份高级别专业期刊上，引用率颇高，并滋生出不少论文，论文又生出论文来。如果不是这些论文，恐怕郝染尘就不会对诗人的名字留有印象，那天在盲目翻看世界诗人大辞典时，眼光略过诗人的名字就不会停留，也不会抱着试一试的心理打开校图书馆的网页查一查，并调动起深层次的记忆，将曾游走在图书馆书海中对诗集名字的那一瞥进行定格与放大，如果不是这样，大概郝染尘也不会有底气在答辩会上与武清杰老师争辩了吧。郝染尘一时间忘记了师生二人争辩的内容，好像在回忆中点了下静音键，只记得那天的阳光很好，照在身上暖暖的。

一缕炽热的阳光透过玻璃照在郝染尘的脸上，他眯起眼睛，仔细观察程老师面孔的变化，看样子并没有开口唤他过去的意思。女生还完书，转身在郝染尘的身边经过，飘来一阵香风。她要是借走诗集的孟子倩有多好，郝染尘这样想，把那股香味吸入肺中。她要是我女朋友多好。程老师抬起头，冲郝染尘招了招手，他骤然燃起希望，赶紧走到近前。程老师提了提花镜，又看了眼纸条，慢悠悠地告诉郝染尘，女生刚交完丢失诗集的罚款。

正愣着，胖肚子男人晃着身子推门进了图书馆，郝染尘才看清那并不是武清杰老师，尽管他们拥有同样肥鼓鼓的肚子，显示在头顶的倒计时也消失不见了。郝染尘猛力挤压的那颗硕大的粉刺终于在指尖爆裂，血和脓喷射而出，杀死武清杰老师的念头竟随之淡薄了，似乎幻想中的杀戮仪式依然执行完毕。郝染尘掏出纸巾揩了半天，止住了血，用一张新纸巾堵住了下巴上的血窟窿，感到微微的疼痛，这点疼痛尽管微不足道，却足以取消了他自杀的想法。绝境中的郝染尘突然灵光一现，犹犹豫豫地开了口："程老师，我想让您个忙。"

说着，俯身从书包里掏出那本他打印出来的文稿，恭恭敬敬递了过去，"您能不能把这本书收在图书馆，放到丢了的诗集那里。"

程老师看了会儿眼前这位面容憔悴的青年，把书接过来，翻开书看了五分钟。程老师没拒绝，熟练地做好了索书标签，贴在书脊上："条形码会集中补的，新图书馆下学期开学就正式开馆了。"拍了拍书的封面："诗不错。我年轻时还挺喜欢读诗呢。"

说着，在扉页盖了图书馆的印章。郝染尘感激地笑了笑，感到自己活了过来，并且，在盖章的那一刻，成了世界上最后一位写诗的诗人。

进食篇

一盒软糕

袁高的爸爸从南方出差回来，带了一小盒软糕，放在客厅的茶几上。爸爸沉闷的鼾声崩开了裹在盒外的淡粉色包装纸。

南方，就是位于 C 城南边的地方。

在这个国家，比 C 城更北的城市为数不多，于是说起南方，大概指除了 C 城之外的整个世界。南方诸物总带着股明媚、细腻与矫饰的味道，就像软糕盒上的那些鲜亮、娟秀与繁复的花朵，与 C 城的灰暗色调与粗犷性情格格不入，弥足珍贵又不合时宜。

软糕玲珑，四四方方，一块软糕只有两枚指甲排在一起的大小，薄薄的一片，像一张厚纸，周身裹着椰茸，齐齐整整躺在横三纵四的塑料格子里，怎么看都是惹人喜爱的模样。精致得仿佛有了罪过。南方就是这样子，做成一大块不就好吗？非要切成小小的十二块，每块还有属于自己的格子，多浪费。袁高小心翼翼地托着盒子，踱到自己房间，盘坐床尾，把盛着软糕的塑料格子轻轻放在枕头上。

我要公平分配这盒软糕。

袁高舔了舔嘴唇，自感责任重大，用手逐一点着软糕，边点边说，点到的人的脸依次浮现在眼前，在软糕上盖上了各自的印记。

■ 爸爸一块，阴沉的脸。

■ 妈妈一块，愤懑的脸。

■ 爷爷一块，严肃的脸。

127

■ 奶奶一块，木然的脸

■ 姐姐一块，嘲讽的脸。

■ 弟弟一块，贪婪的脸。

■ 姑姑一块，狡猾的脸。

■ 婶婶一块，萎靡的脸。

■ 姑父一块，猥琐的脸。

■ 叔叔一块，暴戾的脸。

■ 大黄蜂一块，麻木的脸。

■ 我一块，不晓得是怎样一张脸。

正好十二块。

袁高不放心，又叨念了一遍，数了一边，这回确认无疑。

最后一个格子里的软糕是我的。

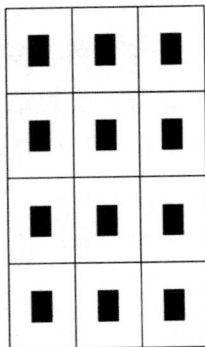

袁高用拇指和食指捏住软糕，送到嘴边舔了舔，放入口中慢慢咀嚼。软糕的香味在口腔漫溢开来，下咽后，椰味久久不散。那种怪异的味道无法与任何熟悉的食品类同，最相近的，也许是牛奶，尤其是浮在牛奶表层的那片奶皮。袁高垂下头，把掉落在格子中的几颗椰茸粒粘在手指上，细细吮吸，咸咸的。

好了，就这样吧，剩下的等明天去爷爷家分。

袁高恋恋不舍地把盒盖盖牢，眼前浮现出众人看到软糕时的欣喜表情，还有对他懂事的夸奖。他要教会大家如何正确地从格子里把软糕取出，正确地放在嘴里，正确地咀嚼，正确地下咽。袁高模拟了整套动作，有了把握。

但他还是担心。

万一打开后软糕都不见了怎么办?

袁高赶忙打开盒盖,十一块软糕稳稳地躺着。

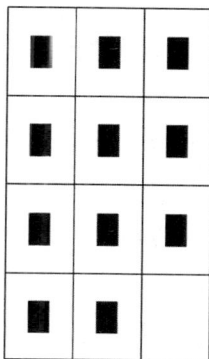

大黄蜂的这块……

袁高看了看摆在书桌上的大黄蜂变形金刚玩具,它变做人形,似乎一直盯着袁高,如同袁高曾在玻璃柜台前看它一样。

每次跟妈妈去商场,袁高总会停在卖变形金刚的柜台前,有多久就看多久,直到妈妈买好了东西,或者看完了一遍整座商场里的女装领他离开。

你的这块你可以先吃,用不着等到明天。

袁高取出一块软糕,递到大黄蜂跟前,他吧嗒吧嗒嘴,假装大黄蜂先生正在享用。

大黄蜂属于袁高之前,他只是在玻璃柜外站着看,没有提过任何要求,如果可以,他会在那儿从商场开业站到商场关门。商场关门后倘若不赶袁高走,他也不会把手伸到柜台里,就是站一整晚,也是可以的。袁高懂得规矩,绝不贴柜台,有顾客来时,就退让一旁。袁高隐约地认为,说出他的愿望是可耻的,尽管站在那里同样可耻,但可耻的程度略轻。就像他现在觉得软糕好吃,也是可耻的,咽下恶心的食物,过期的食物才是美德。

好吃吧,椰子味的。

袁高问大黄蜂,又扮大黄蜂的语调回答:好吃。

似乎是为了表达对女售货员照看孩子的感谢,或者是她想就此终结袁高如此执着的观看,妈妈到底给袁高买了个大黄蜂。选大黄蜂的是妈妈,大概因为价格最便宜，尽管她问了袁高想要哪个，但他认为说出自己的选择是更可耻的，比单纯地站在柜台前可耻一万倍。

这么个小东西十八块五——之后，这句话成了妈妈的口头禅。

妈妈会跟所有认识的亲戚和朋友，或者能搭上话的陌生人讲这句话。吃饭的时候讲，洗衣服的时候讲，上厕所的时候讲，做饭的时候讲，刷碗的时候讲，看电视的时候讲，连睡觉前也要讲。

这么个小东西十八块五——妈妈发呆时，嘴里这样念叨。妈妈让袁高进行换算，这样的小测验随时都会进行，比如，一斤红橘四毛八，十八块五可以买几斤？一斤大米五毛七，十八块五可以买几斤大米？一顿饭要做一杯半大米，一杯大米要放一杯半的水，一共该放多少水？

这么个小东西十八块五——每次听妈妈讲，袁高便感到他整个人都是可耻的。

太好吃了，谢谢你！

大黄蜂附体时，袁高自然吃了那块软糕，替大黄蜂吃的，这一块似乎比自己的那块还要香甜。

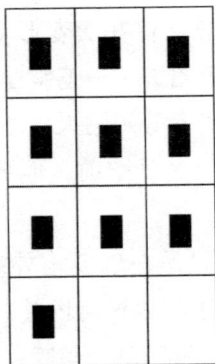

这样就可以了。

袁高双手拿着盒盖，端详着剩下的十块软糕。

最后一排出现了两个空洞，只有一块孤零零地单着。

二乘五等于十，三乘三等于九。

袁高背诵着乘法表，忍不住把整个乘法表都背了一遍，这可能是惯性使然。

每堂数学课前，全班都会齐声背诵乘法表，大伙儿都夸张地把嘴张大，拖着长调。袁高也不例外，只是他不大好意思演得过于夸张，像同桌那样，前后左右剧烈晃动身体。数学老师是个高个子女人，爱穿一身黑色的皮衣，仿佛长在身上一般，她把袁高叫起来单独背诵，他不知道该不该背错。他总是选择错一下。因为他不想老师失望，老师总是要挑到错误才是尽职，才能得意扬扬地宣扬她的敏锐，然后笑起来，把梳在脑后的辫子甩起来。

二乘五的摆列又细又长，不如三乘三规整。

不过十也有更美观的摆放方法，就是第一行一个，第二行两个，第三行三个，第四行四个，一个金字塔的形状。但眼下的塑料格子不是金字塔的形状。如果都靠一侧摆也会好看点，不过最后一排是三个格子，少了一个。

怎么办呢？

袁高想来想去，排来排去，还是觉得三乘三的形状最好看，那多出来的一块可以吃掉了。奶奶不吃甜食，嗑瓜子时也不含着糖，软糕这东西她一定是不喜欢的，黏在牙上不好受，即便把假牙取下来刷也刷不干净。

奶奶，我就把给你的这块吃了。

袁高想着奶奶摆手拒绝软糕的样子，便把软糕放在自己嘴里，舌尖搅动着颗颗椰茸。

这回好了，可以收起来了。

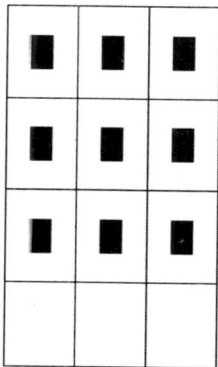

袁高盖好盖子，把软糕盒摆在书桌中央，围着桌子转了两圈。

这样放着不够安全。

袁高边想，边把盒子端起来，原地转了一圈，放到窗台，取来枕巾盖上了。窗台凉丝丝的，冷风透过窗缝挤进来，恐怕放着也不好。袁高打算藏在柜子里，抽枕巾时急了，用足了力，不小心将软糕盒带到地下。

袁高慌忙跪下，好在盒子正面朝上。打开一看，里面的软糕平安无事，这才安了心，只是有几块被震得不在格子的正中央。袁高觉得有责任把它们归到原位，便用手指戳了戳。

爸爸去南方肯定吃了不少。

袁高的这个想法一闪而过。

南方到处都是软糕，那边从来不下雪，那边的人吃的都不是米饭，而是软糕，一大摞摆在那里，想吃多少就有多少。爸爸出了一周差，一天三顿饭，三七二十一，天天吃软糕应该吃腻了吧。

再吃要吃吐了。

袁高把戳出去的手指抽回时，指甲陷在里头，竟把软糕带动了。

那我就不客气了。

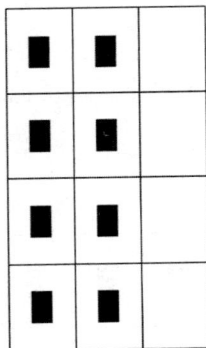

八个正好可以排两行，一行四块。袁高摆了摆，塑料格子空出来一行。

一眼就能看出来是我吃的啊。

袁高从抽屉里取出剪子，慢慢沿着一道现成的凹槽把一行四个空格子剪下来。

这样就好了。

袁高把剪下来的四个空格子丢到一旁，将满满载着八块软糕的塑料格子放回盒中。袁高这时才意识到，剪掉了一部分后，塑料格子就不能正正好好嵌入盒子里了。更糟的是，剪时手抖，根本控制不住，细看不是一条直线，无法挽救。

怎么办呢。

　　袁高的耳膜被心跳鼓动，听得见砰砰地响，好容易才稳住心神。袁高拾起剪下来的四个空格子看了看，这个还可以挽救，便放在书桌上，用尺子量出一条精确的线，取来壁纸刀，把多余的"肉"刺掉。

　　一家有一个代表领走一块软糕就足够了。

　　袁高算了算。

　　我们家三口分一块，爷爷奶奶两口分一块，姑姑家三口分一块，叔叔家三口分一块，正好是四块。

　　袁高想到这里，又高兴起来。他挑出四块，一字排在新修好的塑料格子里。袁高又仔细检查了一番，这次连边缘微微的弧度都剪出来了，毫无破绽。

　　四块软糕啊。

　　袁高盯着软糕看。

　　今天吃一块，明天吃一块，后天吃一块，大后天吃一块。

　　袁高马上吃了一块。

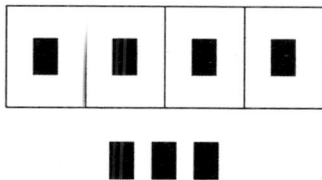

　　应该一小时吃一块才好。

　　现在吃了一块，到整点吃下一块，再到整点吃一块，下个整点再吃一块。

　　等待的时光是漫长的，袁高盯着挂钟看。

　　分针绕一圈实在太慢了，要不就按秒针算吧。

　　秒针走得真不慢。

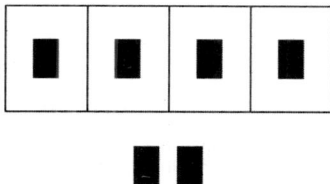

一分钟，如果紧盯着表，其实也不快。

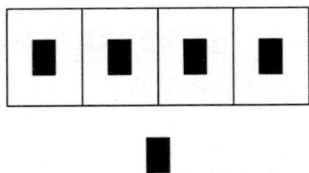

袁高吃完后，才觉得吃得太快了，因为秒针原本跑得就快。奢侈是罪恶的。

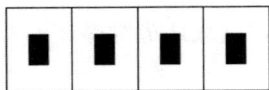

袁高想出一个办法，把一排四个塑料格用胶水固定在盒子上。这样，打开盒子的时候，四块软糕就永远停在盒子的正中间了。袁高演练了几次，对效果很满意。

一家一块软糕的话，那分我家的那块软糕应该给我和妈妈吃吧。

袁高想着要掰一半给妈妈，可太心急，不留神就把软糕吃到嘴里了。他想把还没嚼的那一半吐出来，不过想到那太不礼貌，于是只好咽了下去。

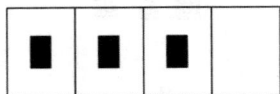

爷爷拿到软糕后会吃掉吗？他这辈子肯定吃过好多软糕，对这种小孩子的食品不会有什么兴趣的。再说，爷爷根本没空吃软糕，他的嘴里只有含着烟，眼睛才会放着光。

有三块软糕的话，爷爷一定会叼着烟分给三个小孩子的：你一个，她一个，他一个。

那么，这一块是我的吧。

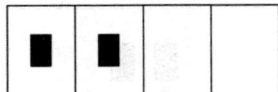

对了，每个周末姐姐都会去参加舞蹈班，她恐怕是赶不上分软糕了。

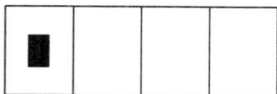

爷爷会多给我一块的，估计弟弟也不会有什么意见的。毕竟是我的爸爸带回来的软糕。

袁高躺在床上，四肢伸展，望着天花板。一只蛾子死在灯罩里，留下一块阴影。

袁高还记得，那蛾子活着时还会飞舞，也许是想找到出口，也可能只是漫无目的的狂欢，而他现在也像是经历了一次狂欢，精疲力竭，在床上投下一片阴影，不过，比蛾子幸运的是，他的口中还余有软糕的香甜。

袁高翻身起来，呆呆地看着孤零零躺在盒子正中的最后一块软糕。

袁高想变小，或者软糕会突然变大，这样他就可以抱紧柱子一般粗的一粒椰茸了。他把鼻子凑近，软糕就真的变大了。

一块软糕可以分成十二份的。

袁高突然想到这一点，笑出声来，骤然恢复了力气。

我要公平分配这块软糕。

袁高这样想着，把牙齿张开，咬下一角属于自己的，嚼起来，牙齿磕在一处，当当响，像是嚼碎了空气。

好可耻！

袁高瞧了眼大黄蜂，他从没用那么怨恨的目光看过那玩具。袁高后悔把大黄蜂带回了家，把它留在橱窗里不是更好吗？如果它就那么一直待在那里，它也会是属于他的。

我把你的这块吃掉吧！

爷爷他为什么还不死呢？

他总说自己要死了，活不过今年。每到除夕守岁，我都准备好把手盖在他睁开的眼睛上，把他皱巴巴、松垮垮的眼皮合上。电视上的人都是这样做的，做得很庄重，很缓慢，我也想试试。他反反复复说，到时候不会闭上眼睛，要一直瞪这个世界，变得他认为不应该这样变的世界。我不知道这个世界有什么好瞪的，变化了什么，好像这个世界一直瞪他，他要报复回去似的。我想了想，即便我做得很好，合上了他的眼，他还是会瞪他的眼皮，那眼皮就是他的世界了，他还是要继续瞪这个世界。他瞪这个世界，也瞪这个世界里的每个人，他能看到的每个人，邻居、售货员、售票员、收电费的、收水费的、收煤气费的，还有路人，电视上的人、报纸上的人他也瞪，还一页页翻电话本，瞪上面的每一个人名。我约莫他要是知道我打算合上他的眼，也会狠狠瞪我的。他瞪过我的作文本，瞪过我的铅笔盒，瞪过我的橡皮擦，瞪过我的大黄蜂，瞪过我的旅游鞋，瞪着瞪着，就会吐出一股烟。他总说自己要死了，活不过今年，我不知道他为什么那么爱说谎。人撒过一次谎被发现后，不是该不再撒了吗？

我把你的这块吃掉吧！

奶奶她为什么那么爱踩纸壳呢？

　　她踩啊踩啊，雨没停，下得欢呢，但乌云的一边却出了太阳。她说，你就踩好这个，用力踩，像这样，把它踩进水，用脚碾，碾啊碾，这里需要碾，那里需要碾，边上也得碾，用你的雨鞋，这一只，还有那一只，两只一起碾一碾。我碾起来，摇动身子，雨滴打在雨衣上啪啪响。我碾完了一张，汗把头发浸湿了，内衣紧贴在身上，黏黏的。我又碾完了一张，腿酸了，麻了，有根筋不听话地猛跳。我碾不动了啊，我说。那就用手按吧，她说。用力按，像这样，把它按进水，用手按，按啊按，这里需要按，那里需要按，边上也得按，正好歇歇腿，这只手，还有那只手，两只一起按一按。我按起来，雨落在水泡里，打出圈圈，按出的泡泡返上来。我按完了一张，手黑黑的，指甲里塞满了泥。我又按完了一张，胳膊酸酸的，麻麻的。雨过天晴了，但是，她并没用纸壳换来的钱给我买说好的话梅。

　　我把你的这块吃掉吧！

姑姑她为什么有那么多难喝的豆奶粉呢？

她身上刺鼻的香水是豆奶粉味，头皮屑是豆奶粉味，出的汗是豆奶粉味，放的屁是豆奶粉味，嘴里冒出来的热气也是豆奶粉味的。她的家到处都是豆奶粉，豆奶粉在空气里飘浮。她又拿来两大袋豆奶粉了，鲜艳的红色包装，就跟她的外套一样。一袋三十包，撕开，把粉末倒碗里，开水冲，喝下去，喝到碗底，剩下渣滓，再冲水，用筷子搅，喝下去，全倒进嗓子眼儿。然后，我就背起书包，走出家门，在路旁呕吐，用红领巾擦嘴角。我疑心，她每天早起会提一只大桶，收集吐在路边的豆奶汁，拉回她上班的厂子晒成豆奶粉，装进一袋袋豆奶包，凑够三十袋，就装一大袋豆奶粉，红色的包装，鲜艳的，口红的颜色。喝吧，喝吧，有营养的。我跟在她身后叫卖，嗓子眼儿喊得生疼。她的厂子应该生产钞票，而不是先造出豆奶粉，再拿这些难喝的东西去换钱。

我把你的这块吃掉吧！

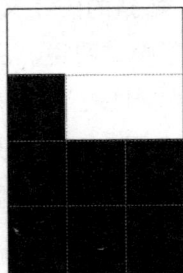

婶婶她为什么要把我的名字印在奇怪的书上呢？

她说的话，我听不懂，是外语。写下来，看上去是汉字，大多我不认识。她的字很难看，她写字时太用力，常常划破了纸，她不管。她不是在写字，就是在说我听不懂的话。她以前会在饭桌前哭，从小哭到大哭，震得人耳朵嗡嗡响。有一次在爷爷过生日时，她掀了饭桌，一桌子饭菜都扣在地上，那顿饭我嚼到了不少沙子。后来，她就不上饭桌了，端一只碗躲在别的屋，她有时蹲在墙角，会看到她后脖子凸出来的几块骨头。她告诉我，她把我的名字印在了一本书上，还有她的名字，还有全家人的名字，都印在那本书上了，这样会为我们赎罪，吃肉的罪，作恶的罪。她给我看那本书，指给我看那本书里的我的名字。我顺着她干枯的手指，看到了我的名字，小小的，印在许多名字里。她跟我说，为了印我的名字，印我们所有人的名字，赎我们所有人的罪，她花光了自己的所有积蓄，于是她的肋骨被打折了两根。为了接那两根肋骨，叔叔的积蓄大概也就没了。出院后，她把那些书撕了，也烧了，连同我的名字和全家人的名字，她不蹲在别处吃饭了，挤上桌，专夹菜里的肉。她用筷子比我好使，那些被切得细碎的肉丁，我夹不上来，全抢到她碗里去了。

我把你的这块吃掉吧！

姑父他为什么喜欢脸长的女人呢？

脸长的女人一点也不好看，还有些吓人，我是这么认为的。那个女人的脸就很长，头也就跟着很长，连着鼻子也长，眼睛细长的两条，嘴也是长长的一道，于是身子也长起来。手臂长长，可以够到桌上的烟缸，划出一道抛物线，砸中客厅的玻璃，击中了门口的一棵杨树。大腿长长，走起路来便呼呼带风。我在院里听到玻璃破裂的一响，就顺着声音看过去，脸长的女人就像怪物，她的叫声也是长长的，比姑姑的叫声要长，要尖，要高。我不知道为什么圆圆脸的他会喜欢脸长的女人，他分明应该喜欢姑姑的圆圆脸才是，可能是他把本来脸短的女人给喂长了吧。长脸的女人在我身边经过时，长长的靴子踢坏了我好不容易用沙子堆成的城池。我没有计较，可随后追出来的他又为什么在没拽动长脸的女子之后扭脸踢了我一脚呢？

我把你的这块吃掉吧！

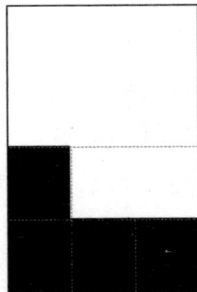

叔叔他为什么把街上的狗勒死，绑在电线杆上把皮剥掉呢？

那条狗爱摇着尾巴，放学经过路口总会热情地跟我，一瘸一拐走一段儿，它时而会冲我亮出肚皮。我摸着它的大腿，有紧实肌肉的大腿，会跟它开玩笑说"杀了吃肉吧"。但我发誓，我没想过真的杀了它，吃它的肉。就像叔叔也常抱我，把我往空中扔，捏我的胳膊，戳我的肚子，拍我的大腿，笑嘻嘻地说，"杀了吃肉吧"。它没了毛皮的样子，露出憎恨的眼球和骨架，让我想到我没了皮肉的模样，我的嘴挂在铁钩子上，瞪着一双凸起的大眼珠，被密麻麻的蝇子包围。

我把你的这块吃掉吧！

姐姐她为什么会把存下来的零食吃得那么慢呢？

一块小淘气硬糖她可以含大半天也不见小，问她，她就得意地用舌头将硬糖送出来炫耀，而我的刚到嘴里就化了，化得那么快。她的冰糕化得也慢，她只肯舔顺着冰糕淌下来的一道道冰水。她嘴里好像永远都有泡泡糖，我只嚼了半个小时就感到了苦涩，不得不多吃一块饼干，饼干会让泡泡糖变成粉末，变成可以下咽的东西。不，她的嘴里不光有泡泡糖，她的嘴里永远都有吃的东西，问她，她的舌头尖永远都会送出来一些东西，果丹皮、无花果、橡皮糖，甚至是一块肉皮。我只能假装嚼腮帮子，她问时，我却除了吐沫什么也送不出来。

我把你的这块吃掉吧

弟弟他为什么什么东西都往嘴里塞呢？

他在写作业时就啃烂笔头，把铅笔上的那一丁点粉色的橡皮一口咬掉。他的橡皮，我的橡皮，他同桌的橡皮，他同学的橡皮都印上了他的牙印儿。他把钢笔帽咬裂，把钢笔壳咬碎，嘴巴一圈全是墨水。他把喜欢的课文撕下来，吃掉，他说这样就记在脑子里了，又把不喜欢的课文撕下来，吃掉，他说这样自己就可以不学了。他把书本里所有印着食物的图片都用小刀抠下来，又把所有人都抠下来，最后把所有图都抠下来，吃掉了。他时时刻刻都在吃自己的手指，打也不管用，他能把倒戗刺用两颗门牙嚼得咔咔直响。他吃树叶，吃筷子，吃硬邦邦的生粉条。他不总是吃下去，大多时候嚼完吐出来，有时就吐在自己身上，当有人笑他，他就吐在那人的脸上。他从来没吃过自己，却有天趁我午睡在我手臂上咬了一口。我踢他的头，他把一口带血腥味的吐沫吐在我的裤腿上。

我把你的这块吃掉吧！

妈妈她为什么那么痴迷数学呢？

她那么痴迷数学，在她眼睛里的所有东西都不是原本的那个东西，要不断换算，一件衣服要换算成豆油、大米、挂历、洗衣粉、铅笔、胃药，一台电熨斗要换算成卫生纸、洗发水、香皂、猪肉、大蒜、电视机等等等等。她要不停计算，反复计算，要我也这样计算。我搞不明白，为什么会有 0.3 台录像机，2.7 箱苹果，1/3 棵白菜，一年零三个月的大米这样奇怪的东西。我也弄不清楚为什么我必须痴迷数学，让我坐在一群奇怪的人中间，非把简简单单的题目抠掉几个已知数，编一些里面带数字的离奇故事。我勉强懂得什么是 X 和 Y，但完全不知道冒出来的 N 和 K 是怎么回事。K！K！K！她怒吼着，一拳把我打进沙发里。

我把你的这块吃掉吧！

爸爸他为什么还没醒呢？

坐火车回来实在累了吧。

我把你的这块吃掉吧！

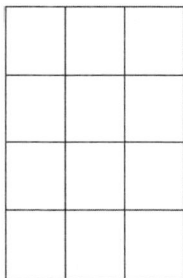

对面楼的一块玻璃远远反射而来一抹夕照映在袁高的脸上，他感到身上暖暖的，闭上眼睛，是红红的世界，他感到自己陷在幸福之中。

呼噜声停止了。

放在茶几上的那盒软糕呢？用纸包着的。

分，分完了……

分完了？什么叫分完了？你吃的？都吃了？

我……公平……分配了，这盒软糕……

混蛋，送领导的，谁叫你先吃了?!

袁高的肚子被一只大脚踹中，剧烈痉挛。他一阵眩晕，趴在地板上，咧开嘴，吐了几口。

袁高是想咽下去的，他努力往下咽了，而且差一点就成功了。如果坚持咽下去了，他还是会感到自己是陷在幸福中的。不过袁高没有哭，他看到还未及消化的软糕，竟也有种久别重逢的快乐。

■■■■■■■■■■■

乌拉

乌拉

"对了，还有件事，跟你说一声。"

临挂手机时，说出的话往往最重要。

"什么?"

"我换女朋友了。"

"噢，噢⋯⋯知道了。"

只值得惊诧一秒，也不便多问。

"现在这个女朋友也叫王芳。"手机里面的声音顿了顿，"对，跟上一个你见过的女友同样的名字，一会儿见面别搞错了，也别说漏了。"

于是，刚才一丝莫名的悲感变成了滑稽。

老友荣克于当日晚六点一刻携女友王芳出现在稻絮街的乌拉火锅店。二人并排而坐，臀肉铺满了一条细板凳，与骆奇和女友洁艺同挤在墙角的一张方桌前，面对着面。

店内处处散发着陈腐的气息，空气中飘来股股朽烂木头的味道，除了白色盘碟，目及诸物似乎都被厚厚的一层油垢所裹挟，连续几日的沙尘天气更在每处角落均匀洒上细密的尘灰。唯一可证明这空间未与店外时代脱节的物件是贴在一本手撕日历旁的二维码。若非荣克用手机远程操作，怕是连眼下这张方桌都占不住。骆奇原以为这店早该随几番拆迁大潮消失掉了。

荣克的脚朝前伸，将膝关节稍稍打开，碰到了骆奇的鞋帮，也抵住了洁艺的靴尖；只有王芳的皮鞋始终缩在凳下，上头的筷子屡屡出击，让鞋中的脚趾满意地蠕动起来。

滚汤翻滚，烟雾四散，铜火锅像台鼓足马力的蒸汽发动机，载着方桌与两条板凳以及杯盘和四人飞旋，冲着耸起的黑直烟道所指示的方向奔入夜空。荣克的不宁腿综合征时而带动方桌，让升空前的抖动效果尤为逼真。

骆奇狠撞了下迎面而来的玻璃杯，几滴迸出的白酒让手指也开始晕眩了，他执意在汤中夹起一粒贡丸，暗自证明自己还挺得住连干三杯的频率，刚移到胸前碟子上方，箸头却一滑，那丸子竟曲线弹回，溅出的汤汁印在白衬衫上。

骆奇有些懊恼，收了一直为保护衬衫而探出去的长脖子，索性捞出更不安分的粉丝。粉丝如蚯蚓般滑腻，也失了重，纷纷挺身四下张望，瞅准时机拍打汤面，造出汤点，其中有颗滚圆的，成功降落在王芳的针织衫上。

骆奇眼见那颗汤点的滑翔，他可以观测到汤点内的分子，麦冬、红枣、天麻、枸杞、桂圆、当归、山楂、人参，还有罂粟，以及飘香剂、辣椒精与火锅红。它们与针织衫中的尼古丁（来自烟草）、乙酸乙酯（来自香水）、一氧化碳、二氧化硫、二氧化氮（来自工业排放物）相混合。来自荣克的皮屑与体液也附着在毛纤维上，那是在驶来 C 城的卧铺列车上二人厮磨的证据。荣克的指甲缝里还残留着针织衫两乳处磨损的纤维，他用牙签抠着，弹走泥垢，提议为今日的欢聚再干上一杯。

"乌拉，乌拉！"

俄语的"ypa"在学校时经常被荣克、骆奇他们班的同学拿来用作干杯的口号，喊出来时的确颇具气势。如今再次喊来，同样惹人侧目。骆奇简直快忘记了这个曾天天挂在嘴边的词汇，他在心里念叨了几遍"乌拉"，故友重逢的生疏感瞬间淡化了许多。

"没想到这店开着，你还记得。我住在 C 城都快忘了。"骆奇赶紧喝了口矿泉水，稀释了嘴里的酒精。

"不怕你笑，我一直惦着几家店的味儿，想到的第一家就是这儿。还好，没让我失望。"荣克又环视了一下四周，不得不提高了嗓门，"什么都没变。"说着给骆奇满上了一杯。

"第三看守所里你有没有认识的人？"

荣克放下酒瓶，把话与一根长白山一道递来。

果然来了。骆奇一边这样想着，一边放了心。

下午荣克突然打来电话时，骆奇还以为他要结婚了，跟王芳。

久不联络的同窗主动送来问候，要么是结婚，要么是推销，或是借钱。倘若亲自从别座城市赶来，一味营造怀旧与热情的氛围，难免令人心神不宁。三年前，骆奇接待过一个回 C 城 J 大学拍婚纱照的同班同学，想来骆奇与这同学并无交情，名字也忘记了，唯一记得的只是这人曾一学期连挂了四门专业课，差点儿留级。

"我有个朋友是那儿的干警，不过是个小角色。"骆奇小心地回了句。

"那就行，只是不想让我弟在里面多遭罪。"荣克给彼此都燃了烟，"有能说得上话的人，事就好办多了。"

荣克开了话头，却没打开话匣，连着吸了几口烟。

"你弟弟他……"骆奇忍不了对方甩出的话头，搭了一声。

"总归是要死的。"荣克轻笑了声，伸手拍了两下骆奇的胳膊，反过来安慰他似的，"死前还有挺长一段时间，想让他过得舒服点。"

席面冷清下来，荣克有点不好意思，端起盘子招呼继续放肉，边放边念叨："少挨揍，多吃肉。"

"原来咱们班大莫他家有亲戚是司法口的，你那会儿不是常跟他踢球嘛……"

骆奇在脑中飞速过了一遍，只筛出一个姓莫的同学，模糊的一张面孔，冬天只肯穿一条线裤，嘲笑所有穿棉裤的人。

"总归是要死的。"没等骆奇说完，荣克摆了摆手，露出一张笑脸，"来！吃肉吃肉。"

两位女士对男人间的谈话采取一副事不关己的态度，或者听觉上有自动屏蔽信息的功能。洁艺答应出席今晚的饭局相当勉强，骆奇将她对王芳的过度热情解读为故意制造一种对比冷漠的落差。不过，使出虚情假意的热情也好，起码避免了无言的尴尬。骆奇发现，荣克与王芳的话也不多。两位女士彼此表现出可以诠释"一见如故"这词的所有言语、表情与行为，化妆品的话题一直没断，只是时而有礼节性的停顿，应男人的号召一同举杯。

她们喝的是啤酒，用的是小口杯。

"这杯为你和……洁艺的爱情。"荣克总能想出各种提酒的理由，赋予每一口酒不同意义，"很羡慕你们!"

"乌拉，乌拉!"

无论荣克是否真的羡慕，酒杯触碰的力度毫无破绽，让骆奇暂时忘记了扫兴的第三看守所。骆奇嘴角露出一丝笑意，瞅了瞅身旁一起举杯的洁艺，她的脸红得厉害，大概是酒精的作用。某些细微的部位，也许是眼眉，或是唇形，抑或是五官的摆放比例，说不清楚，一眼看上去，她跟王芳十分相像，尽管她们应归于不同的类型——洁艺整体上要比王芳"小两号"，特别是胸部。

那枚汤点就停在王芳的乳头位置，晕开了。不知是否与此相关，骆奇在饭店厕所解开腰带时，变得硕大那物瞬间弹了出去。

"我听说在那里头肚里会没油水，屎都拉不出来。我弟可是遭大罪了。"

荣克在厕所隔间说话，尿液击打便池发出欢畅的声响，影响了骆奇的听力，他尽力克服耳鸣带来的障碍，清了清嗓子，吐了口满是烟渍的痰。

"没那么夸张，据说一周会有两次荤。也可以在食杂店里买吃的，不过每月有定额。"骆奇怕荣克听不见，提高了声调。

"我听说要是能去后厨帮工，伙食会不错。"

"要是重刑犯的话，不会允许做帮工吧……"

"家属能送吃的进去吗?"

"好象不行。"

"找关系也不行吗?"

"这个我就不清楚了，要问问我那朋友。"

"有关系会行的，规则是人定的。"

荣克冲了水，边提裤子边来到洗手池前，俯下身子跟骆奇一起洗手。大学毕业后八年来，骆奇第一次有机会跟荣克单独待上三分钟，似乎也很漫长。近距离看，荣克的脖颈后的一片白癜风比原想的要严重得多。

"我跟前一个王芳早就分手了。"荣克仔细揉搓着手上的泡沫，"毕业后不久就分了。"

骆奇不想表现得对他人的事过于好奇，他并不关心荣克的私人生活，包括他弟弟的生死，不过为了显得关心，他只好问了句："你认识这个王芳多久了？"

"不到……一年。你看得出来吧，她现在在跟我闹别扭。"

骆奇差点儿把同样的话说给荣克，洁艺跟他的关系也好不了多少，不过忍住了。

荣克转而问："菲菲她怎么改名了呢？说实在的，'洁艺'叫着有点绕口。"

"一位大师给算的，说是改后命会比较顺。"

骆奇在荣克挂电话前告诉了他的女友有了"洁艺"这个新名字。

如果荣克不记得"菲菲"这名字了，骆奇便也用不着告诉他改名这事。其实，荣克从未见过菲菲，他对骆奇那段毕业前开始的网恋所知不多，那时熄灯后，荣克总是兴奋地讲述追求王芳的种种计划与实施效果，无暇他顾，但这并不妨碍他偶尔摆出关心的样子提及"菲菲"，或是现在亲切地叫"洁艺"。分享彼此间恋爱的经历，是卧谈永恒的主题。

"洁艺，要不要再点份虾滑，我看你俩都挺爱吃的。"

回到餐桌前，荣克道出的"洁艺"二字并不绕口，发音标准，竟比骆奇说得自然。

虾滑端上来时，老式电视机里正播放红场阅兵的新闻，军人们高呼"乌拉"。

"那里头肯定每天都看新闻联播。"荣克指了指，"不过肯定不会有夜宵。你知道我弟弟是在那儿落网的吧？"

这是个设问句，骆奇不用回答，摇摇头就可以了，表明他愿意听荣克继续讲下去。

"在饭店里，一家融合菜馆。你知道，融合菜馆里各种菜系中最经典的都能吃到，他就是那儿被抓的。"荣克用筷子搅着新打来的满满一碗蘸料，"他在 C 城人生地不熟的，警方没想到他作案后会留在本地，搞'灯下黑'这一套。他没想跑，也没想自首，住过黑旅馆，睡过澡堂子，钻过水泥管子。他不能用银行卡，那会暴露行踪，所以他只花身上带的现金。虽然从家里出来时拿了不少，但钱总是会花完的。"荣克吮了吮筷子头，"他把大部分钱都花在吃上面了。至少有半个月，他都在美食步行街晃荡，根本就不像个逃犯。你见过哪个逃犯大吃大喝的？"荣克觉得这句反问有破绽，又补充道："逃犯可以大吃大喝，但逃是目的。他不同，好像目标就是为了吃，只等警察什么时候来盘问他，他就束手就擒。你能理解吗？"

"可能是用吃来缓解犯罪的心理压力吧。"

骆奇捞了条海带放在嘴里。把白酒换成啤酒后，他感觉舒服多了。

"你说得对，可能是这样。"荣克让服务员添了汤，"最后两天，他还是从自动取款机里取了笔钱。不多。于是，警方就知道他实际就在 C 城。通缉令发出来了，怀疑他的人越来越多，他自己心里也清楚离那一刻越来越近了。所以，他那天去融合菜馆，C 城最有名的馆子之一是吧？老字号了，可以说是间接去自首了。为什么这么说呢？"

又是一个设问。骆奇伸了伸脚，似乎碰到了王芳的鞋。

"他压根没被人认出来。如果他买了单，那天就不会落网了。他兜里的钱也足够买单，但他却说自己没带够钱。于是饭店报了警，所以他就落网了。是的，他是可以自首的，但他没有。自首是要干什么？"

荣克的确热爱设问，每一个爱说话的人都以为自己掌握一套吸引听众注意力的有效方法。骆奇假装好奇，用眼神鼓励荣克讲下去。同时，他感觉自己碰到的就是王芳的鞋。

"自首就是想被宽大处理吧。但他知道自己难逃一死，更准确说吧，他根本就不想活了。他不想自首，不想自杀，也不想被警察按倒在地上，更怕警察抓不到他。所以，便设计让警察来抓自己……"

骆奇没见过王芳，之前的那个王芳。

荣克当初信誓旦旦地宣称毕业旅行时要领王芳同去，当然前提是王芳同意，或者说，他们须确立男女朋友关系。事实证明，荣克的预计过于乐观，于是骆奇便也无缘亲睹这位令荣克寝食难安的女子的芳泽。不过，骆奇曾看过一张王芳的照片，是荣克翻阅网络校友录时在众多照片中找到的。那是一张集体合影，王芳只露出小小的一张脸，像素偏低，看不真切。尽管如此，王芳的样貌依然出众，足可撩动男人的某根神经。

骆奇找到那张停放在网络校友录上的照片，颇费了一番周折，他不清楚自己为何要寻找一张对他来说是陌生女子的照片。网络上高清美女图片俯拾皆是，骆奇可能认为她们与己无关，而他与王芳的关联也只不过是由荣克牵起的一条若隐若现的线罢了。不过，这条脆弱微渺的线，却可以在某一刻被无限放大，韧性十足，让骆奇感受到来自遥远世界某处一个女子的呼吸与温度，心跳与代谢，分泌与破损。王芳，从指甲盖大小的面容陡然生长成一座巨大的人体迷宫，她身上的每一根汗毛都有树那般粗，骆奇一不留神，跌进深邃的毛孔中，等待汗液将他冲出。

这样或许很愚蠢，想来，已是七年前的事了。那时骆奇可以一天自渎三次，喷出的尿液也是果断而有力，他还用酒精与熬夜透支自己，可当时的那副身体无论怎样折腾，眯上一小觉就又精力充沛。此刻，连喝了两瓶啤酒的骆奇和荣克再次离席，并排站在小便池前，耐心等待着最后几滴尿液，佯装仔细看面前贴着的一则广告。

"那里面有没有'鸳鸯房'？"荣克又开口了。

"你弟弟结婚了？"

"没有。"

"有没有'鸳鸯房'不清楚，不过没结婚的不能住'鸳鸯房'吧？"

"听说那里面能安排有偿性服务，价格挺高，时间很短。"

"我没听说有这事，不可能吧。"

"应该可以的，我信这个，有人怎么都好办。"

骆奇还是收早了，尿液沾到内裤上，不过他已经习惯了，若无其事地紧了紧腰带，来到洗手池前。

"你记得不？以前喝啤酒，喝半打都不会想着上厕所。现在不行了，喝两瓶就想跑一趟。"荣克跟过来，占了旁边的水龙头，"烟酒肯定也能弄到。"

"你……考虑得挺周到。"

骆奇不知该如何评价，好容易挤出的这句"赞扬"也有被误读成嘲讽的可能，但荣克不会把他的话往歪处想，毕竟他们曾经是可以分享许多秘密的朋友。

"跟你说，其实在跟这个王芳交往前，我还处过个女朋友，也叫王芳。"荣克的眼角微红，是醉酒后的反应，"我前后处的三个女朋友都叫王芳，你说有没有意思?"

"太巧了吧……"骆奇搔了搔头皮。

"王芳这名字太大众化了，我估计全国得有几十万叫王芳的。"荣克笑了笑，"所以也不足为奇。"

"是认识个女人感觉不错，而她恰巧叫王芳，还是因为她叫王芳，你更愿意去了解她?"骆奇用纸巾揩着手问道。

"这两种情况同时存在。"荣克接过骆奇递过来的纸巾，若有所思，"她们是不同年龄段的王芳，她们都叫王芳。"

"有件事，也想跟你说。"骆奇把湿纸巾团成一团，投进纸篓，"在改叫'洁艺'之前，她叫过一阵'雨蒙'，从'菲菲'改成的'雨蒙'。有位大师说'雨蒙'这名字会比较顺，但后来另一位大师说'洁艺'会更顺。"

荣克大笑了两声，说："我们的经历都很有趣，一个是同名，人不同，一个是同人，名不同，为这个应该干一杯。"

"乌拉，乌拉!"

服务员撤掉空酒瓶后又换了新碳，铜火锅旺起来。到了新闻联播重播的时间，熟悉的红场阅兵的画面再次出现在电视中，不过老板刚才消了声音，只见英俊年轻的士兵们齐齐张大了嘴。

"那里面除了新闻联播，还能看别的节目吗?"

"有次看新闻，说里面让看'非诚勿扰'。"

"这个安排挺好，我弟弟最爱看'非诚勿扰'了，每期都没落。"荣克的蘸料消耗得很快，入口前都会把肉片裹上一层，"逃亡时也看，用手机看。他总能找到给手机免费充电的地方。那里面也能用手机吧?"

骆奇不想再否认这个问题了，否认也是徒劳。果然没等他回答，荣克继续说下去："有人就好办。前阵我看过一条新闻，一个犯人在里面用手机跟个狱警的老婆聊上了，好上了，关系保持了一年多。当然了，我弟弟不会等那么久，他总归是要死的。"

骆奇像是又碰到了王芳的鞋，他没再往前移动自己的脚，只觉得整条右腿发了麻。骆奇挣扎着说了半句："没到终审，还说不准吧……"

"我今天去了我弟弟抛尸的五个地点，朝阳区、宽城区、南关区、高新区，还有净月区。"荣克打断了骆奇，用筷子拨弄着桌子上吃剩下的贝壳，看样子是表示 C 城的五个城区。

"在这里，扔在医院后院的垃圾场了。"

荣克点着一只贝壳。

"这里是肉联厂附近。"

点了另一只桌上的贝壳。

"废弃的锅炉厂。"

"伊通河。"

"这是片森林公园，不好找，也给找到了。"

荣克在这枚最大贝壳的周围用手指画了一个圈："还是我们毕业旅行去的地方。"

新要的一盘牛肉端上来了，荣克起身接过盘子，拾起公共筷，挑出一片切得薄薄的肉，冲骆奇晃了晃："切下的每片没这么薄，但也差不多少。"荣克的嘴角又泛出狡黠的笑意，"不说这个了。来，来，吃这新鲜的。服务员！再给我们上一打啤酒。"

新碳完全燃烧起来了，铜火锅飞行器再度升空。绕城高速路勾勒出 C 城的轮廓，一道明晃晃通贯南北的大路将城市切为两半，中央的人民广场就像是切出来的一粒桃核。骆奇许久没鸟瞰这座城市了，他觉得自己就像每日游走在 C 城毛细血管中卑微又可恶的一块血栓。骆奇看到夜空下十五天后的自己在和那个看守所的朋友吃露天筛网烤肉，那顿是他请客作为报答。对 C 城来说，十五天的光景可能是寒冷与温暖的距离。

梅花肉、五花肉、去骨牛小排、黄蚬子、锡纸金针菇、筋皮子、饭盒酸菜，鲜啤从一只大桶中汩汩而出，变成洪水一般，一个浪头拍来，让骆奇一阵眩晕，身体直落而下，跌倒在马路牙子旁。

"哎呀，小心呐，一脚踩空了吧？"

荣克把骆奇扶起，骆奇的两膝隐隐作痛。

"没事，这点酒算什么。"

微风拂面，让骆奇清醒了几分，确认他们刚才已离开餐桌，走在夜路上了。

"车很难打呢。"

"是啊，再往前走走看吧。哎呀，膀胱又满了。"

两个人找了块背阴的灌木丛，尿液拍打在叶子上发出簌簌的声响，溅到裤腿上，这一刻倒真的找回了从前读书时的感觉。

"听说在那里面能在肛门坐出一圈儿湿疹。"

"可能吧，都说看守所阴冷。"

"谁能想到，八年后的此刻我们会在这里一起撒尿呢。"

"是啊，我很多时候想留在回忆里。"骆奇这样说着，忽然下了决心，"我不想破坏以前留给你的印象。你并不重要，重要的是我那段记忆中有你的存在，你见证了许多事情。你本来是属于过去的，你要从过去中跳出来，跳到现在，就会威胁到我的过去。你明白吗？我那时候跟你信誓旦旦地说过多次，我今生非菲菲不娶，为此还打算过跳河，划在手腕上的伤口，疤痕现在都看得到。还跟你说过要杀了一直跟菲菲暧昧的男人。我要为菲菲死。我知道她并不稀罕，其实我自己都不稀罕。我知道我不会爱她那么久，我动过杀了她的念头。我把自己塑造成一个痴情的男人，可以为菲菲孤独终老的男人。我真怕跟你见面后你拿这个开我的玩笑。"

骆奇顿了顿，荣克的嘴角始终挂着微笑，像整晚都在等待骆奇的这番演讲。

"不是怕你的玩笑本身，而是怕我的过去坍塌了，过去会憎恨现在的我，现在的我也会嘲笑过去。你肯定会开这个玩笑不是吗？我可以骗我自己，但我不允许别人把骗局揭穿。"

骆奇深深吸了口气，继续说："我跟菲菲早就分手了，我的原因，因为我爱上了个叫雨蒙的女孩，你说劈腿也可以，再后来就是洁艺。是的，洁艺对我也不满，过不了多久我就会跟她分手。这都无所谓。你了解这些有什么用呢？你知道菲菲是菲菲，雨蒙也是菲菲，洁艺还是菲菲，不是很好吗？真的，我很想再体验一次标榜自己痴情、纯情的感觉了。我完全没这样的东西了，可能以前也没有过，所以我才要趁你来时让自己过过瘾。不然，你对我有什么用处呢？我简直要被自己感动了。那些话，我没机会，也没资格说，今天说了个痛快。不是很好吗？"

等骆奇全说完了，荣克才长舒了口气："回忆还是个负累呢，不得不爱下去也是。"又轻松地笑起来，拍了拍骆奇，"我其实也跟你撒了谎。今天你见的王芳，还是那个王芳，是同一个人。"他笑了两声，"世界上哪有那么多王芳呢？"

荣克抖了抖，将拉链拉好，幽幽地说："而且，我没有弟弟。"

荣克握起拳，做出了举杯的动作。

"乌拉，乌拉！"

荣克奋力朝夜空叫了两声，瞥了眼在不远处等候的两个女人的身影，说："人总归要死的，不是吗？我只想舒服点，舒服点。那么……"他认真地看着骆奇，"拜托了。"

鳗

鱼

　　每当后厨开始宰杀鳗鱼，玻璃幕前总会立定几位食客，赶上饭口，驻足观赏的人就更多。掌刀师傅自知这过程带有表演性质，瞥到眼熟或顺眼的主顾时会即兴添加一些动作，类似于协奏曲中的华彩。人们并不十分清楚顺畅接连在一起的娴熟动作中究竟哪些跟主题密切相关，又有哪些纯粹为挑动观者的神经。

　　比如，鳗鱼头被斩断后始终置于操作台不起眼的角落。待鱼肉摆盘结束后，突然一手抓起那颗头送到众人眼前，另只手将片苏子叶放于鱼嘴旁。锋利的牙齿会瞬间将叶子啃出一道豁口。若碰到体型肥硕的，便把叶子换作方便筷。轻薄的方便筷偶尔会被咬断。鳗鱼凶狠的攻击成为表演的点睛之笔，无动于衷倒成了绝佳的反抗。

　　鳗鱼那时会想什么呢？

　　观者惊呼后不外有两种效果，赞叹食材的新鲜，食欲大增，或是蓦地引起本能的不适。余荔大概属于后者。她涨红了脸，疾步返回餐桌，端起杯子喝了一口，之后用纸巾擦了擦沾在指间的茶水。

　　"叫你不要去看。"

　　纪烨微笑着，把壶嘴递过来，满了杯。

　　头回来鳗鱼店时，纪烨也好奇过，给他留下深刻印象的是黏滑的表皮与锐利的刀锋。尽管显然后者是为前者而磨砺，但总感觉前者似乎为后者而生。后来，他把刹那间受到的强烈刺激写进了小说，主角由鳗鱼变成了女子。

她的皮肤被利刃划开时，时间凝住了，被时间凝住的鲜血迟疑片刻才喷薄而出。

在那篇略显庸俗的案情小说里，凶手被设定为有刮鱼鳞癖好的小职员。他用这种方式缓解压力，几乎每顿都要做鱼，引来一位萍水相逢的爱吃鱼的女子共进晚餐。一来二去，二人在鱼宴后享受鱼水之欢，很快又跟鱼似的相忘于江湖。

发表在 Z 杂志时，小说由好友栾亚配画，从女人身体纷纷飘落的鳞片如落英，有种惊悚的美感，牢牢地印在视网膜上久久不褪。男主人公的杀意起于分手后与该女子在一家酒吧偶遇，女子那晚身着一袭金色的鱼鳞装，在镜面球的烘托下闪闪发光。

鳗鱼当然没有那种鳞片，把生活经验变作小说设计时，纪烨习惯略做变通。

"还好吧。它咬叶子时吓了我一跳。"

余荔恢复了几分常挂在脸上的不在乎的神情。

在小说中，递在鳗鱼嘴边的苏子叶变为男主人公向前探去的一根手指，它被割下来的女子头颅上的牙咬断了。这段儿情节最终没有发表，似乎可以理解。于是故事结束在他逃亡时的一幕。在南下的列车上男主人公打了阵瞌睡，梦中的厨房水槽里躺着一条肥美的大鱼，他骤然醒来，抬起手腕看表，发现自己的胳膊生满了鳞片。

纪烨的小说会让人某处发痒，却又挠寻不着。

余荔也这般评价过，大概属于赞扬，一篇小说总要挑动起读者的某根神经。

余荔舔了舔嘴唇，冲厨房方向探头望了望，看样子忘记了刚才的杀戮所带来的震撼。她的嘴角下方有一枚小痣，被排烟器上探出的灯照得真切，像粒黑芝麻。有次在咖啡店谈稿子吃核桃酥，纪烨发现了，但他那时认为是真的芝麻，于是在离座道别时递去一张纸巾，还伸出舌头舔了舔自己的嘴角。

这种不露声色的善意提醒方式是前妻教给纪烨的，不可能学不会。即便那时候坐在对面的妻子只是轻搔一下鼻子，他也会假装不经意地挠挠自己的鼻子。不一定是觉得鼻子上真沾了什么，而是不这样做便会一直痒下去。现在想来，纪烨五天前舔嘴角的莫名举止，让他在五天后的鳗鱼店里生出一丝尴尬。

纪烨避开余荔的眼睛，四周环视。

午间的食客不多，里间的桌子空了大半，外屋倒是热闹，一伙人拼了张大桌，嬉笑声不时传来。坐在那里视线不受阻碍，能观察厨房里的一举一动，虽临着店门，却总被最先占据。

纪烨今天所选的里间位子是栾亚常坐的，他俩在合作 Z 杂志的小说专栏那阵频繁光顾这家鳗鱼店。纪烨对栾亚在插画方面的才华由衷钦佩，他总能抓出小说里最动人的一帧画面。可能在不觉间，纪烨也沾染了些许栾亚的口味，不光是艺术上的，也包括从云烟换为苏烟。栾亚身上总散着股烤鳗鱼的味道，纪烨每次看栾亚的画时，总能唤醒鼻子的记忆。

"我感觉吃这些就已经饱了。"

余荔用金属筷子挑起一根地瓜梗看了看。

刚坐落时，服务员就麻利地端上来五只小碟子，里面象征性地放了点各色咸菜。为了避免顾客索要发票，老板娘赠送了一小盘醉蟹。蟹子干瘪，抠不出来多少肉，含在嘴里却有浓浓的酒味。

"烤鳗鱼慢着呢。"纪烨给自己斟满了杯啤酒，"要是饿了来吃，会等不及的。"

"给我也倒一杯吧。"余荔把桌上扣着的一只杯子翻过来，摆到纪烨跟前。

纪烨边倒边偷眼看见余荔正出神地盯着泛起的酒沫，酒沫先涌上来，临近杯边又退了回去："来，先干一杯。"大概是为了庆祝刚下印刷厂的新一期的 Z 杂志，要不也找不出别的什么干杯的理由。

按照"碰杯学"不成文的规矩，晚辈或权力下位者的杯口一定要撞在长辈或权力上位者的杯身下方，大概是取"俯首"的意象，以表敬重。余荔扬起杯子完成了仪式，叫纪烨稍感不快。

栾亚每次领来的女孩可都机灵得很，其中不乏出版社、杂志社的年轻责编。

纪烨并非有意要跟栾亚比较，只是他心底里始终抱有与栾亚相形见绌的恐惧，尽管表面上他总摆出一副并驾齐驱的姿态。

他们在 Z 杂志的合作持续了一年，直到栾亚突然转写小说，便不再给他人的小说插画了。栾亚转型的成就比预想中来得要快，他的小说处女作顺利登上了虚构类图书排行榜。虽号称是小说，但卖点大概还是画。如果硬要让自己舒服一点，纪烨也许会大谈图像化是对文字的背叛与亵渎，巧妙藏起那份嫉妒。毕竟栾亚是插画师出身，倘若把那些寡淡的故事从画中抽离出来，恐怕是不堪卒读的。

你的一头长发更适合画家或诗人身份。纪烨打算再见栾亚时主动调侃一番。让纪烨稍感愉悦的是他已计划把栾亚写进小说，抖一抖发生在栾亚身上的风流韵事，包括在某次风流后得的那个智障儿。当然，纪烨会一如既往地在小说中施以某些"置换"，比如主人公一定是秃头之类。

对余荔碰杯的不快只停留片刻便迅速消退了，像酒沫一般。

纪烨不希望余荔在自己面前摆出看上去亲近，实则拒人千里的礼节套数，又确然受用分明属于程式化的恭维与尊崇。两种矛盾的需求相撞，要同时在余荔身上实现，怕是过于苛求。刚才余荔碰杯的随意使纪烨失了恭维，却赢了一分亲近。

"这酒挺甜。"

余荔舔了舔嘴唇，舔到了那粒"黑芝麻"。

她欣然接受纪烨的添酒。没有夺过酒瓶，没有欠身，也没有把手捧在杯身。这却让纪烨想到，此刻要是把手伸过去，摸一摸她的手，大概也会被欣然接受的。或者说，余荔早就期待纪烨这样做。她从不暗示什么，但总能让纪烨感觉，只要他有所行动，她必然会坦然接受他行动的后果。

纪烨把近前碟中的最后一块腌萝卜夹到余荔的碗里。她几乎没让那萝卜停留，用筷子直接送到口中。

萝卜被牙齿碾碎，发出清脆的声响。

至少跟栾亚的一样年轻。纪烨仔细聆听这几声清脆。

在姿色方面，余荔虽不属于那种"一眼美女"，身上却散发着别样的韵味。她的眼睛是细长的，与主流审美观相去甚远，不过暗含着另一种美的可能性。从余荔的面容判断，现在的年纪还不是她最好的时候，要等到她的两颊更饱满些，女性的魅力才算完全释放出来。不过，据纪烨预测，余荔的所谓"最好的时候"也不会持续太久，因为那细长眼睛的魅惑唯有靠青春的烘衬，而青春不过是转瞬即逝的东西，当它走后，那两道细缝就成了蜜桃上开的口子，是溃烂的象征。

"今天上午我收到封读者来信，是电子邮件。说上期的《蜜桃》结尾处描写一只划了口子的桃子很精彩。"

余荔眯起眼睛，脸像蜜桃一样，被新上的炭火映得红红的。

"是嘛……"

纪烨佯装不在意，用夹子翻弄算子上的几片牛肉。

本想只点鳗鱼吃，但老板娘坚持要等炭火渐微才是烤鳗鱼的最佳时机，便随便点了份牛肉。在店里，老板娘是绝对权威，她乐于指导食客用餐，食客也都愿意选择顺从她的建议，纪烨也不例外，她似乎比纪烨更了解自己的胃。

火的确很旺，须不停将两面反复受热。沉默了一阵，终究没有等来余荔的后文。纪烨很想听听读者对自己的夸奖，不过不好意思主动追问。余荔仿佛被煎熬于火上的肉完全吸引住了。纪烨用烤肉剪将肉分成小块，横截面露出血丝。

纪烨有时会感觉自己的一小部分命运掌握在余荔的手中。

作为一直以来纪烨小说的责任编辑，余荔是他作品的第一位读者。写到这般年岁，纪烨自知无法入主流文学界的法眼，不过也算小有名声，延续着与文学这路的一线关联，活得倒也自在。虽然表面上这个入职时间不长的年轻人似乎无足轻重，但纪烨心里还是清楚余荔的分量。除却余荔在主编那里的影响，在创作上，她也给过不少有用的建议，多少弥补了小说中女性视角的缺失。这可能是纪烨对余荔始终抱有好感的原因之一，无须讳言，余荔年轻的身体所占的比重更大。长久以来，纪烨始终相信余荔等待着他的行动。

"新一年 Z 杂志会有大动作吧？现在杂志改版都成了风潮……"

纪烨的手腕有点酸。他想起年初停刊的 T 诗刊。在 T 诗刊的最后几期，广告页明显增多了，与其中孤傲的内容始终泾渭分明，在成为夹诗的广告册子之前，算是死得其所。

"樊主编正酝酿几个新版块……"

以前无论是跟栾亚，还是跟 T 诗刊的朋友来，纪烨几乎没动过烤肉的工具，操弄的手法略显笨拙。老板娘来到桌前接过烤肉剪，熟练地拆分起来。

到年底，纪烨与 Z 杂志的专栏合约就结束了，是否续约还是未知数。

Z 杂志迟早会撤销掉小说专栏，割掉这截不伦不类的盲肠，纪烨对那一天的到来倒怀有期盼。也许到了那一天，纪烨会动笔写一篇以余荔为原型的小说，将余荔在文字上的禀赋"置换"到数字方面——生活在数字空间中的女人，也许是数据分析师，名字可能叫英丹或是别的什么。她在工作中时常碰到难题，其中最棘手的要数在没有相关统计数据的情况下分析得出利好的结论——如同帮助纪烨合理地串联起本不存在的人物之间发生的最为私密的细节。

生活的细节俯首皆是，就像潜藏于常人一举一动中的无数的统计数字，如何把琐碎无章法的细节与数字变得有道理，便是纪烨与余荔或英丹的日常工作，本质上并无不同。

短暂的一段沉默中，英丹的面容与余荔重叠在一起，形象愈发鲜明起来。纪烨可以让英丹的案头上多份任务，起个复杂的名字，像"X 区妇女发展规划评估报告"之类，再给这报告设置重重困难。数据不全是一个方面，更棘手的是必须要得出诸如"显著增长"、"稳步提升"这样的结论。为了增加这任务的难度，纪烨可以把英丹设计成个不喜欢凭空造假的人。于是便自找麻烦地平添了额外的数据收集工作，她发现自己钻进了一张巨大的人际关系网中，从一人到另一人，从熟人到完全陌生的人，追寻一个个貌似可以精确到小数点后两位的数据，就如同余荔对细节的敏感与苛求一样。

"肉好了，可以吃了。"

老板娘发了道指令，纪烨咽了口唾沫。

Z 杂志是国内为数不多的每期都登载短篇小说的时尚期刊。因为发行量很高，稿酬一向可观。有留美背景的前任主编娄先生执意保留小说版的理由之一大概是他想做中国版的《花花公子》，就像《花花公子》曾首发海明威、博尔赫斯、纳博科夫等人的作品一样。这个理想中国化后变异为刊发与每期主题相关的短篇小说，婚礼、口红、香水、七夕节，乃至时装周、准辣妈。做到关联性并不困难，纪烨可能推动或加速这种变异过程，创造出迎合杂志读者群口味的小说模式。大约也正因为如此，他的小说专栏才一直续约到现在，算是硕果仅存。

从刚才提及的小说《蜜桃》的题目就可以推断出它是配合 peach john 的营销企划，该作中自然涉及大段为衣戏，所以背景要设定在热带海滩才会免去一些麻烦。纪烨将仅有的一段海滩旅行经历拿出来作为背景写了个外遇的故事。

你不得不承认，外遇情节总是受欢迎的，而且越不可能发生的外遇越会引起 Z 杂志读者的兴趣。男主人公与新婚妻子赴海滩度蜜月，妻子与一位陌生男子发生了一段外遇。妻子名叫姚艺，爱穿着 peach john 牌内衣在宾馆套房里走来走去。

这样一段外遇的发生，既要让丈夫适时离场，又须给她跟初识的情人单独相处的契机。同时满足这两个外在条件，且不落俗套，操作起来并不容易。回头想，纪烨发表在 Z 杂志上的小说大多都涉及外遇，久而久之，竟有了"外遇作家"这样的诨名。也许仅仅是巧合，或者是一种写作的习惯或套路，纪烨实在想象不出全然符合婚姻法中夫妻"互相忠实"规定的情形。

前妻的面孔在眼前一闪而过，纪烨摸了摸鼻头。

"樊主编想策划栾亚的一期主题。"余荔将肉包进苏子叶，"现在正考虑组一下他朋友们对他的评说文章。"她咬了一口，"叫'栾亚和他的朋友们'，您是栾老师的老搭档，肯定要赐稿啦。"

"栾亚可以做主题了啊……"

纪烨喝了口酒，把快焦了的肉移到烤网边缘。

"栾老师是从 Z 杂志走出去旳，打算抢做一下。樊主编其实是想借栾老师做个日系男的主题。"余荔揩了手，"你不觉得栾老师有个角度很像小田切让吗？"

纪烨想起栾亚的那张偏欧式的脸，永远的奇装异服，神经质的表情与举止，怕是男人见了都忍不住侧目。这样看，栾亚借由荒诞感十足的插画几乎一夜之间成为文艺圈和时尚圈的双栖明星也不足为奇。栾亚近三年来创作的插画合集中自然有给纪烨小说的配图，不过这本热销的插画合集中并没有收入纪烨的一个字。将插图从小说中抽离出来单独呈现时，画作的荒诞感似乎更浓烈了，较文字而言也更为直观。拿《蜜桃》来说，纪烨花了六千字的铺垫与烘托才最终让结尾处那裂开的桃子含有了性的暗示。栾亚画的桃子无疑取自纪烨所创造的意象，却脱离了小说独享赞誉，多少让纪烨感到失落。

"目前的计划是明年第一期不刊小说了。"余荔独自喝了口酒，"不过樊主编说第二期可以考虑继续刊短篇小说。当然喽，纪老师是第一人选。"

Z杂志更换主编后肯定会启动改版，推出人气正旺的栾亚，搭上"日系男"的顺风车想必是第一个大动作，是否保留小说版以及纪烨的专栏看样子还在研究之中。

"栾亚的专栏有什么变化吗？"

"杂志要着力打造个新栏目，类似'栾亚游世界'，介绍当地风土人情，包括衣着打扮，栾老师的水彩画会是主打。已经定下来了，每两期做一个。第一次做斐济主岛海滩，栾老师他们这时候应该回程了。"

"怪不得有日子没碰到他了……"

纪烨沉吟一下，眼前似乎铺开一片本应属于他的海滩。

海滩的沙子细腻温润，往前是一望无际的蓝，后看是郁郁葱葱的绿，一座沙雕就在这蓝绿间隆起。说是沙雕，不过是个隆起的沙堆，还只是雏形而已，看起来像屁股，或是桃子，不免使游客们认为是忽然犯了返璞归真病的成人在胡闹，投来好奇或鄙夷的目光。沙雕的前期工作过于单调，顽皮的孩子时而凑近，零星在近处晒太阳的人，包括姚艺在内都在暗自估算海滩管理者前来赶走这人的倒计时。尽管所谓的沙雕师的动作看上去有点笨拙，不过他在太阳下裸露着的黝黑臂膀又使人增添了一份期待，至少他长着颇讨女人欢心的面孔，长头发扎成松散的一根辫子。

若不是纪烨有意在这男人的后背加上一笔长长的刀疤，就更容易让熟人将其跟栾亚联系在一起了。

一盘肢解完毕的鳗鱼终于端上了桌，老板娘亲自换了张新箅子，火候刚刚好。她用夹子仔细地将小指长度的鱼肉一一排上去，神情严肃，像主持一场仪式。鱼皮置于火上，鱼肉在排烟器的照灯下显得愈发白嫩。余荔太容易脸红，过冷、过热、过兴奋或是仅仅走得过急，都会使白皙的皮肤染上红色。她在冬日的街头过冷，在炭火旁过热，受鳗鱼的刺激走得过急，纪烨料想她在床笫时该红成一颗番薯。

"明年第二期可能要策划'蓝颜'的主题。樊主编有这个想法，其实是想打一个419的擦边球。"余荔与纪烨一道端详鳗鱼皮慢慢地变焦黄、扭曲着。

纪烨偷偷看了眼余荔，以她为原型的英丹的故事在纪烨脑中随着鳗鱼肉的渐熟而悄然成型，完成了最后的构思。摆在英丹案头上的各项空缺数据经过半个月的搜索逐一填充，多亏了一位就职于统计局的老同学。不用说，数日的来往，让他们彼此产生了些许好感，但距离上床还相差甚远，非得靠作家制造出特别的理由不可。

纪烨一面想，一面冲着散发出香味的鳗鱼肉咧嘴笑起来。

最后，做事一丝不苟的英丹手头上只剩下一栏十分棘手的空缺数据，本年度的C区"性行为安全套使用率"。英丹为此制作了调查问卷，尽管收效甚微，不过总还是可以进行粗略估算。估算的结果令人沮丧，X区的使用率已从前年的8.2%下降到去年的7.4%，今年则跌到6.1%。倘若这项指标被标注为"未达标"，那么整体规划的指标达标率恰好比上次统计时降低了。看来必须设法把这项指标提上去才行。经过计算，要与去年的数据持平，至少得在现有数据的基础上再加六次使用安全套的性行为。

于是，纪烨让英丹跟那男人上了床，两次六回。最终提交上去的评估报告中，此项指标被标注成"已达标"，对应的曲线图画出了一条很好看的"对号"。

英丹的献身也许另有他由，不过纪烨决定只记述这一条线索。纪烨对英丹内心的描写与探索毫无兴趣，他只关注英丹的所有外部行为，她发出的声音以及肉体的移动与变化，足够了。纪烨计划把那男人刻画成了无情趣之人，身上可以添几块牛皮癣之类的皮肤病。纪烨这般设计倒不是担心余荔将来有日会从小说中辨认出她自己或是栾亚的影子，相反，他乐意在笔下有意明示些什么，又喜欢暗示些什么，但总归是模棱两可的。比如，纪烨打算把余荔的那枚生在嘴角的小痣挪到英丹的眉梢，不过她们都爱用Punch Studio的本子。至于栾亚，似乎纪烨的每篇小说里或多或少都有他的影子。

"樊主编很少读小说，只对纪实类的倾诉型文章感兴趣。不过，她看了你以前发表在Z杂志上的几篇小说，跟我提过《蜜桃》写得挺有意思……"

会荔喝了酒后脸更红了，话多了起来，手势相当活跃。英丹的身体应该也爱发红，而且还是滚烫的。

"《蜜桃》那篇我处理得比较含蓄……"

纪烨假装不经意地应着，摸了摸发痒的鼻子。

度蜜月这事据说源于避免抢婚。除非夫妻二人存有间隙，否则很难被一异性在短时间介入，而一开始的介入应该是悄无声息的。

《蜜桃》中夫妻二人准备离开沙滩品尝咖喱蟹，却被一名身材高大的管理员拦住，他指着丈夫手里的一只装满了沙子的矿泉水瓶，面无表情地命令把瓶中的沙子倒掉。于是，小说中必不可少的"冲突"要素开始了。

为什么丈夫会无视导游的提醒依旧想把沙子带走呢？

纪烨将丈夫描绘成喜欢收集各种纪念品的人。能证明旅行过程中每一环节的物证，包括车票、门票，印有饭馆标记的纸巾盒，旅社中的一次性牙刷，山路上的几片叶子，一枚怪状桃核，诸如此类。于是可料见，他们新居中一定堆满了浩如瀚海的物什。这些扔不得的东西如同丈夫不断延伸的意志，挤压着妻子的精神空间。即便在旅行中，他的意志也始终不停地在注入那两只本不大的行李箱，还有她本压抑的头脑之中。

当姚艺自觉撕下一款她没见过的外国矿泉水瓶标签夹在杂志中时，她没感受到理想中和谐的幸福，而是一惊，感到她已快成为丈夫意志的一部分了。

丈夫微微隆起的腹部随他身体的愤怒而颤动，看起来就像只跳着莫名舞蹈的猩猩。丈夫用各种招数挑衅管理员，引来不少游客围观。管理员戴着墨镜，看不到眼神，也不见动作，身体却像堵墙似的始终挡在面前，只能听到他不时低沉地重复一个命令："把沙子倒掉！"

这道命令以及声调永久留存在纪烨与前妻蜜月旅行的记忆之中。

盘里的鳗鱼头突然剧烈地抽动了一下，吓得余荔忍不住轻叫了一声。纪烨连忙把盘中的两片用于点缀的叶子放在鱼头上遮掩，一段刚放在箅子上的鱼尾又乍然起身，从网缝间掉了下去。老板娘麻利地提起箅子，夹出了沾满炭灰的鱼尾，竟还在剧烈地扭动。

"用水冲冲接着烤？"

老板娘语带歉意。

"不了，拿走吧。"

经了这段小插曲，二人相视一笑。

在《蜜桃》的初稿中，丈夫与管理员在冲突过程中姚艺在一旁不知所措，毫无作为。在余荔的建议下，这部分改为：争执不下时，姚艺将瓶中的沙子倒了出来。

她感到巨大的羞耻与无助，最终选择了忤逆丈夫的意志。丈夫见到此景，将一腔怒火转向妻子，她被一把推倒在沙滩上。姚艺倒地时，紧抓着两把沙子，这动作不知是表示默然的愤恨，还是她懦弱地想偷偷替丈夫藏点沙子回去以弥补过失。

姚艺的摔倒让她和她的 peach john 泳衣成了沙滩上的焦点。

沙雕师的出现终结了这场风波，他为参加沙雕节而来提前勘察试沙。他在众目睽睽下拾起了丢在一旁的瓶子，转身走到自己未完成的作品——一盘子水果前，用指甲挖出个窟窿，将挖出的沙粒灌入瓶中，之后来到管理员面前说："这是我做的桃子的一些果肉，可以送给这位女士吗？"

倘若沙雕师与这对儿夫妻俩恰好同住在一座旅馆，那么外遇就可以安排开始了。姚艺不可能是主动的，沙雕师也不应过于主动，将两个不主动的男女拉扯到一起，创造出机会，那位患有收集癖的丈夫是再合适不过的人选。经过那次冲突，丈夫对沙雕这事萌发出异常的兴趣。

"哎呀！"

鳗鱼头带动的叶子摇摆起来，余荔迅速躲到桌子另一边。

"鱼头能烤上吗？一直在那里动。"纪烨问。

老板娘不紧不慢地逐一翻动箅子上的鳗鱼肉，神情忽然变得严肃起来。

"其他部位动是神经动，没关系的，头动是它自己知道。"老板娘顿了顿，继续说，"让它看着自己被烤，说实在的，怪残忍的。"

"那就麻烦你把头端下去吧。"

纪烨摆了摆手。他每次来都没注意到鳗鱼头，也没人提议烤了它，鱼头是在不知不觉时被服务员端下去的。

"纪老师，你说端下去的鱼头他们会怎么处理？"

纪烨想不出，如果转面就扔到垃圾桶里，对鳗鱼来说大概不友善，也会让老板娘刚才的那番一本正经的说教变得异常滑稽。

不然呢？还有别的可能吗？一刀拍死吗？

"这个问题可以写一篇小说。"

纪烨夹了一块烤得刚刚好的鳗鱼肉，送到口中。鱼皮油脂十足，鱼肉鲜嫩无比。

"是吗？"

"我想我可以在小说里给出一个答案。"

纪烨回味着鳗鱼肉留给味蕾的刺激。

"预祝我们明年合作愉快吧！"

说着，余荔双手擎杯，很意外地做出恭敬的动作。

纪烨这回却没有把自己的杯子递过去，而是微微一笑。

"我不打算续约了。"

"什么？"

余荔瞪大了眼睛。

"我不打算续约了。"纪烨重复了一遍，说出这话后感到从未有过的轻松，"抱歉，我是刚才做出这个决定的。"

"为什么？"

"因为……那颗鳗鱼头吧。"

纪烨的回答很像小说里的一个情节；或者说，他忍不住在此情此景下说出这句台词，好使他与余荔成为一篇合格小说里的男女主人公。倘若一切都合乎常理、常情，他们应愉快地吃掉鳗鱼，喝酒干杯，餐后道别，顺利地续约，继续做专栏，用赚来的钱吃烤鳗鱼，那么即便读者不生厌，纪烨也会的。事情该在按部就班行进在故事发展的正轨时遭遇奇异的阻碍戛然而止，就像英丹的数据，姚艺的沙瓶，小职员的刮刀，纪烨的鳗鱼头，突然转向非正常的轨道，朝着未知的方向滑行。

纪烨，或沙雕师，或患牛皮癣的男子，或爱刮鳞的职员与余荔，或姚艺，或英丹，或爱吃鱼的女子在宾馆，或沙滩，或办公室，或酒吧厕所里做爱，空气中弥漫着一股烤鳗鱼的味道，沙子从指缝深处掉出，皮屑簌簌地飘落，窗外的霓虹闪闪发亮，映现了她一副通红的身体。

　　我不愿直视她睁着那双像鳗鱼似的空洞眼睛，把枕头垫在她腰下时，顺手把枕巾盖在了她的脸上。为了分散注意力，我瞄了眼腕上的表，单手把头发盘在脑后，思绪开始漫无目的地在夜空中游弋。

　　每当后厨开始宰杀鳗鱼，玻璃幕前总会立定几位食客，赶上饭口，驻足观赏的人就更多。掌刀师傅自知这过程带有表演性质，瞥到眼熟或顺眼的主顾时而会即兴添加一些动作，类似于协奏曲中的华彩。人们并不十分清楚顺畅接连在一起的娴熟动作中究竟哪些跟主题密切相关，又有哪些纯粹为挑动观者的神经。

　　比如，鳗鱼头被斩断后始终置于操作台不起眼的角落。待鱼肉摆盘结束后，突然一手抓起那颗头送到众人眼前，另只手将片苏子叶放于鱼嘴旁。锋利的牙齿会瞬间将叶子啃出一道豁口。若碰到体型肥硕的，便把叶子换作方便筷。轻薄的方便筷偶尔会被咬断。鳗鱼凶狠的攻击成为表演的点睛之笔，无动于衷倒成了绝佳的反抗。

　　鳗鱼那时会想什么呢？

香

菇

清早，丁凡在马桶里发现了一朵香菇。大致是这样：

上次，马桶里丁凡发现的那朵香菇，大约是这样：

177

再往前一次，香菇在丁凡的马桶里，也许是这样：

冷厉的晨光从窄窄的透气窗中挤进来，经米黄色瓷砖反射，倒有几分刺眼。丁凡的身子不自主地晃了晃，顺势揉了揉眼，将遮光布在卧室里营造出的黑，连同眼眵从眼角一块儿抹掉。

香菇生得既大又饱满，却不是很净，染了泥垢，静静躺在水面之上，像在惬意悠闲地仰泳；或者，不过是具僵死的浮尸罢了。因为没有五官，也许是辨不清五官，判断不出它的表情，便也无从知晓它是欢喜、悲哀、自在，还是麻木。

"喂！你谁啊？"

丁凡高傲地俯视着它，言语中浸着不屑与威胁，如同面对一位不速的闯入者。

"怪了，谁干的？"

那滑稽的问话声，好像不属于丁凡，带着毛刺儿，撞到墙壁，又弹回来，震得耳膜嗡嗡直响。丁凡的嗓子眼儿被皮筋儿勒住了一般，狠狠咽唾沫时，喉咙隐隐作痛。

昨晚的烟确实抽得不少，一根儿尽了，再续一根儿，吃江米条一样。一口吸得忘情，便咬扁了烟蒂。燃烧的滚滚烟草跟火锅中腾起的烟雾交织一处，在昏黄灯光的烘托下，营造出一方迷幻又糜烂的时空。席间，那被酒精惑乱的眼神和上下翻飞的油腻嘴唇仿佛也是烟气的造物，只消挥一挥手便会消散殆尽似的。漫长的饭局中间，丁凡记得为买烟出去过三趟，一次一包，算是趁机逃了几杯酒，沾了身冰冷清爽的寒气。卖烟的女孩笑逐颜开，热情的劲头好像她卖的并不只是烟。若不是把头发染成俗气的酒红色，她倒还真能扮出几分清纯。

"咳，咳……噗！"

丁凡运足了气，将一夜的浓痰吐出。那痰，又黄又稠，飞扑到香菇身上。丁凡把牙膏挤好，使劲漱了漱口；香菇在动荡的水面上晃动着大脑袋，笨拙地舞蹈。

丁凡边刷牙，边闭着眼，捏了捏喉结。现在想来，咽喉的疼痛并不全是吸烟所致。丁凡跟邻座的 K 讲了太多的话，到后来几乎是喊着说的，也不单是酒精让精神亢奋、听力减弱，更主要的恐怕是人声过于嘈杂。丁凡承认，他这人在酒后爱说一些过火的话，为此还吃过亏；不过仔细回忆一番，对 K 的算是劝解，也算是自白的话，没什么不妥。从 K 当时的神情看，像是开了窍。

"女人嘛……"

丁凡对着马桶吐了吐嘴里的牙膏沫，白色的沫子里掺着血，香菇又动了动身。

说起来，丁凡身体最敏感的部位不是喉咙，而是牙龈。每次宿醉，贪黑，或是疲惫，免疫力下降的最先征兆总是牙龈出血，最近似乎有严重的趋势。是不是该抽时间预约去趟口腔诊所，顺便洗一洗牙呢？那个小医生，若是不摘口罩，单露出的一对儿眼睛还是挺勾人的。

丁凡又漱了漱口，直到吐出的血变淡。丁凡打了个嗝，从胃里反出的一股食物的味道，引来阵阵恶心。那是残渣被酒精浸泡一夜后的浓郁气味。本来头晕的感觉刚刚消退，经这一激，马上又涌上来呕吐的欲望。

丁凡扶住马桶盖，俯下身去，弓着腰，腹部用力收缩，大声干呕。折腾半晌，却只引出一丝长长的口水，徐徐坠下，与香菇相会。

"早就吐干净了吧。"

丁凡敷了块热毛巾，仰面敷在脸上，感觉好多了。

要是昨晚多吃几口菜，垫垫底儿，不忙着喝酒，就不会醉得这般厉害了吧。怪就怪同学会聚餐的气氛从开始就异常热烈，也怪那个手脚过于麻利的服务员。刚一饮而尽，液体顺着食道怕还未流到胃里，她便悄然而至，将空杯斟满。近前时的胸部，大约还差几寸就贴住丁凡的脸了。她身上的香水不那么刺鼻，嘴唇涂得鲜红，套着绿色推销服，不禁使人相信她就是某牌啤酒的"拟人"或化身。

丁凡不晓得有多少杯酒实际上是因她而喝，反正扬起头，落了杯，她便会现身，成为席间掩饰无聊的游戏。丁凡不清楚是不是女人结了婚，特别有了孩子之后的吃相都变得很难看，她们忙不迭地把大盘小盘中的吃食一股脑儿地倒进沸水里，急不可耐地用筷子翻来翻去，彼此招呼着舍身扑向热气。与其挤出笑容面对那堆花了妆的脸，倒不如多闻一闻啤酒和胸部的香味。

羊肉卷，肥牛，青虾，木耳，海带，粉丝，鱿鱼，海肠，毛肚，黄喉，生菜，菠菜……

丁凡将毛巾取下，在脸上搓了搓，将记忆中摆在桌上的菜品过了一遍，唯独没有香菇的影子。这就怪了，难道是自己偷了朵邻座的香菇，一直揣在兜里，凌晨回来时丢在自家的马桶里吗？要么，就是有人趁他不在家时扔进去的，一而再，再而三的。怎么都解释不通嘛！或是他的幻觉？仅仅是过于逼真的幻觉？

丁凡感到头有些痛，把毛巾扔到洗手盆中，蓦地生了几分恼怒，用一根粗粗的、猛烈的尿柱拷问起香菇来。它挣扎着，露出一副可怜相，连滚带爬，冲他求饶；不对，兴许是在嘲笑他，手舞足蹈，乐不可支。丁凡打了个尿战，瞪了它一眼，肚里咕噜噜响了三声，就势放下马桶圈，坐了上去。

问一问 K，也许就能知道昨晚究竟点没点香菇了。不过，即便搞清楚了这一点，也无济于事，恐怕还会让他莫名其妙。算了。

坐在马桶上看手机是丁凡的习惯，不然还真难以顺畅排泄。丁凡把扔在洗手台上的手机拿到眼前，这才发现 K 传来三条信息，还有个未接电话。

7：31："你的打火机落在 KTV 包房了，幸亏预定时留了我的电话，有空你去前台取吧。"

6：23："你昨晚跟我说的话挺有道理，我想我以前看得太重了，作为男人还是洒脱些好。谢谢了，老同学。"

1：17："你是跟苏曼打一个车走的吗？姜燕问我来着，说没看到她。"

那个银豹图案的芝宝打火机用着挺顺手的。除了这玩意儿，丁凡从没留过什么恋爱纪念物，该还的还了，该扔的扔了。已丢下的，没有再回头去找的必要——那是它的宿命。这时，丁凡忽然想起了另一个喉咙疼痛的原因，也许是昨晚借了酒力，一口气连唱了三首歌，最后一首是与苏曼合唱的，歌名叫《广岛之恋》。

苏曼当化学科代表时一本正经的好学生模样令人生畏又讨厌，哪想到那副古板的大眼镜背后藏着几分含苞待放的韵味；当文艺委员的姜燕却有了水桶一般粗的腰，激素分泌过量似的，怕是摧毁了不少人年少时做的美梦。命运这东西还真让人捉摸不定。

丁凡揉了揉了肚子，舒服地叫了一声，看了眼表。

苏曼应该醒了吧。说实在的，她叫的声音挺做作，新烫的头发焦味过重，横亘在肚皮上的疤痕也太煞风景；不然，没准儿丁凡会耐着性子在旅店待到天亮。

丁凡翻出苏曼那条通讯录，在删除前，还是没忍住，点开了她的头像。

她的头像是这样的：

搞什么嘛！

丁凡正疑惑着，这时手机一震，一条微信传了进来：

"Honey，起床了没？中午一起去吃必胜客好吗？"

丁凡扭了扭头，稳了稳心神，回道：

"好呀。你现在在哪儿呢？"

"我跟小雅逛街呢，有件衣服我穿着挺好看的。小雅也试了，她穿着也不错。"

小雅的酒窝顿时映在丁凡脑海里。

"噢？是嘛。把你俩照片传过来我看看。"

"好啊，你看是不是我显得更淑女？"

洗手间信号不强，两张照片载入了好久。第一张，是这样的：

第二张，是这样的：

见了鬼了！手机染了什么新型病毒吧。丁凡又点开了手机相册，最后一张图是这样的：

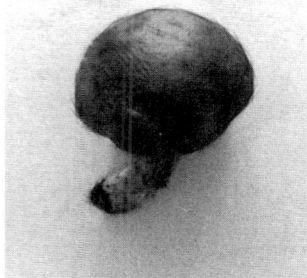

明知道很滑稽，丁凡还是狠狠扇了手机几巴掌。下午应该去修修，或者恢复一下出厂设置。想到这儿，丁凡打开了卫洗丽，温热的水流轻柔地淋在痔疮上，有点疼。丁凡按动冲水钮，把那些秽物统统冲出他的世界。

疏

篱

烟

維昇之信

　　《庄子·盗跖》中载有一句话的故事："尾生与女子期于梁下，女子不来，水至不去，抱梁柱而死。"关于尾生这人似乎别无其他记述，仅存的这桩死亡事迹常被乐道，后人或感其痴情，或笑其愚钝，如今骗术横行，更重于诚信角度的解读。从名字上看，"尾"大概有取"尾宿"之意，尾宿之人的性情一般较固执，做出抱柱之事可以理解。擅取故典创作的芥川龙之介以此为题材写过一篇小说，以尾声自况，怅怏可人。若秉持怀疑精神重新审视，则存在诸多疑点。如，此次私会为何终被世人所知？"不去"是主观上的不肯，还是客观上的不能？又是谁，出于怎样的目的记录？等等。鄙人在年轻时也等过一个女孩，是否与尾生年龄相仿，不得而知，之前并未相约，未果后思虑再三，也没有赴死，那时倒羡慕尾声的死得其所，至少他始终怀揣着期望。时过境迁，我已渐老，习惯了在各种等待中消磨时光，有日闲走，途经一桥，忽然想写一写桥下的等待了，不想辱了尾生的声誉，于是一位叫维昇的男人跃然纸上。

　　"我到了。"

　　"啊。"

　　她的一字短信慢吞吞，干巴巴。

　　维昇本期待女子那边的一刻沉寂会酿出甘露，不一定非是直白的甜言，至少带点女性特有的柔和或娇嗔，起码得有亲密的暗示吧。他擅长从字里行间抠出淡淡的余味，听出微妙的弦外之音，不过面对一个单字，也难使技能完全发挥。尽管如此，维昇还是盯着手机屏上的"啊"看了半天，要在字里看出女子的脸似的。

那是一张白净的脸，没有任何表情，也不该有表情一般，看不出亲切或冷漠，欢喜与厌恶。细想来，她的面孔并不精致，谈不上十足的美人，只是与她相处时疏离与亲切的奇幻交织持续吸引着维昇，诱惑他向前探寻。

手机又失了信号。

维昇把手机攥住，举过头顶用力晃了晃，趁机望了望天。不知何时飘来的一块云，恰好挡住了正往下垂的日头，清风带来一丝清凉，水一波波，像虫，朝**脚面**上爬。

难道一会儿能下雨吗？

今早乘车出门前，维昇特意用手机查了查天气预报。晴转多云，小雨要等到午夜，一小时前再看，雨落已调整到晚间。是雨云走得太急，还是太沉，挺不住，不得而知。

维昇企图通过莫测的风向判断云的走向。在远处，目之所及，倒真有颜色浓重的一片，静望一阵，它似乎掀动整张天角，卷着暴风，滂沱杀来。但也有可能，那不过是虚张声势的假象，近了，却散了。维昇一时兴起而来，不愿败兴而归，她的美映在天上，愈发诱人了，她的脚踩在这片土上，愈发逼真了。女子的一对儿脚瘦瘦的，窄窄的，凉凉的，几杯温酒入口，才会使白皙的脚背染上暖色，红潮也便浮现在她的脸颊了。

"我跟同事聚餐去了噢。"

这条短信好容易传到维昇手机里，发出悦耳的一声"叮咚"。

维昇记住了成功捕捉信号的位置，头顶斜上方三十度，将信息拿到眼前吃了一惊，急忙回拨电话，听筒里依旧迟迟等不到"嘟嘟"。

信号若是能被看到，那一定是只欢脱的麻雀，维昇瞪大了双眼，假装自己拥有了这个超凡能力，甚至他在几个瞬间真的看到了那些信号，不过不是麻雀的模样，而是拖着艳丽长尾的凤凰。维昇举着手机趟进水去，追逐盘旋的神鸟，终于，尾梢扫到了手机，总算把信息发了出去，他觉到**小腿肚**被水波撩得痒痒的。

"我真的到了，没跟你开玩笑。"

"真的啊？是真的吗？我以为你逗我呢。"

维昇感到又好气又好笑，但没有发作的理由，本来他就以玩笑的口吻述说来 C 城出差这事。

维昇喜欢真真假假，她也擅长假假真真，没必要凡事都搞清楚来龙去脉，那会很累，或者一点儿也不好玩。你告诉她今天忙得抽不出空喝一口水，只是慨叹一句罢了，就像她向你抱怨从起床起一直很烦，不必问烦的原因，不用分析烦的道理，无须劝慰，也用不着同情。你的忙和她的烦不过是将你俩连接在了一起，相互感知对方鲜活的存在，也暗示了彼此的需求——精神上的，由精神牵引的肉体上的，抑或纯粹肉体上的。

维昇与女子在短信中已去过许多地方，这样的表述看起来很奇怪。她说想去遥远的复活岛转一圈，他就讲些有关复活岛的传闻。他们会讨论细节，诸如巨石像的建造。每条信息都不长，像有约定，一条一句话足以。话题随时变换，时断时续，不必纠结，一觉醒来，似乎刚告别安加罗阿，小腿上还沾有阿纳克纳的白沙。

"怎么会，我一直说的都是真的啊。"

"你真的来了？"

等了半天，一个疑问句才款款而至。维昇擦了擦**膝盖**处的水，哗啦啦弄出动静，心想要是马上讲自己正在复活节岛的沙滩上，她没准儿就信了，若继续确认他身在 C 城，却未必能打消她的疑窦，可能还会加重心慌，或不宁。

也难怪，距上次相见已逾一载，这期间女子交了新的男友。她只提过两次，像无意中谈起的，之后依然是平时惯常的节奏，按部就班地回复维昇的短信，哪怕只是简单的一个"啊"字。

维昇自从得知，便在幻想中增添了一个新的项目，那道始终出现在她身旁的面目模糊的身影是她的男人。维昇不好承认是嫉妒作祟，如同痒在某处，深入骨髓，无法抓挠，因为他实在找不出嫉妒的正当理由。毕竟自己是有妻室之人，即便没有，以自己这般年纪，似乎也没更多的理由阻挡一具年轻而新鲜的身体接触另一具与她同样年轻而新鲜的异性的身体。若是摒弃了文明与理性这样的东西，独享女子身体的野心定然会膨胀，不过，或许在某刻，他会主动施舍，就当接受施舍者是那个与她年纪相仿的，正与她交往的男人。她第二次提到男友——也许是第一次提到的那个，也许不是，讲起他爱把目光久久停留在她的**大腿**的嗜好，像只讨厌的蚂蟥。维昇愿意施舍女子的大腿将那男人的目光喂饱，除此之外，似乎不能更多了。

"我就在我告诉你的那地方。你不是说很快就到吗？"

"没想到你真来了啊。我已经在路上了。堵车。"

水从大腿到了**胯下**，维昇感到两枚睾丸浮在水面，轻飘飘的。也许是为了这次相会，维昇有意克制住了几次自渎的欲望，精心培育的欲望滋长漫溢，水草一般，几乎使他忽略了对女子的些许不满。

不，不是她的男友，而是女子的迟疑。若是在两年前，无论维昇说的究竟是不是谎言，哪怕荒谬的、怪诞的，比如他有三枚睾丸，她也愿意相信，起码会在表面上表示信了，非但相信，女人还会突然跑到维昇的城市，将她的身体送来，让维昇不敢相信一次。而如今，维昇已在 C 城——倘若他尚在人间，那么来到同是人间的 C 城，既不出人意料，也不魔幻，更无须反复确信。女子可能是装糊涂，但还是来了，在路上。这大约是种征兆，他们两个的关系即将，或终于将终结了。

水咚咚地撞击**肚脐眼儿**，让肚子咕咕叫起来。

维昇想起早些时候在香格酒店官网订的二人套餐，用手机翻了翻，刚显示出半张图片就卡住了，停在半块儿娇嫩的牛排上，它足够诱人，让维昇回忆起女子丰满的嘴唇。五年来，他们在一起享用过不少美食，连让吃相丑陋的小龙虾或酱骨头也曾频频涉足。无论是什么，那些摄入的营养全都转化成紧紧相拥贴合的力道。维昇望着天边暗淡下来的奇形怪状的云，想起有次吃生龙虾片，他蘸了女子调制的芥末酱油料，呛得眼泪直流，狼狈不堪，他的报复是叫她湿透了那张圆床。不过，留在维昇记忆深处的并非那番酣畅的云雨，而是芥末带给他的强烈刺激，一度使他想起女子时禁不住条件反射般地起伏胸口，做几次深呼吸，鼻子麻酥酥的。

"到哪儿了？能找得到吧？"

"快了啊，转个弯就到了。"

维昇这时感觉自己又像是中了芥末，整个胸腔连着鼻腔都辣了起来，水拍在**胸口**，使这幻觉更加逼真。水在胸口的压迫感让维昇忆起女子伏在他身上睡去的感觉，重量阻塞了他的呼吸，却拉长了一呼与一吸之间的时间感，那一夜于是变得异常漫长，她的气息混合着酒精、香水，以及属于她的特有的汗味，笼罩了他的全部世界。

维昇说不清是否爱她，爱这个字也许不该出现在此刻，他不过痴迷她的身体，但有几次，自己也显然迁就了这副身体。女子的胸并不美，如果非要用美形容，应该是美丽的赘物，但维昇把它们从乳罩中解脱出来，便有了欣赏的义务。碰了她的手，于是便碰了；牵了她的手，于是便牵了；抓着她的手引向自己，于是便引了。维昇一步步向前探索，似乎摸不到边缘，但撤了步子，往回退去，也会稳稳停在所谓的道德之处。若是抓着女子的手，引向自己的脖子，牢牢钳住，大概也会如愿以偿吧。

"到了？"

"到了，往里走呢。"

水钳住了维昇的**脖子**，却没使他感到恐惧，在眩晕之际，却叫人忆起过往，与女子初识时，她莫名的羞怯仍历历在目，仿佛是怂恿他的入侵。

"我到了。你在哪儿呢？"

"我就在这儿啊。"

维昇吐了吐**嘴边**的水。

"啊，我看见你了。"

"我怎么没看见你？"

鼻孔呼出的气钻着水面。

"我都看见你了啊。"

"你在哪儿呢？"

"我不就在你眼前吗？"

水面与**眼睛**快平齐了，维昇没有看到女子，周围一个人影不见，女子并没有前来。

这样一种结束方式未尝不好，他们只是错失在不同的时空，不得不说这样的分手方式体面极了。维昇抹了把脸，顺手攥了攥湿漉漉的**头发**，把眼睛里进的水揉出来，眯着回复了短信，这会儿信号出奇的好。

"我也看到你了。"

"嘻嘻。"

维昇**全然**浸在水中，浮力忽强忽弱，他扑腾了一阵，把多余的气力蹬掉，也甩了有关女子的记忆，他累了，就让自己浮在水面上，水波在耳孔边沉吟。漫无目标地漂了一会儿，维昇重燃了精神，他想起在 C 城的另一位年轻女子，顿时恢复了活力，便从水中猛地站起身来，蹚水踱到岸边，拾起刚才扔在水畔的手机，发了一条短信：

"我在南山温泉呢，没想到吧。晚上来香格一起吃顿饭好吗？想你了。"

不过是玩笑

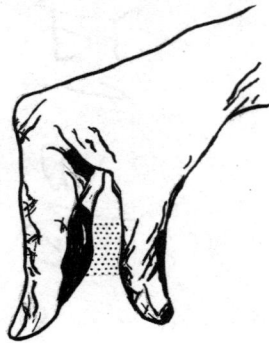

罐焖羊肉中的羊肉没有煮烂，勉强咀嚼的结果只能是将更细的肉丝卷入牙缝深处。

想到一会儿要把压进臼齿洞中的食物残渣抠出来，从嘴里拔出一根根带血的牙签，陶竹的牙神经便一阵痉挛，偏头痛的老毛病又犯了。

陶竹喝了口玻璃杯里的热水，牙龈马上胀起来了似的，有种很过瘾的痛感。他轻轻漱了漱，在礼貌的范畴内，没有发出过分的响动。挂在店门上方的电视机里时而爆发出笑声，也可以掩盖住席间偶然出现的一丝尴尬。下咽热水时一股血味从喉咙直泻下去，让陶竹获得了片刻的轻松。

从踏入这家饭店的一刻，陶竹就处于某种紧张状态。

店里的气味并不好闻，给人以二氧化碳过量的窒息感，木头、树叶或抹布的腐朽味道黏稠在空气中久久不散，每个物件都浸泡其中，始终游离的灰尘与油烟颗粒作为黏合剂，使它们在暗黄色灯光照映下油腻腻的。

陶竹的压抑感也许来自店中的陈设上面，大大小小形色各异的摆件挤满了整个空间，乍看上去有点像品位低俗的二手装饰品仓库，它们不仅霸占了狭窄的行走空间，还爬满了墙，延伸到餐桌上。

陶竹瞅了眼面前桌上的银色烟灰缸，一名长发女子裸身躺在里面，又开大腿，只留了很小的空间容烟灰，它（她）的身上，尤其是乳头和私处被烫得黝黑。烟缸与"请勿吸烟"的水晶立牌放在一起足以引起困惑。

店主像是个制造困惑的专家，若坐在沙发椅上仔细观察，看似随意布置的物件倒有规律可循，比如，自由女神像与萨达姆像就脸贴着脸，站在拐角的一根立柱上，总让陶竹不禁时时揣测它们下一步要干什么，于是心便悬着，很难踏实。显然，过于混乱的思绪加重了陶竹的偏头痛。

他喜欢简洁明了，办公桌一向规整，租住的公寓里没有一样东西是"多余"的，连内裤都只有两件，穿一件，洗一件，没必要再多一件，恰如写在报告中的词句，理应精炼，剔除每一个"多余"的字。说来好笑，陶竹在用餐的半个小时里，替店主设计了一套搬家时如何分类打包的方案。

陶竹的世界里容不得"矛盾"存在，一定要像整齐排列的图书，看着才舒心，所以这法子多少缓解了他的焦虑。不是说他没把坐在对面的女子放在眼里，心不在焉到了这般程度。实际上，陶竹对女子相当关注，她的话一字没落，一举一动，一颦一笑，不仅捕捉到了，而且分析了这些细小举止的含义，甚至他还发现分布在这女子脸上的三颗浅痣可以连成一条直线，简单直接的一条直线。

陶竹根据现掌握的所有信息得出的结论是：这女人对他颇有好感，或者说对他的"面试"合格了，尽管她表面上有点奇怪，也有点冷漠。

其实，若非对这女人对自己的好感有足够把握，陶竹便不会坐上近三个小时的火车来到这座陌生的小城。这一切也归功于陶竹的简单直接原则。他知道在今天晚上，大概就是四五个小时之后，他会与这女人上床，然后乘第二天清晨的火车返程，删掉女人的电话号码，彻底离开这座城市，以及这个女人，就像他离开过的那些女人一样，没什么两样。或许当初与陶竹在网上联系时，女人钟意的也正是陶竹的简单与直接，于是多少有那么点默契。

"菜上齐了。"

陶竹望向窗外街对过的快餐店，想象着里面光滑平白的墙面，女服务员手端着两个盘子飘然而至。黏稠的红菜汤摊在净白的大盘子里显得更加鲜红，陶竹侧目一瞧，却看到女服务员鲜红的长指甲插到了汤里。

陶竹没吭声，瞥了眼女子。女子正埋头吃意大利面，见红菜汤端上桌，赶紧舀了一勺。

"这家店的招牌菜。"

说着便要往嘴里送。

"刚才那服务员把手指甲伸到汤里了。"

陶竹觉得该如实相告，不过他也认为说得太迟了，本应"抓个现行"。既然没有当即指出，这时理应保持沉默，但终究没忍住。

"不过是玩笑。"

女子边说边舔了舔勺子，大口喝起汤。

陶竹歪头瞧了一眼站在不远处的女服务员，发现她用围裙抹着手，冲他在笑。陶竹收回目光，用勺子将指甲碰过的汤挖出，又换了把勺子，这才在盘中央舀了一勺缓缓放入口中。

女子抿嘴笑了两声。

汤很浓，酸酸的是番茄的味道，长久地刺激着味蕾。

陶竹在回味中趁机再次端详起眼前的女子。她微胖，有种不令人讨厌的肉感，嘴唇饱满，大概是性欲旺盛的表现。食欲也不错，菜接连端上桌后便不停嘴，话都说不出了。从在广场初次相见到现在，不过半小时光景，女子给陶竹留下了一个深刻的印象，似乎她对周遭的一切都抱以无所谓的态度。

十分钟前，坐不远处的一个男人突然高声谩骂起一同前来的女人，也许是他的妻子。男人使用的字眼极其肮脏，任何人听了都会心跳加速。被骂的女人只是低声啜泣，可以看到她的肩膀在剧烈抖动。陶竹瞪大了眼睛，举到一半的筷子愣愣地停住了，他马上反应过来，想起身先去劝阻时被女子摸了一下手。

"怎么？"

陶竹感到女子的手很滑，七很有劲儿。

"不过是玩笑。"

女子说着，把面条吸进口口，她的嘴唇显得更丰润了。

男人骂了几分钟后，突然禁了声，像什么事都没发生过一样，与他的妻子继续吃饭，妻子的肩膀也不抖了。

他们还点了份甜点。

可能是女子的口头禅吧。

陶竹这么想着，用勺子轻轻搅动红菜汤，触到了盘底的什么东西。他一惊，探了探，勺子顶住了什么似的，捞出来一看，是枚五角钱硬币。

陶竹的脸顿时热了，想立刻叫服务员理论一番，不过在这之前，他把这枚硬币夹起来送到女子的眼前。

"汤里面竟然有这个！"

陶竹简直义愤填膺。

女子用手把硬币取来，看了看，又放在手心里掂了掂。

"算了。"

"什么？"

"不过是玩笑。"

陶竹感觉自己这时真的好像只泄了气的皮球。他现在不想找服务员或店主理论，倒想追问一下女子到底是不是在跟他开玩笑，或者患了什么精神疾病。不过，陶竹还是尽量委婉地表达了他的疑问，或是困惑。

"你刚来这儿，还不适应。过阵子就好了。"

女子看来此刻并不想回答陶竹的问题，她是在把奶油涂在面包的空当才挤出时间说话的。似乎在女子眼中，吃饭时就该专心享用美食。

陶竹只好作罢，失了胃口，百无聊赖地盯住电视里的影像。

电视里播放的是整人节目。

在狭窄的胡同里，一个人在独自行走，周围看不出什么异常，突然在胡同尽头闪出一大群人，呼喊着迎面飞奔而来。那人惊了一秒，随后也不明所以地扭头飞跑起来，狠摔了一个跟头，爬起来继续跑。这时，电视里传来一片笑声。

"他们都喜欢这个。"

女子面前的碟盘几乎都空了，她擦了擦嘴，眉毛冲电视机挑了挑。

"这城市里的每个台都是这样的节目，滚动播出，收视率都很高。"

女子掏出口红，大方地在小镜子面前涂了几下。

"我们需要这个，一刻都离不了。吃饭时，坐车时，睡觉前，就连工作时也要看两眼才有精神。"

女子拨了拨刘海。

"所以你晓得，这城市里的每个角落，每时每刻都在生产这样的节目，才供得上庞大的消费量。你看……"

女子指了指四周，她指甲也是鲜红的。

"这些摄像头刚才就捕捉到了你的惊讶、不解与愤怒。是啊，满城都是。我猜一会儿你就会出现在电视机里，配上那种笑声。"

电视里的人又开始随着人群奔跑起来，从衣着看，这次是个白领，她丢了高跟鞋，扔了手包，显得狼狈不堪。电视里随后传出一片熟悉的笑声。之所以说"熟悉"，是因为陶竹听出这些游荡在空气中的笑声其实出自同一拷贝。

哈哈哈哈……哈哈哈哈哈……哈哈哈哈哈哈哈哈。

难道这些笑声真的会配上自己的面孔吗？

"你是说……可是，做这样的节目最后不得由节目组的人出来解释一下吗？这是侵犯……"

陶竹满脸疑惑。

"很好，你疑惑的表情很上镜。"

女子笑着起了身，打断了陶竹，绕到他身旁，很自然地挽住了他的胳膊。

"不用解释，这样更好玩，不是吗？这城市的'原住民'早就见怪不怪了，就像我。每个人都可以随时变成设计节目剧本的导演，区别只是有的高明，有新意，有看头，有的显得平庸一点，就像刚才。所以呢，他们是不会放过你们这些一看就是从外地来的人的。"

女子冲陶竹眨了眨眼睛。

她的假睫毛很长，显得做作，不过故意眨眼时，还是撩动了陶竹敏感的神经。

"再说，你不是得到实惠了吗？所以，不要计较了。"

陶竹被女子依偎着缓步走出店门。显然，这时陶竹不能走得太快，以免思绪被步伐扰乱。

"你是说，刚才在见你的那个广场？"

"是噢。不然，你以为呢？"

女子把陶竹贴得更紧了，陶竹闻到了她身上的香水味。

"噢……"

陶竹在广场初见女子时就闻到了那股香水味，它是由风送来的，扑洒在脸上使他以为不虚此行。女子跟照片中的差不多，只是没那么白。坦白讲，陶竹喜欢皮肤略黑的女人，那种肤色更能唤起他的野性。

半小时前，陶竹与女子并肩在人潮涌动的广场朝饭店走时，一个矮个子小伙紧跟了上来，凑在陶竹耳边问道："《西游记》里猪八戒使用的武器是什么？"

尽管愣了一下，陶竹却还是将答案脱口而出。

"九齿钉耙。"

小伙听后，不由分说把一张十元纸钞塞进陶竹手中。陶竹还未及反应过来，他便消失在人海之中。

"你当时的表情很可爱。"

女人咯咯笑起来。

"肯定会上一个大特写，不信我们打个赌。"

陶竹可以想到当时挂在自己脸上的那副错愕的神情，现在倒觉得果真上了电视的话似乎不是什么坏事，或者说，也没有什么损失。他在这座陌生的城市里留下影像，传递给这座城市的千家万户，博众人一笑，并非不可以接受。刚才看电视时，自己不也忍不住笑了吗？

入乡随俗吧。

陶竹这样想着，感觉女人跟他又近了几分。

刚出店门没走几步，陶竹的腿猛然一沉，低头一看，是个七八岁模样的小女孩抱住了他的腿，一屁股坐在了他的脚上。

她浑身上下脏兮兮的，还甩着清鼻涕。

"你……快松开！"

陶竹下意识地甩了甩腿，但纹丝未动。他想挣脱，又怕伤了这孩子，一时间手足无措，一股热汗顿时从额头上淌下来。扭头一看，女子笑盈盈地站在他旁边，她的腿也被抱住了，不过是个小男孩，同样脏兮兮的。

"乞丐的吗？"

陶竹边说边摸钱包，想尽快摆脱眼下的这只小魔鬼。

"不过是玩笑。"

女子比划了个照相的手势，把陶竹的脸收在框中。

听了女子这话，陶竹倒放下心来。

"那我们该怎么办。"

陶竹四下看了看，有点尴尬。在熙熙攘攘的街上，被这样施了定身法，不可能自在。

女子笑了笑，没作声，仰起头，闭上了眼。阳光洒在她的脸上，为她镀了层光晕，从这个角度看，多少掩盖了些她在面容上的缺欠。陶竹对女子的欲望又添了两分，不过眼下却要想个办法体面地摆脱麻烦。

陶竹站在那里，被几位路人盯得浑身不舒服，他吞了几口唾沫，一股血味。陶竹别无他法，只好再次摸了摸钱包。他掏出靠回答"九齿钉耙"得来那张皱巴巴的十块钱，递到小女孩面前。虽然把钱递了过去，陶竹却没想过竟如此轻松就解决了问题。小女孩抓起钱，飞也似的跑了。陶竹看向女子，女子脚下的小男孩不知何时也不见了。

"不是玩笑吗？"

陶竹问。

"不过是乞丐的玩笑。"

女子答。

听到如此回答，陶竹几乎想把女子紧紧抱住了，但他克制住了冲动，上前拉住了女子的手。

街上手拉手的恋人随处可见，陶竹与女子融入这人潮中。

陶竹边走边留意观察，总不难发现"节目"在不断上演。刚才趴在地上用粉笔写字的无腿乞丐突然起身手舞足蹈，将路人递过来的眼镜放进贴着免费清洗标签的超声波清洗机中后水立即变成黑色，自动售货机投币后从取货口里突然伸出只手，诸如此类。

陶竹还发现了熟悉的身影，那个给他塞钱的矮个子小伙在人群中穿梭忙碌着。

陶竹大概能从路人的表情中判断哪些是本地人，哪些是外地人了。本地人"中招"时要么带着那种从容，或漠然的表情，像女子；要么哈哈大笑，乐得直不起腰，总归是两种极端。外地人则表情夸张，面部扭曲，好半天缓不过来。最高的那栋商厦楼体上的巨型屏幕发出阵阵震耳欲聋的欢笑声，下面永远席地坐着那么多的人，纷纷咧着嘴。如果从楼顶往下看那一张张脸，肯定很有趣。

有那么一刻，陶竹萌生出搬到此地的念头来。甚至，陶竹掏出二十块钱，冲女子扬了扬，钻进人群，逮住个匆匆走步的行人，高声问道："古筝有几根弦？"

不管他答了几根，陶竹都把钱塞到他手里，之后像泥鳅一样溜到女子身边。

"你看吧，我一猜他就是外地人。"

陶竹指着不远处还呆呆站在那里手握二十元钱茫然着的那人对女子说。

"不用猜你也是外地人。"

女子一副了然于胸的模样，让陶竹觉得自己像个淘气的孩子。

"为什么？"

"本地人一般都拿五块钱，或十块钱。拿二十块的一定是外地人。"

女子含笑答道。

"在这城里，塞钱问问题一直都很受欢迎。虽然老套，但总能出点新花样儿。"

"比如呢？"

陶竹感觉自己越来越想亲近这座城市，以及眼前的这个女子了。

"比如，问有些难度的问题，然后倒数五个数，没答上，或是答错的话……"

"会怎样？"

"会拍一脸面粉。"

陶竹大笑了一阵，想象着被拍面粉时的情景。

"没有因为这个打起来的吗？"

"怎么会？不过是玩笑。"

正谈着，街上的人群又一阵骚动。

陶竹带着兴奋又好奇的目光望去，他看见一个人朝这边跑来，瞬间就到了自己跟前。这漂亮女人穿着一袭华丽的白色婚纱，不由分说，生生拽起陶竹的手奔跑起来。陶竹的身体由不得自己，或者说他也希望自己可以奔跑起来，瞬间就成了那个在婚礼上掠走新娘的不速之客，在身后煞有其事的"抓住他们"的叫喊声中，绕着喷泉跑了一圈又一圈。

陶竹出了一身汗，喷泉的水溅到他脸上，让他感受到了畅快与清爽。

陶竹这时想起了自己的初恋，一个他爱了八年的女人，最终嫁给了一个他无论哪个方面都无法与之相比的男人。陶竹选择了"绅士"般的"退出"，于是获得了"绅士"般的"待遇"，就是受邀参加了他们的婚礼。陶竹在他俩交换戒指的一瞬间，闪过冲上前去拉住新娘的念头。陶竹确信她在心底里还是爱着他的，或者更准确地说，他依然拥有一个任何人都无法替代的位置。不过，那一瞬间的荒唐想法足以令他心惊胆战。现在，陶竹牵着新娘在飞跑，他好像实现了那个荒唐的梦，成了名胜利者。

"后背都湿透了。"

结束了之后，陶竹大口喘着气，洗了把脸，坐在喷泉池边，让凉湿的空气将自己包围。

"跑得挺开心嘛。"

女子站着，脸朝向一边，像是在看楼群间的落日。

"你嫉妒了？"

陶竹捕捉到了女子试图隐藏起的情绪。

"有什么好嫉妒的？真奇怪，莫名其妙嘛，真是莫名其妙……"

女子的话反倒出卖了她。

陶竹起身，径直走过去，将女子揽入怀中。女子顺从地把头埋在他胸口，热乎乎的。陶竹摸了摸女子的头，说道："不过是玩笑嘛……"

这城市入夜后据说会更加热闹，小摊贩们陆续进驻夜市，忙乎着各种准备工作，跟其他地方一样，难免也会为摊位争吵几声。管理人员开着小电瓶车把一只只红色大桶放在街当间，陶竹能想象到它们满满登登盛满垃圾的模样。走几步就会看见一对对儿主持人和摄影师的最简搭档，躲都躲不开。

"先生你好。"

一位黄色头发的女孩出现在陶竹面前，将一只粗话筒递到嘴边。

"你好，你好。"

陶竹回应着，头脑中在迅速思考将发生什么。

"请问你们是要开房去吗？"

这问题突如其来，叫陶竹一时语塞，心跳加速了。虽说他来这城市就是抱着这目的，不过面对媒体，大方而诚实地说出答案还是颇为困难。

"开个玩笑啦。其实我们是想做个社会调查。"

女主持人马上为陶竹解了围。陶竹松了口气，轻快地与女子相视一笑。

"我们的调查题目是——你喜欢裸睡吗？"

陶竹不喜欢裸睡。

他那间公寓里的床硬邦邦的，在枕头底下始终藏着一把刀。他没有任何仇家，也没什么值钱的物件，但入侵者的幻象却如影随形。那一团黑影仿佛一直潜藏在门外，伺机而动。救生绳放在床头柜的第一个抽屉中，可以随时让他夺窗而逃。就算遇到地震，他还有时间躲进特意购置的铁桌子下，救生包里的药品、食物和通信设备足以让他活着等到救生队伍。

无论遭遇何种情形，穿着衣裤会更加方便。

但陶竹以为，自己并非过分惜命之人，只是不喜欢性命不掌控在自己手中的感觉罢了。如果有机会，他倒是很想选择死在情人的床上。不过，陶竹现在不想死在女子的床上，因为他忽然察觉自己似乎爱上了这座奇怪的城市。

陶竹所寄居的那城市，没什么值得他留念的，他可以退了车票，在此地落脚，凭他的想象力，完全可以设计出使这座城市的人们痴迷的创意。比如，作为一位牙龈炎患者，陶竹的牙时而会粘上血，于是他想到干脆把牙都涂成红色，冲每一个在他身旁经过的人咧开嘴。

陶竹在床上闭起眼睛，没有停止下半身的动作，他回想来旅馆的途中路过一个公园，公园的长椅上躺着个用报纸盖住脸的西装男子，翘起的黑皮鞋上招摇地粘着一张绿色的五十元钞票，引诱着路人。陶竹又回想起在旅馆楼下的超市里，一位顾客刚拿起货架上的麦圈，漏了底的包装盒哗啦一下将麦圈倾泻而出。陶竹还回想起在旅馆的前台，就在办理入住手续时，服务员皱起眉，直勾勾地盯着他看，碰到他眼神时又尽量躲闪，营造出诡异的气氛。陶竹看了看旁边墙上贴着的一张"通缉令"，发现上面的照片赫然就是自己。从照片上陶竹的神情来看，那正是刚才在超市偷拍下来的。散落的麦圈跳在陶竹的鞋子上，惹他发笑。陶竹仔细端详了一番，觉得比他照过的任何一张照片都好看。

陶竹这样想着，周身的肌肉绷紧了，用力撞了三下，换来女子的轻吟。弹簧床相当柔软，嘎吱吱的声音格外好听。尽管静了音的电视屏幕发出的光驱散了些许黑暗，女子肚皮上的肤色还要更黑，肚脐就像一个黑洞。

也许可以娶了这女子。

陶竹为自己冒出的念头吓了一跳。他甚至还不知道她的真名呢。不过，那又有什么关系。陶竹在女子的眼神里分明看到了一种似乎像爱情的东西。为使自己不至于过早结束，陶竹眯起眼睛，盯着电视。

电视里播放的是在商场的扶梯处，一个看上去眼神妖媚的男子站在上行的扶梯上，迅速地摸一把下行扶梯上的男性路人的手。愤怒，困惑，暧昧，兴奋，写在那些被摸了手的男人们的脸上。

画面旋即切换到演播现场，众人面带笑容，齐齐鼓掌，像是为陶竹欢呼雀跃似的。

"啊……啊……"

女子突然大叫了两声，周身剧烈抽搐，嘴角冒出沫子，翻出了眼白。

"你怎么了？没事吧？"

陶竹吓了一跳，连忙退出，拧开了床头灯。

女子还在抽搐，从嘴里冒出的沫子更多了。

"别吓我啊！"

陶竹拍了拍女子的脸，又狠下心，抽了她两记耳光，狠命地摇晃着女子。等动作全停下来，女子呈现出来一张死人般的脸，沫子还在不断地往出涌。

该不会是刚才 K 粉吸多了吧。

陶竹跌跌撞撞跑到卫生间，用手捧了把水喝了下去，吐在水池中的一口痰里全是血。陶竹的牙龈似乎在一瞬间肿了三倍，疼痛刺激着神经，他打起精神，用颤抖的手指拨通了急救电话。

救护车里，除了陶竹和女子，还躺着位摔断了腿的年轻人，在用指甲拔着下巴上冒出来的胡茬。据说是在地下通道拍路人肩膀时不慎从楼梯失足跌下的。车厢里竟有台薄薄的闭路电视，静了音，不过年轻人依旧看得津津有味，似乎忘记了疼痛，不时发出几声轻笑。

陶竹俯身握住女子的手，女子脸上的三枚浅痣清晰地呈现他的眼前，它们能连成一条线，简单又直接。陶竹甚至还发现一枚，在女子的太阳穴处，四枚依然可以连成一线。

陶竹紧盯着女子的脸，生怕错过她露出的一丝表情。他头痛得厉害，满口牙齿仿佛都松动了，但还不至于晕厥。

女子的眼睛开了一条缝，下巴朝前点了点。

"你终于醒了，没事了吧。"

女子的下巴继续朝前点。

陶竹扭头一看，电视里出现了一个男人的身影，穿着风衣，一身墨黑，分头梳得很刻意，一脸错愕，嘴巴张大，露出肿胀的牙龈。画面配上一只飞过的卡通乌鸦，几滴卡通汗水，一串卡通问号，显得滑稽异常。

那男人正是陶竹，白天在广场上的陶竹。

女子的嘴动了一下，陶竹把耳朵凑过去听，女子发出微弱的声响。

"不过是玩笑。"

也许是幻觉，陶竹的耳边响起电视上才有的那一片机械的笑声。

陶竹觉得女子会随时跳起来，也可能就此死掉。哪怕是在开追悼会时，他也相信，女人会从玻璃棺椁里起身，冲着他露出微笑，对他说出那五个字。

A大调小提琴奏鸣曲

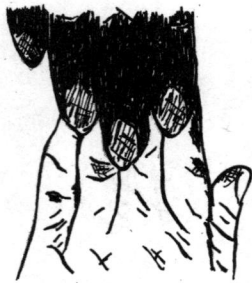

第一乐章　**Allegretto ben Moderato.**

　　钢琴终于发出沉缓的震颤，刚才一直笔挺地坐得有些木然的年轻演奏家的身子忽然游动起来。四个小节之后，身形肥硕的外国男子驾驭着纤细的小提琴加入进来，清亮的音符瞬间抵达每个角落，让每位听众的心里都不自觉地"啊"了一声。他五十来岁，头发金黄，合着眼皮，神态安逸，鼓囊囊的黑色衬衫上一张红润的脸，扣牢的衣领让脖子和下颚的肉混在一处，像是对他权威的加冕。一旦起航，顺流而下就好，无须再担心什么了，音乐厅中的男男女女暗自松了口气，一齐将郁积在胸中的烦忧吐了出去。

　　符澜紧绷的神经也懈弛了几分，每次听演奏会最紧张的时刻终于过去了，就是准备演奏前需要保持绝对安静的至少五秒钟——就像飞机起飞时刚脱离地面朝空中猛冲的一段最是难熬，他会恶心，耳膜弄不好会始终鼓得发痛，马上要爆裂了一般。

这次的开场尤为艰难。

先是手机铃声欢喜地唱了几句通俗歌曲，更糟的是手机的主人操着男中音从容地安排了结束后的夜宵。刚挂电话，一个孩子号哭不止，约好了接班似的，有种正在肢解这个无辜的生命的错觉，用的还是钝刀。符澜随众人寻找声音的出处，音乐厅的拢音效果超乎寻常，他甚至挪了挪屁股，好看看自己是不是无意间压到了什么。终于，不知道从哪个角落冲出个女人，抱着声源在全场的目送之下逃之夭夭。尽管这个凄厉的声源渐渐远去，却激活了无数个同质声源，他们像蘑菇，在潮湿的空气里纷纷冒出头，有哭有笑，或平白朗诵起唐诗，乱作一团。符澜忍住胃里泛起的一阵阵恶心，用纸巾擦了擦嘴角，想起自己那个聒噪的儿子，似乎忽然找到了耳鸣的病因。

钢琴演奏的青年尽管英俊，脸上却挂着不成熟的茫然，在小提琴大师挥弓授意下终于等到了交织的噪音在下一秒钟的短暂停滞，及时张开了十根手指，朝黑白琴键按下去。

"我儿子在这儿的话，我肯定也得抱他出去……"

莫骊把头一歪，波西米亚式的流苏耳环倾倒过来，顺带把一阵香风送到符澜的鼻孔下。符澜趁机一瞄，莫骊略微松弛的眼角倒是与那股香风的浓郁味道相得益彰。符澜不知道莫骊的话出于同情，还是自嘲，他想象着墨绿色大裙摆的莫骊夹抱着孩子匆忙行经舞台前的画面，像只色彩斑斓的金刚鹦鹉惊鸿一瞥，将秃鹫们的眼睛牢牢抓住——台下那些个谢了顶的中年男人难道不像吗？符澜抓了抓脑后稀疏的头发，斜了眼后方，果然捕捉到投在莫骊脖子上的两道暧昧的目光。符澜不免有些自得，他承认莫骊的脖子如今依然很美，便故意歪过头，用手掩住嘴，凑近低声说道："据说那把琴价值千万，斯特拉地瓦利的作品。"

"啊……是吗……"莫骊把眼睛从年轻演奏家身上挪走，眯起来朝小提琴那儿望去，"可惜没带望远镜。人民币吗？"

"人民币就得上亿了……"

符澜微微一笑，顺着莫骊的假睫毛往台上看。小提琴被演奏家臃肿的身形夹抱着，腮托位置垫了块白毛巾，愈发看不真切本体了。

符澜并不知道琴的价格，不过多说一点总是没错的。至于对烦琐人名的记忆能力，大概跟他从小爱读俄罗斯及东欧文学有关。符澜想起第一次跟莫骊一起听现场的小提琴奏鸣曲时曾讨论过乐器的价格，它在意大利美女小提琴家娜嘉·萨勒诺·索能伯格的映衬下熠熠生辉。随着岁月的流逝，名贵的乐器会越来越值钱，也许比起十五年前，那把琴的价值翻上一倍也不足为奇。

坐在符澜前面的是一对儿年轻情侣，大概就跟当年他和莫骊一样的年纪，像他俩的灵魂逃离了此身老朽的躯壳，活脱脱披上鲜嫩的皮囊。符澜侧耳倾听，两个年轻人也在谈论成为今晚主角的那把小提琴的价格。

"至少十万块吧。"

"卢布吗？"

"那得八十万。"

"是嘛，够首付的了。"

"南环城那儿两居室足够了。"

"新开的那家楼盘吗……"

跟小情侣间的对话内容相似，只不过那时候符澜跟莫骊讨论用的计算单位是里拉。如果符澜当初有那么多的里拉，那么今晚现身在这场演奏会的也许就是他跟莫骊，还有他们的孩子，那孩子的唇边也许已经冒出绒绒的胡须，根本不用担忧他在开场前突然哭闹起来。

这孩子的鼻子应像莫骊，鹰似的；嘴唇该像自己，薄薄的；腰肢是莫骊的，后背是自己的；大腿是莫骊的，双脚是自己的。符澜在头脑中造出个人形，随着音乐的韵律把这人从脑袋瓜里晃出来了似的，这人在空中悬浮，飘到舞台，不就是远处坐在钢琴旁正卖力演奏的那位吗？

两位情侣几乎同时举起手机，"咔嚓咔嚓"连拍了几张，还不过瘾，又录了几段，之后彼此不再言语，埋头各自编写准备发表在朋友圈里的感想。符澜抽回向前伸着的脖子，侧脸一瞧，坐在身旁莫骊也在编写感想，放的两张照片是刚拍的，一张是舞台上的场景，另一张是她手持门票，巧妙地将一截白皙的大腿收入画面，照片一角隐约现出一只凑过来的男式皮鞋。符澜近了看，那只皮鞋是他自己的。

"发这张……不好吧……"

符澜伸了伸小指，微微颤了两下。

"这张吗？"

莫骊用紫指甲点了点，咧开嘴，从牙根的颜色看，她现在还保持着吸烟的习惯，"放心吧，是分组的。跟姐妹们要显示一下嘛……"

说着，调皮一笑。

那种调皮或是俏皮，似乎不该浮现在这般年纪的脸上，但在那一瞬间，莫骊的青春仿佛重回，活力灌入她体内，从每个毛孔里渗出来，那般熟悉。符澜虽暂时止住了摸索过去的手，不过他知道那一刻到来用不了多久。

"拉小提琴的那个人叫什么来着？"

莫骊的拇指悬在手机屏幕上方，翻了翻眼皮。

"阿列克谢·维萨里奥诺维奇·科斯莫捷米扬斯基。"

符澜背出了这样长的名字。宣传海报贴在入门口，他扫一眼就记住了。

"好长的名……阿什么斯什么……算了，就写功勋艺术家好了……"莫骊念叨着，忽然抬起头，轻柔地说："你记性还那么好。"

功勋艺术家阿列克谢·维萨里奥诺维奇·科斯莫捷米扬斯基教授小提琴独奏音乐会昨日在 C 城银河音乐厅举行……科斯莫捷米扬斯基纯熟精湛的演奏技巧博得了现场观众的一致好评。

符澜闭了眼睛，让音乐缓缓流进他的耳朵，顺便编了一段明天将刊发在《艺术鉴赏家》"C 城每周艺术简讯"栏目的新闻。钢琴始终在中低音域稳稳徘徊，如同一个男子平躺在雪白的床单上，温柔地托住他上方的女子的腰，配合着小提琴。她的狂放与肆意，甩动的长发，跳动的乳房，簌簌流淌下的汗水。女子忽然仰过头，发出悠长的喘息，他们的欢喜在同一个音符上达到巅峰。

乐章间的休止符

"各位！各位听众！"

音乐声刚停，台上忽然传出几声低沉有力的呼唤。符澜睁开眼睛，跟所有人一道好奇地把目光投到前方，那一瞬间倒是这座小型的音乐厅内难得的鸦雀无声。

空空的舞台上除了力勋小提琴家、钢琴演奏者，多了个身着黑色燕尾服的男子，他身材瘦小，站得笔挺，看上去二十来岁，一脸严肃，严肃得让空气中竟有些肃杀的味道。符澜抓住扶手，身子朝前探出去。

"刚才诸位听到的演奏，并不是什么古典名曲，也非乐谱上的曲子。实际上，它是由两位艺术家刚刚即兴创作出来的。是的，我们在节目单上编了个名字——A大调小提琴奏鸣曲，还注明了作曲家。其实，根本没有这个曲子，也不存在这位作曲家，当然更不是什么A大调……"

燕尾服男子说到此处故意停顿了两秒。

台下窃窃私语起来，符澜与莫骊对视了一眼，不约而同看了看节目单，没有说话。

"而至于这两位艺术家……"

男子重新开了口，音乐厅马上恢复了安静。

"他们其实并不是艺术家，这位……"他指了指演奏钢琴的青年，"是来中国学汉语的斯里兰卡大二学生，他学钢琴才一年，刚才诸位听到的就是他的即兴演奏，俗称乱弹。而这位……"他指了指老男人，满脸笑意，"他是来中国旅游的保加利亚游客，前天下午参观植物馆时我们才认识，相谈甚欢，与我们的计划一拍即合。他年轻时学过一阵小提琴，退休前是当地涡轮机厂的工人，算是单位的文艺骨干吧。他们两个刚才是第一次见面，第一次合作，怎么样，还不错吧？"

燕尾服男人平端起双手。

"没错，各位！这场演出是我们精心组织的一场恶作剧。"燕尾服男人笑起来，依然是彬彬有礼的做派，语气持续加重，"我们要看看你们，这帮领了免费门票的伪君子们，附庸风雅所谓的高雅艺术，是如何在台下装作如痴如醉地欣赏的！是如何把照片、视频发到朋友圈去炫耀的！看呐！我在小型音乐厅独家欣赏俄罗斯功勋艺术家阿列克谢·维萨里奥诺维奇·科斯莫捷米扬斯基的小提琴演奏呢！美不胜收啊！这名字编得不错吧。哈哈哈哈哈……"

符澜的脸涨得通红，紧攥着拳头。他在三秒钟内把各种奇怪的线索拼在一起——一路只见到两个检票的工作人员，根本没有报幕员，而且，眼下的这间小型音乐厅想来也很诡异，仅能容纳百余人，难道艺术大师来访献艺的场面不该更隆重一些吗？无论如何也应一票难求的吧，怎么来的人感觉鱼龙混杂呢？

想到这一点，符澜倒有些不好意思了，自己不就是混杂进来的一双鱼目吗？符澜无助地看了看莫骊，她不知是为了掩饰尴尬，还是真的有什么事，低着头在手机上飞快打字。如果门票是符澜给莫骊的话，那么现在埋头打字的估计就是符澜吧，他忽然觉得自己今天精心的打扮很愚蠢——梳得一丝不苟的头发很愚蠢，系的暗红色领带很愚蠢，擦得反光的皮鞋很愚蠢，连着莫骊的波西米亚风情也显得蒙昧起来。燕尾服男子的高声演讲就像是对符澜旧情重温企图的无情嘲笑，他又犯起了恶心，耳膜被心跳敲得生疼。

回想起刚才听到的音乐，似乎不那么谐和，钢琴的声音漫不经心，几个简单的和弦来回变换吧，小提琴虽说流畅，有时却相当刺耳，吱呀呀的完全抓不住旋律。符澜听时还为自己找出来"无调性音乐"或"印象派音乐"的说辞得意不已，他本打算把这两个词解释给莫骊，尽管她早过了因玄虚的学识而崇拜一个男人的年纪。不过，当初她欣赏并爱上自己的不正是那种玄虚的魅惑吗？皮格马利翁效应、玻尔兹曼分布、特斯拉线圈、帕累托最优、格里高利圣咏……每一个玄虚的词仿佛都是通往未来新世界、新生活的可能性。

不，不是的，符澜与莫骊之间想来也没什么新世界或新生活可通往了，至多他们在这场音乐会，噢，不，是恶作剧结束后，可以走在通往某宾馆的路上，在铺着雪白床单的松软大床上卸掉那些愚蠢、蒙昧的衣服。符澜又回味了一遍第一乐章的结尾，他的确在幻想中看到了两副栩栩如生的人体纠缠在一起，难道那仅仅属于来自保加利亚和斯里兰卡的音乐门外汉带来的错觉吗？

忽地，舞台上一阵骚动，莫骊拉了拉符澜的袖子。

符澜睁开眼，恰捕到燕尾服男子飞身下台往安全门处奔跑的背影，身后有两人跟跄追去，从敏捷度上看远非对手，走廊里传来大笑的回声，逐渐远去。

这时，又有个人跳上台，把扔在地板上的麦克拾起，"喂"了两声，操着平静的语调说："抱歉，刚才是个意外。请大家继续欣赏第二乐章。"

刚才发生的才是恶作剧吗？

符澜愣了两秒。

难道就这么两句简单的解释就完事了吗？

符澜简直要愤怒了。不过，他没有发作，因为他发现所有人竟然都异常平静地接受了这样的解释，似乎并不符合常情。符澜正奇怪，往舞台中央看去，顿时明白了原委。两位可怜的异国艺术家一站一坐，呆呆地保持着泥塑般的姿态。一分钟前发生的短暂插曲大概超出了他们的理解与想象的边界。这时，观众们友善、热情的掌声及时响起，一股股热浪夹杂着欢呼声涌上舞台，唤回了他们走失的灵魂。大伙儿默契地拍着手，好像刚才登台的不速之客是成功解说第一乐章深刻内涵的导师——除了最后那一段儿逃走与追赶的情节实在无法自圆，其他的似乎说得过去。

功勋艺术家瞅了眼坐在钢琴旁的年轻人，单手持琴，把毛巾重新铺了铺，夹在肥嘟嘟的下巴上，晃了晃身子，像要把脚扎牢在地面，立定后，冲钢琴家点了点头。钢琴家像是有意在等噪音的到来似的，把手放在琴键上停了好一会儿，符澜跟音乐厅里的所有观众一起摒弃凝视，出奇的安静，代燕尾服男子虔诚地赎罪一般，一齐等待第二乐章第一个音符响起。

第二乐章　Allegro

应该是巧合，第二乐章的开头由钢琴演奏家奋力砸出，跟第一乐章中温文

尔雅的绅士身姿判若两人，尽情宣泄在异国的舞台上遭遇的不公待遇一般，头跟鸡啄米似的硬硬地甩动，飞速在键盘上滑翔的手指看得人眼花缭乱，细密的音符播撒出去。符澜尽管听不大懂，但显而易见，这般功力非数十年的专业练习而不可得，他不禁也动起手指来，仿佛眼前摆上一架钢琴，也能立即完成同样绚烂的技巧。十三个小节之后，小提琴加入到这场控诉中，功勋艺术家的运弓果敢坚决，揉弦的颤动好似痉挛，整个人紧绷成一块，连两颊跟肚子上赘肉的甩动都利落起来。符澜偷偷按了按自己鼓囊囊的肚子，想象把莫骊按倒在床上，在她身上蠕动的情景。这一幕的确并不令人赏心悦目，莫骊也老了，尽管她现在还可以用绮丽的异域风情将自己装点，待剥去了所有矫饰，露出的将满是沟壑的肚皮跟粗糙松垮的臀部——符澜本应有权见证这个漫长的衰老过程。

"他要是能拉《爱之喜悦》就好了。"

"这些大艺术家不屑拉那种曲子吧。"

"可是《爱之喜悦》真的很好听啊。"

"就是你设成起床闹铃的那个曲子？"

"对啊！"

"一听那曲子我就精神紧张。"

"怎么？"

"必须要起床了呗……"

年轻情侣之间的对话超出了耳语的音量，叫符澜忆起《爱之喜悦》中熟悉的一串音符，仔细端详印在他们脖后的文身，不难发现，合在一起便是幅完整的图腾，圈内两个交织在一处的两个字母——M 和 F，大概各取二人的名字而组成。符澜猜想，在他俩的身体别处一定还文着类似的图案，在交合时巧妙地合二为一。那时候，符澜醒来的臂膀总是酸痛的，是整晚要将莫骊揽入怀中的缘故，叫醒他们的不是《爱之喜悦》，而是多功能闹钟里播放出来的沙哑的《献给爱丽丝》。这曲子比《爱之喜悦》还"俗"，台上的艺术家若是肯演奏《献给爱丽丝》作为安可，符澜不敢确定自己会不会流下泪水。符澜看了眼莫骊，如果不是扶手的阻隔，他恐怕会试着将她拥入怀中，就像前排的两个年轻人一样——如果并不需要这样的亲密动作，那么莫骊为什么会突然邀请他来听这场无聊的音乐会呢？

"你看……"

符澜指了指情侣颈后的文身。

"现在的年轻人真疯狂呐……"

莫骊做出夸张的表情，眼睛瞪得很大。

"我们也有，你忘了吗？"

"你是说……"

莫骊显出困惑的神情，看符澜把衬衣袖口的一枚扣子解开，露出小半截胳膊。

"你不记得了？在这里，几乎同样的位置，你也有颗。"

符澜随着小提琴有节奏的拉动，用食指蹭了蹭胳膊，要把痣擦亮似的。

符澜和莫骊曾为他们之间每一处牵强附会的相同或相似乐此不疲，似乎能作为此生紧紧相连的证据，现在想来多少有些幼稚，不过此刻作为重返过往的路标再合适不过。莫骊领会了，也露出胳膊，但只有两道清晰可见的疤痕横亘在那里，痣却不翼而飞。钢琴持续地沉吟，让小提琴的歌唱愈加锐利，符澜在其中听到了一股悲怆的意味。

"五六年前吧，有次云做美容，优惠，差一个，就用激光打掉了。"

"噢，噢……那……"

符澜谈不上失望，他更关心那两条疤。

"我丈夫……喝完酒……身上也有……好多年了……"

莫骊半遮住嘴，确保将声音安全地送到符澜的耳朵里。

"他怎么……"

符澜险些大声喊出来，幸好被莫骊的指甲抠了抠大腿。

"你那边的眼睛难道也是……"

符澜尽量控制住声音，忽然想到看着总有些不大对劲的右眼球。

"是呀，是呀，险些瞎掉啦……"

莫骊的语气像在逗小孩子，含着诡异的笑，让符澜联想到死去的外婆，"等你长到这么高，我就死掉啦"，面容跟语调竟与莫骊重叠一处。

"他……他……你……"

　　符澜要说点什么，看到莫骊歪斜的右眼眶迅速积满了液体，喉咙便堵住了一般。符澜闭上眼，握住了莫骊干枯的手。小提琴像只鸟，在半空中挣扎、嘶叫，在钢琴卷起的风土中扭动着羸弱的身躯，划出蜿蜒复杂的曲线，突然被击晕了似的直线坠落。符澜稳稳接住莫骊，在原上奔跑，他在奔跑中俯身亲吻莫骊，从她的眼窝掉下来一只眼球。

　　啪嗒。

乐章间的休止符

　　"大家辛苦了。"

　　舞台上站上来一位面容清秀的女孩，学生模样，带着一副纤细的眼镜，跟她纤细的身体相搭，声音也是细细的，即便借助麦克也毫无侵犯性，可能因为紧张，声带颤抖着，灯光打在她脸上是苍白的。

　　"我想利用这个机会做一项社会调查，请大家配合。第一乐章，听懂了的请举手。好，好……没听懂的请举手，好，好……剩下都没举手的是半懂半不懂吗？"

　　除了极少的几个人动了动胳膊，大多数人都无动于衷，听完女孩的问句，音乐厅里发出"嘿嘿"的一片轻笑。这样直白的发问让人略微尴尬，所有人都等着女孩还能问出什么问题，保持了十足的包容与耐心，符澜适时松开了握住莫骊的手。

　　"当你们听到宣布这两位演奏者是冒牌货的时候，有谁相信这是真的请举手。好，好……不相信这是真的请举手，好，好……剩下没举手的是半相信半不相信吗？"

　　这次台下的笑声又小了些，大家仿佛都不大愿意回忆刚过去那段并不愉快的历史。符澜稍稍起身，往四周望了望，想寻找朝舞台靠拢企图围捕这女孩的工作人员的身影，然而扫视了几圈并没有特别的发现。

　　"第二乐章演奏中，你们相信这是真的艺术家的请举手，好，好……觉得这两位是假艺术家的请举手……"

　　听众席中忽然竖起来十几只手，不少人跟风也举了起来，引来一片嬉笑。所有人的眼光都齐齐落在台上的小提琴手和钢琴手的身上，他们脸上浮现出的莫名其妙的表情又引发一轮此起彼伏的笑声。

　　女孩的脸变红润了，用圆珠笔认真点了点人数，将数字记录在小本子上。

　　"那么，截止到现在，认为这两位是艺术家的请举手。"

　　应者寥寥。

　　"认为这两位不是艺术家，至少不是宣传中的那样的艺术家的请举手。"

　　不出预料，连符澜跟莫骊都举起了手，音乐厅旋即爆出笑声。在笑声的伴奏下，符澜如愿以偿看到一位工作人员笨拙地爬上舞台。

　　工作人员跟普通人的区别只是脖子上挂着一个不明所以的牌子，他年纪跟女孩相仿，面对如此纤细白皙的女孩有些羞赧，犹犹豫豫抢夺麦克的动作颇为扭捏，女孩同样回以扭捏的躲闪。这出你来我往的滑稽戏叫在场的观众看得津津有味。女孩躲闪间不忘趁空隙将麦克放在嘴边，断断续续说道："这是……有关集体无意识的一个调查……这个实验十分难得……做毕业论文要用的……别……干吗呀……"

　　最终，麦克还是被抢走了。相对而言，是柔和的方式，取决于女孩决定放弃了抵抗。将女孩请到台下的方式也是柔和的，女孩顺从地跳下台时，还将手搭在了工作人员——那个满是害羞男孩的手上，观众席中发出轻浮的口哨声，听来倒像是某种祝福。

"那个男孩可能喜欢上她了。"

"不会吧。我怎么没看出来。"

"从表情和动作，很明显的。"

"要是真喜欢上了，应该让那女孩说下去嘛。"前排的男孩操着不以为然的语调。

"那女孩明明说完了她想说的所有的话呀。"女孩的解释似乎无可辩驳。

"也许吧。"男孩不大服气，接着说，"但是，这样的调查数据也没什么参考价值。你看大家根本没认真举手嘛。"刚说罢，男孩伸手拨了拨女孩额前的刘海，"你真的以为他俩是冒牌吗？"

在演奏时，麦克孤零零地支在钢琴前，没有任何防护。实际上，演奏用不着麦克扩音，只是个摆设罢了，看来它目前唯一的功用就是吸引燕尾服男人，或是白皙的长发女孩前仆后继，爬上台来发表演说。符澜看着被抢下来的麦克重回麦克架，有些担忧，好在这一次台侧多了个看来准备恪尽职守的工作人员，他的身材比刚才拉女孩下台的那个男孩要健壮许多，看上去比较可靠，这回总不该再出什么问题了吧。

符澜把注意力从台上转到台下，想问问莫骊身上的伤痕，还有她的丈夫。刚张了张嘴，掌声又响起来，让符澜不得不跟着拍了拍手，目光再次投向舞台。功勋艺术家依然保持着沉着、冷静的风范。在世界各地巡演时，他一定遭遇过更戏剧性的突发事件，尤其在没有欣赏古典音乐传统的国度里，不合时宜的掌声、笑声与哭闹声恐怕司空见惯。据说前阵子带着庞大乐团来 C 城巡演的指挥家还曾在一次演出中被当地的恐怖分子劫持。相比之下，功勋艺术家在今晚的遭遇值得庆幸。

热情的掌声总会缓解、稀释所有的不如意。符澜被观众席中的气氛感染，也用力地拍着巴掌，他好像很久没有如此卖力地鼓掌了，上一次大概可以追溯到从上个充满官僚气息的单位离职之前。莫骊也努力地鼓掌，脸上带着笑意。符澜之前并没觉得莫骊的笑有什么别的含义，不过他现在总感觉到她周身的疤在颤动。也许右手腕上佩戴着的那个造型夸张的手链是为了奄饰一处更严重的伤痕？符澜在头脑中修正了与莫骊交欢时的场景，他的手抚摸到的不只是已变得不那么光滑的皮肤，可能还有道道沟壑，拍红的巴掌引发的麻与痒让他浑身不自在。要不是年轻的钢琴手在钢琴旁做出了夸张的准备动作，符澜的胀痛与酸楚恐怕还将持续。

第三乐章　Recitativo – Fantasia；Ben Moderato

符澜已熟悉了钢琴先行进入的路数，他觉得钢琴的存在代表一股侵犯性力量，它有时表现出稳固与妥帖，但时而又是狂妄与暴戾的，整支曲子也许是两性关系的隐喻。小提琴终于进来了，还是带着那种天生的被迫害的气质，优雅的挣扎，逃不脱宿命的感觉。钢琴狂暴地拉扯着小提琴，小提琴显得如此无助与羸弱，这与清瘦的钢琴家跟肥胖的小提琴家之间形成了强烈的视觉反差。年轻的钢琴家温文尔雅的模样在纵情演奏时迸发出的力量让人敬畏。符澜不知道是不是自己的错觉，或误解，钢琴家的演奏简直就是莫骊前半生的映照。

符澜承认，他打过莫骊，那次莫名的冲突直接导致了他们的分手，他们或许期待这样的冲突，好不体面地结束那段恋情，他不清楚殴打莫骊会不会上瘾，看来莫骊的丈夫是真的上瘾了，而且，那个男人居然让符澜有些嫉妒，不是嫉妒他占有了莫骊，而是莫骊可以接受那男人的肆意摧残。符澜似乎对莫骊来找自己的企图恍然大悟，她要逃离那个让她满是疤痕的丈夫，哪怕是短暂的一瞬，就是今晚，没有什么会比旧爱带来的抚慰更多了。或者，一个女人不肯轻易暴露她的不幸，尤其是在老情人面前，佯装幸福可能才是常态，如此说来，莫骊有意在他眼前展示伤痕难道是想博得同情，然后打算跟自己重归于好？这未免……符澜看了眼莫骊，她正认真观看演出，不知道是不是装的，钢琴的一段华彩袭来，让她的嘴角展露微微的笑意。

"那个……你跟你丈夫……"

符澜艰难地起了个话头。

"不要提他了吧，我快离婚了。"

莫骊还目不转睛地盯着舞台。

果然……

符澜心里念叨着，正了正身子。莫骊是早就知道符澜已然独身许久了的，他与莫骊分手后的那段婚姻过于短暂，若不是那女子生了孩子，符澜简直都快忘了自己曾有过婚史，若不是那孩子被女人生了出来，他简直也快忘了他前妻的相貌——她跟莫骊年轻时有几分相像，经历也相仿，后来再婚也嫁给了一个工程承包商，总之是常游走于各级政府间的神秘人物。符澜想到莫骊，莫骊的丈夫，自己前妻的现任丈夫，以及自己的前妻，也许他的前妻身上现如今也像莫骊似的爬满了疤痕。符澜想到这里，也展露出了一丝笑意。

莫骊双手合十，放在唇边，专心致志观看演出，这段钢琴表演着实精彩，符澜趁机斜眼窥视她袖筒里那两道疤。没了第一眼发现时的惊异，符澜仔细琢磨着隐隐约约浮现出来的痕迹，它们更像是刀伤，或者准确一点说，是通常自杀时在手腕处割下的那种刀伤。

"那弹钢琴的好帅呢。"

"你才发现他挺帅的？"

"他本来就不差啊，还有自来卷呢。"

"你以前不是说过挺讨厌自来卷吗？"

"你吃醋了？"

"怎么会……"

前排年轻情侣之间的对话声音不小，莫骊微微皱了皱眉头，好像从刚才投入的状态中走了出来，深深呼了口气，小提琴的声音重新占据上风。

"听说你现在合伙搞艺术自媒体呢?"

莫骊理了理头发。

"不吃公家饭了，自己辛苦点。"

"应该很赚吧。"

"还好……"

符澜觉得问到此处莫骊的企图应该呼之欲出了，他把十根手指交织在一起，等待莫骊的下一个问题。

"可以借我五万块钱吗?"

"啊……"

符澜被这个问题问得猝不及防。

"很快就会还你的，放心吧。"

"五万块啊……"

符澜计算了一番，他觉得要跟莫骊上床的代价有些高了。符澜并非拿不出来五万，只是莫骊现在这样一副肉体实在提不起他更多的兴趣，如果一会儿在去宾馆前吃顿像样的西餐没准儿还能保持兴致勃勃。她应该清楚目前自己的身价，不然就太没自知之明了，即便被她的丈夫打得累累伤痕，也并不能使这个价格有所提升。

妈的，又不是我打的。符澜暗自骂了一声，旋即又更正了一下——分明就是你自己割的，妈的。

"好啦，好啦。"莫骊忽然笑起来，"跟你开个玩笑啦，看把你吓得。我怎么会跟你借钱呢?"

"在高雅艺术面前谈钱，庸俗了噢。"

符澜轻松地笑起来，腿不住地抖动，倒像快速揉着小提琴琴弦的那条胳膊。

"不过，我有个相好的。这边离了婚，马上就可以结婚了。"

"又开玩笑……"

"说真的……"

符澜听出了乐曲临近结尾的惯常程式，没什么新的创意，像在引诱听众鼓掌似的。

乐章间的休止符

在场的听众们终于抓住了乐章结束的点，但他们似乎忘记了，按照常规的礼仪，乐章之间的短暂休止是不应该鼓掌的。符澜跟大家一道陷入暂时的困惑中，他们明明感受到了演奏家即将结束此乐章的暗示，不过却不晓得是不是真的结束了，有没有下一个乐章。所以，当音乐停止的刹那，观众席中的一些先行者鼓起了稀稀落落的掌声，更多的人正犹豫要不要跟进。在功勋艺术家翻谱子的当间儿，守护舞台的工作人员径直走向台中央，这男人没有去拿麦克，胸腔是最好的扩音器，每个字都听得真真切切。

"感谢大家今晚的演出。"

这是他的开场白，浑厚的男中音。

"谜底终于将在第三乐章结束后揭晓了。今晚是我们克劳奇先锋实验剧社的演出专场。我们在场的所有人，包括你们，第一乐章结束后登台的赵先生，第二乐章结束后登台的苏女士，现在登台并正在讲话的我，另两位扮演工作人员角色的欧阳先生和宋先生，还有这两位表演艺术家，我们的特邀演出嘉宾，共同创造演出了今天的这出先锋剧。这出剧的名字就叫——A大调小提琴奏鸣曲。"

男人把右手的拇指跟食指掐在一处，举在半空，手腕随着声音有节奏地晃动。

"这场戏的主角是你们。"他做了一个勉强称得上是优雅的播撒动作，"你们在经历诸多意想不到的事件后的真实反应就是这出戏的核心。你们困惑着，激动着，怀疑着，思考着，尴尬着，释然着，又确信着。你们可能很久都没有集中而又密集地体会如此之多的复杂情感了。在这个封闭的音乐厅里，大家都进入到了对现代文明、对他人、对自我的反思状态当中。这是我们剧社推出的最新作品，希望大家以后继续关注我们的新作品。感谢大家的演出，在此我就不多阐释了，请大家欣赏 A 大调小提琴奏鸣曲的最后一章，也就是第四章，完成我们今天共同创作的最后一幕演出。谢谢大家，请……"

男人说罢，冲台上的两位演奏者做出了"请"的动作，之后从容走下台去，消失在门外。他并没有遭到任何阻拦，而且挂在他脖子上的貌似工作人员牌子的东西似乎佐证着他的权威。符澜没搞明白自己在今晚究竟是不是所谓的演员，难道在不知不觉中竟表演了一场名曰"A 大调小提琴奏鸣曲"的戏吗？还是刚才登台那人也不过是个搅局的精神病？这些似乎无从判断，众人没有鼓掌，被折磨得精疲力竭了似的，功勋艺术家或者是表演艺术家翻好了谱，开始了第四乐章的演奏。

第四乐章 Allegretto poco mosso.

钢琴又开始铺陈开来，它跟小提琴的纠葛继续上演，还是老一套，听得叫人有些厌烦了。无非就是一会儿默契地彼此呼应，一会儿争吵不已，拼了命地要扼死对方，一会儿一方倦了，默不作声，陷入了冷战状态，一会儿又忽然投入战火，撕扯得上天入地，一会儿又缠绵起来，比翼齐飞，柔情蜜意。就这些吧，还有什么新鲜的吗？周而复始，没完没了，好在，这也许是最后一个乐章了。

"一会儿去大全烧烤怎么样？"

"没兴趣，吃得头发都是味儿。"

"吃完洗个澡嘛，订的那家宾馆二十四小时热水呢。离这最近最好的一家了。"

"讨厌……这次别忘了在超市买，宾馆里的贵好几倍呢……"

符澜听着前排的年轻情侣的讨论，自己的胃也不觉地蠕动了起来，他想探身问一下那家又近又好又有热水的宾馆叫什么名字，在哪里，床软不软。

"你难道不想知道要跟我结婚的男人是谁吗？"

莫骊发了话，笑盈盈地瞅着符澜。

"你在开玩笑是吧？"

符澜准备迎接挑战。

"真的没有开玩笑。"

从莫骊眼中忽然闪出一丝光亮，那种盯着他看的眼神似曾相识。

"不会是……我吧。"

符澜狡黠地一笑。

"我没跟你开玩笑啦。"

莫骊轻捶了一下符澜的腿。

"那是谁？"

符澜真的想知道答案了。

"就是他……"

莫骊指了指，顺着她的手指，符澜望向舞台。

"那个……拉小提琴的功勋艺术家？"

符澜眯起眼睛，看见那个胖子正闭着眼，抖动肥硕的身体。

"讨厌。是弹钢琴的那个啦！"

符澜的腿又挨了一下捶。

"那个弹钢琴的外国人？"

"是啊，就是他，我俩认识有段时间了。"

"别闹了。"

"真的，要不你怎么能坐到这个位置上，这是听演出最好的位置。"

"最好的位置不是第一排吗？"

"真不懂呀，最好的位置就是在这里。今天特意让你过来捧捧场嘛，写篇报道多宣传宣传。"

符澜举起两臂，用手揉了揉太阳穴，咽了几口唾沫，有气无力地看向莫骊。

"他真的要跟你结婚？"

"是啊，他叫帝伐那伐特里亚斯托拉·兰卡·朱尼厄斯·古塔瓦。"

"妈的……这么长的名……"

"什么？"

"我说……你未婚夫怎么这么长的名……"

"斯里兰卡人的名字都这么长。"

"他真的是斯里兰卡人？那……那个功勋艺术家，他……"

"对啊，那位是他老师，保加利亚功勋艺术家。"

"他妈的……"

"你说什么？"

"这个乐章快要结束了吧？"

保加利亚功勋艺术家做了收势，高高扬起琴弓，莫骊的男友，那个斯里兰卡人——还是不提他的名字了，也高高举起一只手，胸脯上下起伏。他的胸毛一定很长，莫骊一定爱死他的胸毛了。

音乐厅众人会意地及时爆发出欢快的掌声。

"好！好！"

符澜打了声响亮的口哨，站起身来高声喊了两句好，他把手拍得生疼，惹得前排的两位年轻情侣转过头瞪过来。那男孩长得

还真像自己年轻的时候，女孩的眼睛也像莫骊。

好像又有人要往舞台上爬了，如果这次没人爬，符澜倒想试一试，也大声宣布点什么。

"好！好!"

符澜忍不住又喊了两声，声带泛出一股血腥味，在头脑中略微修正了一下这篇报道——

保加利亚功勋艺术家阿列克谢·维萨里奥诺维奇·科斯莫捷米扬斯基和钢琴演奏家帝伐那伐特里亚斯托拉·兰卡·朱尼厄斯·古塔瓦的音乐会昨日在C城银河音乐厅举行⋯⋯科斯莫捷米扬斯基和古塔瓦纯熟精湛的演奏技巧博得了现场观众的一致好评。

去文化广场看奥巴马像

"老安，CA1649，北京飞长春，12 日 12：55 到达。请带詹姆斯夫妇去文化广场看奥巴马像。费用刚才已发支付宝。多谢！回去请你喝酒。"

电　梯

壁挂广告机正播一条洗发水广告。电梯间弥漫着廉价盒饭味。

男子裸露上身，显出腹肌，在喷头下揉搓头发。泡沫冲净，眉头舒展，露出白牙。

"去屑，就靠它！"

低沉，有力。

水流将洗发水瓶推到近前，通体黑色，棱角分明，呈倒三角，同男子体型相仿。画面定格两秒后，屏幕一闪，男子再次出现在屏幕中，身着深色西装，步入办公室。走在身后的女子发现落在他肩膀上的头屑，收起笑容，惊呼一声。

"呀！你有头屑了。"

"怎么办呢？"

"试试这个！"

然后就是男子在洗澡。

每条固定循环三次。

下一条该是妇产医院的广告。

安克见过广告中的歪嘴男子，在一场见面会上，影票是正常价格的十倍。见面会持续了十五分钟。电影放映前，一名副导演和三名主演站成一线，传递麦克风，讲了些客套话。安克为当时的女友掏了票钱——她如果最终答应跟安克上床，无论当晚，还是之后的某一晚，便值了票价。

来的四人中有一位颇具人气。那男演员的头像印在袜子包装上，安克穿过，所以面熟，从现场的欢呼声中也听得出来。男星瘦高，口音像是初学普通话，或患了言语障碍，挤出的每个字都换来了掌声与尖叫。

女友因男星释放的热情若能分万分之一给安克，便足够上床用了，可能还不止一次，但直到分手，安克也未及万分之一。过后算，票钱是安克与女友关系存续期间他的最大一笔"投资"，换来一次牵手和数度微笑，没有亲吻，更没有上床。

她到底做没做过安克的女友，取决于对"处处看"的理解。可能相当于"试用期"。来到公司，通过面试，交了手续费，跑了几桩赔本买卖，之后被莫名辞退，没有工资，费用不退。

这样看，还是称所谓"女友"为"谭女士"更恰当。

谭女士评价男星是"无精子的男人"，肯定不是指这人丧失了制造精子的功能，也不是说不会引发性幻想。安克猜想，大概是指"前戏"足够长，长到忘了精子这回事；或者足够"安全"，不必担忧意外怀孕。安克曾试图理解，但"无卵子的女人"只会让他想到更年期的妇女。

谭女士无疑是会产生健康的卵子的，只是安克的精子没机会与她的卵子会合了。虽然不可能把这笔账算在男星的头上，但那次见面会后，安克再没穿过印着男星头像的袜子，矿泉水也没喝过。

站在超市电梯间的胖女人一直仰头盯着屏幕，左右腿交替换着支点，有点疲惫。男星的影像消失后，她将眼光移到脚下，瞧着黑靴子上沾着的泥。挎在她臂弯的购物袋上印着男星的半身像，露了牙，没露胸，歪着嘴，冲安克笑。

妇产医院的广告终于来了，轮到安克扬起了头，男星手持洗发水的一幅动图始终固定在右下角，晃来晃去，让他的注意力无法完全集中在年轻的女护士身上。

　　电梯间的左侧贴着整容广告，一张巨大的女人脸，嘴唇鲜红，面无表情。右侧是一张男人的脸，修着精致的胡须，也没有表情，下方印着一台车，漆面平滑。对着电梯门的墙上是拼盘演唱会的海报，七个男女盯着你，摆出欠揍的姿势和表情，指点着你。安克轻轻拍了拍头发，头屑飞起来，他忍不住又使劲搔了搔头皮，唤醒了更多头屑。几颗大块头屑精准停落在胖女人的皮夹克上，皮夹克黑亮，撑得鼓鼓的。

　　要是在此处杀了眼前的胖女人，血量充足，一定能喷到电梯顶，把四周的白脸都染红。坏掉的监控器会使破案的难度陡增。警察会提取指纹，可安克戴着手套。通过鞋印，警方大概可以推断出安克的体重、身高与年龄范围。最关键的是，他们会收集飘落在整间电梯的大量头屑，检测其中的 DNA，缩小范围，经过比对，最终将安克捉拿归案。

　　安克摸了摸口袋，并没有刀，揣着一把酒店的塑料梳子。正这样想着，到了一楼，胖女人疾步走出电梯，敏捷得与身型成反比。安克离开电梯时，里面传来一声女人的惊呼——

　　"呀！你有头屑了。"

机　场

　　外头下起了鹅毛大雪，像头屑。四月还能如此，着实罕见，安克原以为再过两天就可以穿短袖了。树上刚发出的嫩芽被雪包裹，让人想到"冰鲜"二字。

　　到机场四十分钟的车程，安克开了一个半小时。

　　车轮碾压积雪发出怪叫。安克喜欢听些奇怪的声响，碟盘碰撞的铛嚓，毛衣静电的噼啪，倒水入杯的舒噔，也包括挤雪的咯吱。雨刷器来回挥舞与玻璃摩擦的呜嘻，让收音机里的音乐模糊了几分。女主持人安排了一首据说适合此时天气的歌曲。于是，轻柔的男声回荡在车厢里，将卷舌音全部变成平舌音，将夹在其中的英文分作单音节。

　　"R－e－v－o－l－u－t－i－o－n－a－r－y……"

　　每个字母都拉长，像越开越远的路途。

安克望向前方，透过脏兮兮的前风挡玻璃和雪的迷雾，看见男星歪嘴的微笑。男星的脸足有两人高。一段弯曲的路圈出方小山包，一根粗壮的钢管插在正中，托起块巨幅广告牌。是能见度偏低的缘故，让烘衬广告牌的几盏照灯提前几个小时亮了起来，它们托着男星的脸，远远地指示出机场的方向。

洗发水瓶高出长方形广告牌一块，像从框中伸出，从平面变作立体，将虚幻化为现实。男星似乎随时可能从框里面爬出来，笑嘻嘻地说着蹩脚的普通话，如同飞机的轰鸣。这样，也许就能让安克有机会钻进男星的发间，探究一下里面是否真的没了头屑。

行驶在前方的红色马自达突然减速，安克用力狠踩刹车。车子不受控制，依旧朝前滑行，他试图转动一下方向盘，车子差点儿横身。安克不愿独自撞在隔离带上，他预想到自己在雪中的孤独，打着双闪，叼着红河，等待救援的可怜模样，便准备好迎接碰撞时的震颤。但那一刻没有来，红车的屁股排出一股黑烟，很快消失在雪雾之中。

安克骂了几声，发现骂人的节奏刚好与收音机里的说唱段落吻合，短促、有力。他忍不住又骂了几声，心里舒服多了。女主持人在背景音乐下插播了条高速路上的车祸讯息，五车连撞，她提醒司机雪天路滑小心驾驶，之后，渐渐调强了音效，"让我们继续欣赏……"

安克听到男星的名字和一句英文歌名，音乐响起时，他接续上歌曲的节奏，继续骂起来。有规律的鼓点让安克脖子的伸缩也有了规律。

安克无意冒犯红车里可能存在的那位女士，他只想亮亮嗓子，却不会唱歌，也记不住歌词，只好骂人。安克猜想红车里是位女士，穿一身红色的外衣，就像车身的那种红。

撞上了也好。

大雪会很快遮住他们的车，像是盖了床绵白的被子，他们会落寞地躲在各自的车里取暖，一同看远处男星的笑脸，也许恰好收听同一调频，听男星的歌喉。

"R-e-v-o-l-u-t-i-o-n-a-r-y……"

安克想起了谭女士，很自然地想到她的酒窝。

谭女士曾说红色是某月射手座的幸运色，可使她转运，摆脱近期的低迷，她便有了那件红色外衣。安克料想，那会儿谭女士的内裤也会是红色的，因为她涂了红色的指甲，戴了红色的耳钉，别了红色的发卡，穿了红色的袜子，尽可能用红色在身体末梢点缀。谭女士说安克五行为水，宜用黑色。安克爱穿黑色的袜子，因为不显脏。这一点黑不足以转运，他从柜子深处掏出件许久未穿的黑色夹克。

夹克质量不错，款式老派，穿在身上一举一动咯吱咯吱地响，很好听，听起来有男人味。不过，黑夹克会让头屑更扎眼。抖落、拍打栖息的头屑又成了安克的习惯动作，这令他忆起当初把它存放起来的原因。帮安克拍掉肩头的头屑，让他感受到谭女士的温存。

安克把收音机的音量拧小了，搜索着路上的红车，一无所获，差点儿错过了拐向机场的匝道。安克看了眼后视镜中渐远的广告牌，男星的脸开始变小，他向前望，矗立在不远处的机场钟楼的造型活像只洗发水瓶，甚至那印着 C 城名字的机场跟躺倒的洗发水瓶相差无几。

安克踏入这只大洗发水瓶体内，坐在机场大厅的椅子上，等候晚点的飞机，他的鞋子制造出一摊灰黑色的雪水。安克没像其他人一样靠摆弄手机打发时间，因为电池早就出了问题，经外面一冻，电量随时可能归零。谭女士说过要送他一个新手机当生日礼物，他们之间的缘分没有延续到那一天，用的还是旧手机。安克翻了几份机场免费提供的彩页报纸，里面大多印着广告，好容易读到一篇故事，看到结尾，发现还是广告，卖男性保健品的。

除了手头这叠皱巴巴的报纸，没什么好打发时间的了，安克打起精神，重新翻了一遍。这次安克采取了一种新方式来阅读，他把看到的每一件商品都想象成是属于他和谭女士的，厨具、大床、红酒、吸尘器、电饭煲、净水器、冬虫夏草、联排别墅……每件物品上都发生了一个他和谭女士的故事。比如，谭女士用某洗衣液给他洗黑夹克，在某真皮沙发上看某高清电视时，谭女士把脚搭在他腿上，以及清晨谭女士坐在可预热的马桶圈上，等等。这个打发时间的主意不错，安克扭动了一下身子，冲着报纸轻声笑起来。

安克翻到洗发水广告的一页，看到男星的脸，光滑得像个女人。他拨弄头发，让头屑落在男星的脸上，弹射出的头屑像外面的大雪一样密集。安克使劲捋了五次，男星脸上盖了薄薄的一层，像生了皮肤病。

安克打算把男星的眼睛和嘴巴完全盖住，这个计划叫他抖擞起精神，卖力实践起来。头屑充足，簌簌而下，要是减弱了，就搔搔头皮，前侧、左侧、右侧，头部的后侧不方便。安克用手心在额前抹了一下，拍拍手，统统贡献上去。不知过了多久，也许是五分钟，或者二十分钟，或者更久，男星的眼睛和嘴巴已全然看不到了。安克满意地舒了口气，小心翼翼地用双腿托着摊开的报纸，欣赏他的杰作。安克扭动了一下脖子，不经意撞到坐在对面不远处一位女士的目光。她可能看了挺久，眼神愣愣的，一下子拔不出来。她看到安克在瞅她，将眼球挪走，装作若无其事，换了条翘起的腿，掏出手机。

女士穿的是红色的外衣。不知怎的，安克认定她就是那辆红色马自达的车主。她的长靴很好看，包住了她纤细的双腿。尖尖的靴头，是它突然踩住了刹车，又踩住了油门，让车子在雪中飞驰。她的红衣和靴子让安克想起了谭女士，尽管她的相貌与谭女士没一丝相同。安克想认识一下这位女士，要个手机号码，不过摊开的报纸和上面平铺着的头屑和几根头发阻碍了他的双腿。正看着，女士的目光从手机上移开，偷眼朝安克的方向望来。安克的腿抖了抖，报上的男星从头屑中露出了一只眼睛，看着他。

广　场

安克驾车驶离机场，雪小了许多。按天气预报的说法，明天是个晴天，后天的气温将直升到十五度。C 城的冬季和夏季之间少有过渡，说不准哪天又突降大雪。

安克无须跟詹姆斯夫妇交流，他也不知道说什么。那个叫詹姆斯的黑人男子不懂中文，与他同行的一个黑人女子，想必是詹姆斯夫人，她倒会说一些，但口音难辨。夫妻俩上了车就开始讲话，几乎没停过，不时发出笑声。刚才在报纸上看到一款车广告，安克开的若是那车，笑声可能就不会那么震耳了。车里的暖风来得慢，空调卖力地轰鸣着，吹了大半天不冷不热的空气。

安克偶尔会受朋友之托在 C 城接待一些人，去的最多的地方是伪满皇宫，电影城也有，文化广场是第一次。安克几乎能背出伪满皇宫里的解说词。如，勤民殿里有棵树，被围在当间。每次解说员来到此处便会讲院落像个"口"，里头加个"木"，成个"困"字，象征那位傀儡皇帝的处境；又说这树不结果，暗示皇帝无子嗣；还说这树枝出了墙，意味着皇后有外遇。游客三次惊呼之后，解说员最后才解释，其实这树是后人种上去的，以上说法皆是附会。于是，游客们恍然大悟。每每经历这场景，安克都想动手揍那个解说员。安克不清楚文化广场里究竟有没有奥巴马像，这与他毫无关系，他只需先带詹姆斯夫妇下榻香格里拉酒店，随后载他们去附近的文化广场，去找那座奥巴马像，再送回酒店，任务便完成了。如果找不到奥巴马，安克打算领他们去看不远处医大院子里的白求恩像，他会说那是奥巴马白色的样子。

从机场返回市区的路好开多了，安克打开广播，调到音乐台，舒缓的乐曲缓解了几分烦躁情绪，也让后座的聒噪夫妻暂时闭上了嘴巴。广告牌一个个迎面而来，又一个个被甩到脑后。回来的一路没有看到男星的脸，广告多是简单直接的大字标语。从后视镜中偷偷观察，这对儿黑人夫妇像在阅读这些广告牌，眼球随之移动。安克尝试将汉字当成单纯的图形来看，只得到了一些陌生感，甚至有种莫名的恐惧，因为他搞不清楚字中有哪些是针对他的。要说安克胆小，也不算错，无论何时他看到"头屑"二字，都认为那是对自己的"控诉"。

前方的一台红车打着转向灯，打算超一辆货车。货车没有减速，红车的速度不够快，两台车僵持了一阵。安克想起在机场休息区看他抖落头屑的女士，她的靴尖踩下油门不坚决，惹得车后的一台越野车不耐烦了，直按喇叭。那喇叭是经过改装的，声音刺耳，尤其在雪后。红车的速度还是没有提上来，似乎进退两难，车里的女士此刻应该涨红了脸，心跳加了速。谭女士开车就爱紧张，被喇叭催时，手忙脚乱。谭女士的车技不高，但也爱骂人。安克没觉得不妥，相反，认为这一点令他们息息相通。

他俩应该还会有情没意合的地方，比如爱吃烧烤，爱狗不爱猫，用擦手的湿巾擦鞋，还有放风筝。谭女士说她向往风筝的自由，安克喜欢的只是消磨时光的感觉，他想跟谭女士消磨时光，放不放风筝倒无所谓。文化广场一向是放风筝的好去处，只是他们没能等到放风筝的季节。认真算一算，安克与谭女士的交集不过维持了两个节气，度过了表皮细胞新陈代谢的一个周期。

白雪覆盖下的文化广场冷清寂寥，北侧地质宫的绿色瓦顶看不真切，六根红柱倒是鲜亮。空旷的广场中央伫立着孤独的裸男雕像，詹姆斯夫妇直奔到跟前让安克帮忙合影，露出两排白牙。雕像黑黝黝的，全身裸体，肌肉毕现，双臂伸展，头仰过去，面朝天空，呼唤着什么，辨不清面目。它若把头恢复正常，可能会与奥巴马有几分相像。谭女士曾告诉安克，白宫南草坪已经立起了毛主席像，她想去看看。文化广场的黑色裸男雕像为什么就不能是奥巴马呢？你认为它是，它就是了。安克端详雕像的阴部，它像是受了凉，萎缩一团，它的头上沾着雪，就像头屑。

安克犯了烟瘾，他想抽一口谭女士喜欢的 ESSE。他把詹姆斯夫妇留在车上，走进一家小超市。刚进门，一股暖风扑来，安克一眼看到男星在广告海报里冲着他笑，"头屑"两个字像被判了死刑似的打了个红叉。

"给我拿瓶洗发水。"

安克抽了口烟。

"要哪个牌子的?"

"要这个。"

安克指了指男星的脸。